Cyriel Buysse
Flämische Dorfgeschichten

SEVERUS Verlag

ISBN: 978-3-95801-585-2
Druck: SEVERUS Verlag, 2016
Nachdruck der Originalausgabe von 1916

Der SEVERUS Verlag ist ein Imprint der Diplomica Verlag GmbH.
Bibliografische Information der Deutschen Nationalbibliothek:
Die Deutsche Nationalbibliothek verzeichnet diese Publikation in der
Deutschen Nationalbibliografie; detaillierte bibliografische Daten
sind im Internet über http://dnb.d-nb.de abrufbar.

Cyriel Buysse

Flämische Dorfgeschichten

Inhalt

Der nächtliche Überfall

1

Unten in der Küche ließ die alte Wanduhr vier laute, schnell aufeinanderfolgende Schläge hören. Ivo wurde wach. Er hatte deutlich die vier kurzen, lauten Schläge gehört und erschrak, weil es schon so spät war. Mit einem tiefen Seufzer kroch er aus dem Bett; in der kühlen Finsternis der Dachkammer überlief ihn ein Frösteln. In dem anderen Bette, das quer unter dem Fußende des seinigen stand, hörte er eine leichte Bewegung und ein dumpfes Ächzen.

„Biste wach, Guust?", fragte er halblaut.

„Ja", antwortete eine klägliche verschlafene Stimme.

„Wie geht's?"

„Ach ... wie wird's gehen ... immer's gleiche." Und ein trockener Husten zischte durch die Dachkammer.

Ivo drehte den Docht des Nachtlämpchens ein wenig höher und begann sich hastig anzukleiden. Ein gedämpfter rötlicher Schein erhellte die Kammer und fiel an die Kreuzbalken unter dem spitz zulaufenden Dach. Stöhnend kehrte Guustje sich im Bett um.

„Ich hab mich verschlafen", seufzte Ivo geschäftig und verwirrt. „'n bissel Geduld. Ich wer' schnell Feuer anmachen und 'n Kaffee mahlen."

Guustje gab keine Antwort. Er seufzte noch einmal und schien dann wieder einzuschlafen. Ivo stellte das Lichtlein auf eine umgekehrte Kiste und eilte hinunter.

Der Herd war schon am Abend vorher gerichtet worden. Ivo brauchte nur ein Streichhölzchen an das Stroh und dürre Reisig zu halten, und sofort leckten tanzende, leicht rauchende Feuerzünglein an der rußgeschwärzten Hinterwand empor. Ivo hing den Wasserkessel darüber und zündete auch die Lampe neben dem Kaminmantel an. Mechanisch sah er auf die Uhr. Es war ein Viertel über vier.

Draußen scholl Hahnenkrähen durch die Nacht. Hinter dem warmen Stroh der nahen Scheuer hervor klang es gedämpft und wie aus der Ferne. Ivo nickte mit dem Kopfe. „Ja, ja, wart nur 'n bissel, ich komm schon", murmelte er bei sich selbst, als antwortete er auf eine an ihn gestellte Frage. Er ging in den hinteren Raum, holte zwei blinkende kupferne Eimer und begab sich damit zur Haustür, die er aufriegelte.

Die Nacht war still und finster, am Himmel leuchteten zahllose Sterne. Duc, der junge Wächterhund, ließ ein kurzes und hohles Bellen hören und kroch faul und unter leichtem Kettenklirren aus seiner baufälligen hölzernen Hütte. „Duc", sagte Ivo, ihm schnell im Vorbeigehen über den Kopf streichend, und dann verschwand er mit seinen Eimern im Stall, um die Kühe zu melken und ihnen ihr Morgenfutter zu geben. Duc schüttelte sich, dass seine Ohren klatschten, und ging schnüffelnd um seine Hütte herum.

Als Ivo nach einer guten Viertelstunde zurückkehrte, stieß der Wasserkessel dicke Dampfstrahlen aus. Ivo füllte sogleich die Kaffeekanne, nahm aus dem Speisekasten das graue Brot und schnitt breite Stücke davon ab, die er mit Schmalz beschmierte. Mit einer dampfenden Tasse und einem Teller ging er wieder auf den Dachboden hinauf zu Guustje.

„Hier, Guust, 'ne warme Tasse Kaffee und zwei schöne Schmalzstullen. Iss nur, Jung, 's wird dir gut tun."

Aber Guustje zog ein saures Gesicht und sah mürrisch und griesgrämig drein. „Ich kann nich essen", stöhnte er; und er schob Tasse und Teller zurück. „Stell's nur da auf 'n Stuhl, ich wer's essen, wenn ich Gusto krieg."

„Willste lieber 'n Ei austrinken?", fragte Ivo gutmütig.

„Nix", rief Guustje gereizt, „du sollst mich in Ruh lassen." Und er bekam einen Hustenanfall, bei dem er halb erstickte.

Ivo drängte ihn nicht weiter. Er ging wieder hinab und nahm hastig sein eigenes Frühstück ein. Er stopfte große Brotbrocken in seinen Mund und spülte sie mit heißem, schalem Kaffee hinunter. Er hatte Duc losgemacht, und als der Hund eine Weile auf dem Hof herumgerannt war, klinkte er, wie ein Mensch, die Haustüre auf und erschien ebenfalls in der Küche, mit gierigen Augen um sein Frühstück bettelnd. Ivo setzte ihm ein irdenes Schüsselchen mit Brotbrocken vor, die er mit Buttermilch übergoss. Der Hund fraß noch gieriger als sein Herr; bei jedem Schluck bekam sein rauer, gelbhaariger Nacken einen Stoß, der die Stahlringelchen seines Halsbandes klirren ließ. Auch die Katze fand sich ein, ein hübsches graues Tier mit molligen runden Füßchen, als ob sie zum Schutz gegen die Morgenkühle Pantöffelchen angezogen hätte; mit scharfen grünen Augen und einem Schwanz, der sich langsam hin und her bewegte. Duc unterbrach seine Mahlzeit für einen Augenblick, um diesen Schwanz zu beschnüffeln, machte sich aber sogleich wieder ans Verschlingen, ohne noch weitere Notiz von der Katze zu nehmen. Diese stand eine Weile regungslos mit dicht beisammenstehenden Vorderpfötchen, dann ging ihre rosige Schnauze mit den scharfen Zähnen miauend auf, wie bei einem verhätschelten Kinde, das um seine gewöhnte Näscherei greint. Ivo schob hastig und zerstreut ein Schälchen mit Milch und geweichtem Brot unter den Tisch, das die alsbald beruhigte Katze, die sich gemütlich davor gesetzt hatte, auszulecken begann.

Es war fünf Uhr. Ivo hastete wieder nach den Ställen und begann dort bei dem Lichte der Öllaterne in den verschiedenen Koben eine Hühner- und Kaninchenjagd. Er musste diesen Morgen auf dem Markt zu Deinze verkaufen, und es gab ein ziemliches Piepsen, Schreien, Hüpfen und Flattern, bis er die erforderliche Anzahl Tiere beisammen hatte. Endlich waren sie ordentlich in zwei Weidenkörben verwahrt; sechs Kaninchen und vier junge Hähne, und als er auch noch „'n Klümpchen" Butter und einen Korb Eier herbeigetragen, lud er alles auf seinen Karren; nun hatte er nur noch Duc einzuspannen.

Doch vorher guckte er sich noch mal nach Guustje auf dem Dachboden um. Er schlich leise auf den Zehen die Treppe hinauf und lugte lauernd zu dem Bett hinüber.

Guustje schien zu schlafen. Seine Augen waren geschlossen, sein hageres, seit einigen Tagen nicht rasiertes Gesicht war regungslos. Sein Atem ging pfeifend, doch sehr regelmäßig, und Ivo bemerkte mit Befriedigung, dass Guustje wohl die Hälfte seines Frühstücks verzehrt hatte. Das beruhigte ihn, und er wollte sich zum Gehen wenden, als Guustjes Augen sich matt öffneten, ein bösartiger Ausdruck auf seinem mürrischen Gesicht erschien und er ärgerlich stöhnte:

„Kannste mich denn nich in Ruh lassen? Kannste mich denn nich noch 'n bissel schlafen lassen?"

Wie ein Schuldiger zog Ivo sich hastig zurück.

„'s is gut, 's is gut, ich geh schon weg, ich wollt' nur noch mal sehn, wie's dir geht."

Und schnell war er die Treppe hinunter.

Duc streifte wieder irgendwo auf dem Hof umher und musste herbeigepfiffen werden. Bald tauchte seine gelbe Figur hinter dem Kuhstall in der grauen Morgendämmerung auf. Er schien sogleich zu verstehen, was ihm nun bevorstünde, und benahm sich den Verhältnissen entsprechend. Geduldig ließ er sich einspannen. Es schien, als ob er entweder sehr klug oder vollkommen gleichgültig sei gegenüber dem Unvermeidlichen. Aber sein Schwanz hing schlaff herab und sein linkes Hinterbein bebte fortwährend, als ob ihn gewaltig fröre. Das dauerte indessen nur eine kurze Weile. Sobald Ivo, der die Haustüre geschlossen hatte, das Tragband über seine schiefgezogene und eingefurchte linke Schulter legte und die Handbäume des Karrens aufhob, begann Duc wie besessen zu bellen und so mächtig zu springen, dass das Gespann in raschen Gang kam und Ivo, unter heftigem Schelten auf den Hund, sich mit allen Kräften dagegen stemmen musste, um nicht im Sturmschritt mitgeschleift zu werden.

Nach einigen Minuten ward der Hund ruhiger. Er keuchte gewaltig wie ein schnaubendes Dampfross. Das Morgenrot erwachte über der einsamen Herbstlandschaft, die sich trüb und nebelgrau vor dem Blick ausbreitete, und glänzte mit einem matten Widerschein aus den schlammigen Gräben und aus den Wasserpfützen der Straße zurück. Da und dort lag ein Hof, an dem Türen und Fensterläden noch geschlossen waren, während sich aus dem Schornstein eine feine Rauchwolke emporringelte. Nur das Hühnervolk zeigte durch Flattern, Kreischen und Krähen aus Ställen und Scheunen das erwachende Leben an. Ein eisig-kalter Wind erhob sich, der raschelnd durch das grüne Rübenkraut fuhr und die letzten braunen Blätter von den Bäumen riss.

Erst außerhalb des noch schlafenden Dorfes, längs dem schnurgeraden, mit Bäumen bepflanzten Rittsteig des Kanals, der nach der benachbarten kleinen Stadt lief, sah Ivo andere Leute sich bewegen, die ebenfalls zu Markte gingen. Aber er hatte keine Lust, sich ihnen anzuschließen; er ging lieber seinen eigenen Weg.

Ivo war ein stiller, menschenscheuer Grübler von etwa sechzig Jahren. Sein glattrasiertes, knochiges Gesicht war

gelbbraun, mit großen blauen Augen, in denen stets ein
Ausdruck wie der Angst oder der Unruhe zu flackern
schien. Es machte den Eindruck, als ob er beständig den
Angriff von Feinden fürchtete und diesen durch seine
sanftmütig-bescheidene Haltung abzuwenden suchte. Er
war sehr verschieden von seinem jüngeren Bruder Guustje,
einem griesgrämigen, mageren Murrkopf mit saurem
Gesicht und roten Triefaugen, meistens schroff und unhöf-
lich in seinem Umgang. Guustje trat auf wie ein Tyrann,
Ivo wie ein Sklave. Guustje befahl, Ivo gehorchte. Ivo
seufzte, ohne laut zu murren; Ivo hatte keine Untugenden,
Ivo war ein Arbeitstier, das nicht trank, nicht schlemmte,
dem leichtsinnigen Weibervolk nicht nachlief. Arbeiten,
immer arbeiten, das taten sie alle beide, auch Guustje,
außer seinen Erholungsstunden. Sie schafften und schuf-
teten immerzu, wie abgerackerte Lasttiere, um Geld aufzu-
häufen. Waren sie wirklich reich? Niemand wusste es, aber
jedermann vermutete es; sie wurden niemals anders als die
„zwei reichen Biester Van Heule" genannt.

Es ging so eine Art Sage im Dorf, dass sie sehr viel Geld
besäßen und dieses in klingender Münze irgendwo im
Erdboden vergraben hätten. Das wurde nur so erzählt; niemand wusste es genau, doch es war von allgemeiner Offen-
kundigkeit: Die kleinsten Kinder sowohl wie die ältesten
Leute im Dorfe nahmen es als unumstößliche Wahrheit
hin, dass die „reichen Biester Van Heule" ungeheure Gold-
und Silberschätze im Boden verborgen hielten.

Mit diesem Gelde, wenn sie es tatsächlich hatten, fingen
sie nichts an. Sie lebten wie die armseligsten Schlucker. Der
elendeste Kleinbauer oder Taglöhner aus ihrem Dorf hatte
es viel besser und schöner als sie. Sie waren von einer unerhörten Filzigkeit. Es war nicht zu berechnen, was sie für
sich selbst im Jahre aufwendeten; es war so viel wie nichts.
Ihr Essen wuchs auf ihren Äckern, ihre Kleider sahen nicht

wie Kleider aus, sie hielten sich weder einen Knecht noch eine Magd und führten die unbedingt notwendigen Herstellungsarbeiten an ihrem unansehnlichen Hause und an den baufälligen Scheunen und Ställen selber aus. Sie nahmen fortwährend ein: für Milch, für Butter, für Vieh und Feldfrüchte, die sie auf den Märkten verkauften, und gaben niemals oder beinahe niemals etwas aus. So konnte ihr einfaches Budget mit zwei Worten aufgestellt werden:

„Immer einnehmen, niemals ausgeben."

Zuweilen wurden sie von Nachbarn oder Bekannten geneckt: „Was müsst ihr für reiche Leut' sein! Immer Geld einnehmen und nie nich 'n Heller verzehren!"

Dann fingen sie sofort vor Angst und Entsetzen zu stottern an. Denn sie stotterten alle beide 'n bisschen; Guustje bissig und mürrisch, wie vor unterdrückter Wut, Ivo freundlich und demütig, als sei er nur durch übermäßige, schüchterne Höflichkeit zum Stottern veranlasst. Sie winselten und klagten, dass sie nichts besäßen, dass das Leben so teuer sei, dass sie weder Knecht noch Magd hielten, weil sie nicht die Mittel dazu hätten, und jammerten, zu guter Letzt werde ihnen nichts anderes übrigbleiben, als ins Armenhaus zu gehen.

Die Nachbarn lachten, spotteten, pufften sich gegenseitig mit einem bedeutsamen Grinsen in die Seite. Aber Guustje wurde gleich böse und lief schimpfend davon, und Ivo stotterte leise, während er Guustje mit ängstlichen Blicken seufzend nachsah:

„Ach, Leut', 's is so 'n eigen Ding mit Guust, nicht wahr, ihr wisst's ja! Er braucht zu viel Geld! Ohne ihn ging's ja noch! Aber er wird uns arm machen! Er wird uns alle zwei noch vom Haus bringen."

Die Ausschweifungen des mürrischen, mageren Guustje …! In gewissen Zeitabständen kam es so regelmäßig, wie ein Fieber oder eine sonstige Krankheit, über ihn.

Ivo sah und fühlte es jedes Mal schon tagelang vorher mit furchtbarer Angst herankommen: Guustje begann erregt zu werden, lief nervös und ziellos umher, klagte über Kopfweh, verlor Schlaf- und Esslust und war in schrecklicher Laune. Und schließlich, wegen nichts und wieder nichts, wegen eines Wortes von seinem Bruder, das er falsch aufgefasst, wegen irgendeines Gegenstandes, der nicht an seinem Platz lag, brach es plötzlich wie rasend in ihm los: Er warf den Plunder durcheinander, fluchte, drohte, schrie und flüchtete zuletzt vom Hof, nachdem er sich vorher die Taschen tüchtig mit Geld vollgestopft hatte.

Und mit einem Male schien dieses Geld, dieses liebe, so zärtlich gehütete Geld, für das er sich sonst, wie Ivo, abrackerte und darbte, absolut keinen Wert mehr zu haben. Mit närrisch-milder Hand streute er es um sich aus. Es war, als ob er es nicht rasch genug loswerden könnte. Und so blieb er manchmal nur einige Stunden aus, zuweilen auch tagelang. Doch mochte es kurz oder lang währen, immer begann und endigte es auf die gleiche Weise: Zuerst ein wenig Schlemmen mit trinklustigen Bauernkerlen aus der Nachbarschaft in den zwei, drei kleinen Wirtshäusern der Einöde, und dann, wenn er betrunken zu werden begann, ging es mit den Kerlen ins Dorf, in den „Fuchs", die berüchtigte Kneipe des Fellscherers Sies Fnieze. Dort blieb er hängen.

Sies hatte eine Tochter, Mietje, in die sich Guustje bei jedem solchen Verschwendungsanfall schrecklich vernarrte. Es nützte ihm übrigens nichts, er wurde nur zum besten gehalten; er ward krank vor Gier, ohne etwas zu erreichen, und in seiner zunehmenden Trunkenheit auch bald ohnmächtig, etwas auszurichten; er saß nur da und weinte beinahe aus seinen roten Triefaugen, während er Mietje Fnieze, ihre Eltern, Brüder und das hier verkehrende Gelichter fortgesetzt bewirtete, und wenn seine letzten Pfennige fort waren, wurde er, mit Güte oder

Gewalt, zur Tür geschoben und wankte halbtot nach der Einöde zurück. Die Krisis war vorüber, am nächsten Morgen begann er wieder wie gewöhnlich zu schaffen und zu schuften, wenn nicht seine schwache, den Ausschweifungen nicht gewachsene Gesundheit ihn im Stich ließ und er, wie es jetzt wieder der Fall war, tagelang krank im Bett liegen bleiben musste.

Ivo schüttelte mit dem Kopf und seufzte. Wann würde Guustje doch mal zur Vernunft kommen? Jedes Mal, wenn er irgendwo allein war, stieg die gleiche Sorge und der gleiche Kummer wegen Guustje in ihm auf. Er, der Älteste, hätte strenger gegen seinen jüngeren Bruder austreten müssen, das fühlte er wohl; aber, ach! Guustje wurde immer gleich so ärgerlich und wütend, und Ivo schwieg daher lieber um des Friedens willen.

Es war gänzlich Tag geworden, ein grauer, dumpfer, kühler Novembertag, wie alle anderen Tage. Die ganze Landschaft, im Sommer so farbenfroh, hatte nun ein wehmütiges Aussehen, und die braunen dürren Blätter, die in großer Zahl auf dem schwarzen Wasserspiegel des Kanals schwammen, erinnerten an tote Vögelchen, die aus ihren weichen warmen Nestern in das strenge Frostwetter hinausgetrieben sind. Duc keuchte, die Beine streckend, den Kopf gesenkt, in gleichmäßigen Rucken an dem schwer beladenen Karten ziehend; und in der nebeligen Ferne tauchten bereits die Kirchtürme und die vereinzelten Fabrikschlöte des kleinen Städtchens auf.

Plötzlich hörte Ivo auf dem Sandweg hinter sich das Rattern eines Wagens. Er lenkte seinen Karren auf die Seite, um jenen vorzulassen. Duc, der aus der geraden Richtung seines Kurses gebracht war, schielte flüchtig nach rückwärts und ließ ein kurzes Bellen hören.

Der Wagen, ein wohlbeladener Gabeldeichselkarren, fuhr im Trabe vorbei, fiel aber gleich darauf in Schritt, während der Führer, geräuschvoll grüßend, sich auf dem Bock nach Ivo umkehrte.

Ivo erschrak.

„He, Ivo, wie geht's?", rief der Mann. „Willste mitfahren?" „Danke, danke", antwortete Ivo aufgeregt, indem er die Einladung ernst nahm.

„Sonst mit Vergnügen, weißte!", lachte der Mann, der anscheinend groß und kräftig war, mit dichtem Schnurrbart und stechend funkelnden Augen. Und ein junger Bursche, der neben ihm saß, und zwei Frauen, eine ältere und eine jüngere, auf der Bank hinten im Wagen, lachten ebenfalls mit über den Spaß.

„Danke, danke", wiederholte Ivo mit ängstlichem Gestotter, seinen Karren wieder in die Mitte des Weges lenkend. Er hatte zu tun mit Duc, der bellend dem Gespann nach wollte, sich aber bald wieder beruhigte, als der Wagen neuerdings einen Trab anschlug und rasch weiterrollte.

„Still, Duc, nich so hastig, Jung, nich so hastig", ermahnte Ivo seinen Hund, als ob er zu einem Menschen spräche.

Die Aufregung war ihm in die Beine gefahren. Der Mann, der dort auf dem Karren saß, war Sies Fnieze mit seinem Sohn, seiner Frau und Tochter, jene verrufenen Leute, zu denen Guustje in seinen tollen Stunden immer hinlief!

Es überraschte und erschreckte Ivo, dass sie nun Wagen und Pferd hatten, während sie sonst immer mit Hunden zu Markte fuhren; und er zweifelte nicht, beides hatten sie mit dem Gelde bezahlt, das sie Guustje abgenommen hatten. Diese unverschämten Leute, dass sie ihn auch noch so vertraulich anzusprechen wagten! Und diese Schlampe von einer Tochter, mit ihrer roten Feder auf dem Hut, einem Hut, den sie natürlich auch mit dem unehrlich verdienten Gelde gekauft hatte! Ja, es war das Geld Guustjes und somit auch sein Geld, für das er Tag und Nacht so sauer arbeiten musste, das da vor ihm her fuhr. Er hätte weinen können vor Verdruss und Ärger. Namentlich diese rote Feder, die nun dort vor ihm unter den Bäumen auf und nieder wippte, tat es ihm an; sie war für ihn wie ein aufreizendes Symbol, die Hohnflagge ihrer siegreichen Schurkerei und seiner jämmerlichen Demütigung. O Guustje, Guustje, wie konntest du doch solches tun!

Die rote Feder war außer Sicht, Ivos Ärger legte sich und bald kam er in dem Städtchen an, wo trotz der frühen Morgenstunde schon das lebhafte Getriebe eines ländlichen Marktes herrschte. Zwischen einer doppelten Reihe von Verkaufsständen unter Leinwandzelten, die die ganze Länge der breiten Hauptstraße einnahmen, fuhr er hastig durch, halb mit fortgezogen durch den keuchenden Duc, der scheu und furchtsam durch das Getümmel lief. Er erreichte seinen gewöhnlichen Standplatz dicht bei der Kirche und begann sogleich den Inhalt seines Karrens zu entladen und auf dem Straßenpflaster aufzustellen. Die Butter und die Eier wurden vorangestellt, die Hähne und Kaninchen etwas rückwärts. Der Karten wurde an die Kirchenmauer gelehnt, und Dur schmiegte sich alsbald, schnaufend und mit gespitzten Ohren dem Lärm lauschend, neben dem Rade nieder.

Ivo stand mit seinen Waren mitten in der unabsehbaren Reihe der übrigen Bauern und Bäuerinnen. Es war eine lange gerade Linie von weißen und gelben Körbchen, manche noch mit weiß-rot karierten Tüchern zugedeckt, worin die einladende frische Butter lag. Die Bauern und Bäuerinnen verhielten sich reserviert, ernst und wichtig, die schlauen Äuglein voll Berechnung auf die „Kutsen"[1] gerichtet, die dort langsam herankamen. Viele von ihnen waren Franzosen, die nur einige Worte Flämisch kannten.

---

1   Wiederverkäufer.

Mit gleichgültig scheinender Miene beugten sie sich über
die appetitlichen Butterklumpen, stachen mit einem kleinen Probierlöffel tief hinein, holten ein Stückchen Butter
heraus, an das sie rochen und von dem sie andächtig, mit
kurzem, schnellem Schmatzen versuchten. Manche drückten dabei die Augen zu, um so ihren Geschmacksinn zu
verfeinern. Dann boten sie einen Preis, und es folgte eine
kurze Unterhaltung. Nahm der Verkäufer das Gebot an, so
trat er mit seinen Waren sofort aus der Reihe, wenn nicht,
so blieb er ruhig stehen, auf andere Käufer wartend, während der erste Bieter ebenso ruhig seinen Schlendergang
durch die Reihe der Marktleute fortsetzte. Ein Polizist
wandelte gemütlich auf und ab; und hinter den Kutsen, die
die großen Käufer waren, kamen einzelne Bürgerfrauen
aus dem Orte selbst, die kleinere Klumpen zum eigenen
Gebrauch zu erwerben suchten.

Ivo verkaufte so gut wie niemals an die Kutsen. Er zog
die Kundschaft der Stadtdamen vor, die gerne eine Kleinig-
keit mehr bezahlten. Aber von den Kutsen musste er den
Marktpreis hören, der sich ständig veränderte, und das war
eine unangenehme Sache, denn die Kutsen, die ihn kannten und ihren Spott mit ihm hatten, suchten ihn jedes Mal
in Verwirrung zu bringen. Sobald er sie herankommen sah,
zog Ivo sich ein wenig in die Reihe zurück, damit sie ihn
nicht sehen sollten, und spitzte die Ohren, um zu hören,
wie viel sie seinen Nachbarn boten. So stand er, scharf horchend, auch jetzt wieder halb geduckt hinter einer dicken
Bäuerin und hatte zugehört, dann richtete er sich auf und
trat wieder vor, um nach seiner gewöhnlichen Hausfrauen-
kundschaft zu spähen, die den Kutsen folgte, als er plötzlich vor Schrecken wie an den Boden genagelt war.

Dort, nur zehn Schritte entfernt, hinter den gewöhnlichen, wohlbekannten Kutsen, diesen mit selbstbewusster
Miene auf den Fersen folgend, sich bückend, versuchend,

bietend, kaufend, wie ein echter Kuts, kam kein geringerer daher als der Mann, vor dem Ivo am meisten graute, der Mann des Unheils, der Mann, der Guustje stets genarrt, gefoppt, betrogen und bestohlen hatte: Sies Fnieze in eigener Person!

Ivo war, als ob der Boden unter ihm versänke. Er empfand eine unaussprechliche Angst und einen ungeheuren Abscheu vor diesem großen starken Kerl mit den spöttischen Augen und dem dicken Schnurrbart. Er wollte sich verstecken, aber Sies Fnieze, der ihn sogleich gesehen hatte, trat ruhig lächelnd auf ihn zu, und an Ivos Ohren klangen wie in einem närrischen Traum die Worte:

„He, Ivo, ich freu mich, dich wiederzusehn. Willste mir deine Butter verkaufen?"

„Biste denn nu' auch Butterkuts geworden?", stotterte Ivo mit entsetztem Gesicht.

„Na ja, warum nich?", lächelte der andere ruhig, selbstbewusst. Und er bohrte ungeniert mit seinem Probelöffel in Ivos Butter. Er roch, versuchte, schmatzte mit den Lippen, nannte einen Preis.

„Ja, aber ich verkauf immer nur an die Stadtleut'", rebellierte Ivo.

Sies Fnieze machte ein böses Gesicht.

„Was, du willst an fremde Leut' verkaufen, wennste an einen Kirchspielgenossen verkaufen kannst?", sagte er beinahe drohend.

Ivo stand bibbernd da; er war ganz aus der Fassung gebracht. Der Mann imponierte ihm durch seine Unverschämtheit.

„Ja, aber du bist doch bloß Hühner- und Kaninchenkäufer", sagte er, um nur was zu sagen und sich aus der Schlinge zu ziehen.

„Nu, dann wer' ich dir deine Hühner und Kaninchen auch abkaufen und deine Eier auch, lass mal sehen", antwortete Fnieze unbekümmert. Und er hob einen von den Körben auf.

Ivo war ganz weg. Es war ihm zum Heulen. Wehrlos sah er Fnieze die Hähne und Kaninchen betasten, hörte ihn einen Preis bieten.

„Nu' ja, nu' ja, nu' ja", stotterte er, noch immer ganz verdattert und stumpfsinnig dreinschauend. Und als er plötzlich aufblickte, sah er mitten auf der Straße Sies Fniezes Frau und Sohn und auch Sies Fniezes Tochter mit der roten Hutfeder stehen, die ihn spöttisch anzugucken schienen.

„Haste schon so was gehört?", kehrte Sies Fnieze sich zu seiner Frau um, „mein Geld is nich so gut wie das von die fremden Leut', und er will mir seine Butter und Hühner nich verkaufen."

Alsbald wendete sich die Frau mit aggressiver Entschiedenheit gegen Ivo:

„Dein Bruder Guust hat versprochen, dass er uns alles verkaufen wird."

Es war, als hätte Ivo einen Schlag ins Gesicht bekommen. Er stand zitternd da und schlug die Augen nieder, um diese verhassten Gesichter und diesen aufreizenden Hut mit der roten Feder nicht länger zu sehen. Nochmals wurde ein Preis genannt; er nickte wehrlos und mechanisch, und einen Augenblick später hatte er ein Häuflein Geld in der Hand, während die Fniezes mit seiner Ware von dannen zogen. Im Nu war es geschehen; es war, als ob die Fniezes ihn da mitten auf der Straße mit zwei, drei Handgriffen entkleidet hatten und ihn nun, aller Welt zum Spott, in seiner jämmerlichen Nacktheit stehen ließen.

Leo, ein Bauer aus der Nachbarschaft, der dem Schauspiel aus einiger Entfernung zugesehen hatte, kam kopfschüttelnd auf Ivo zu.

„Es ist allemal nur die Schuld von dei'm Guust", sagte er.

„Ja, ja, ja", stotterte Ivo nervös, plötzlich wie aus einem bösen Traum erwachend.

„Er hat vergangene Woch' in seiner Besoffenheit sein Geld lassen sehen, und sie hab'ns 'm abgelistet", versicherte der Bauer.

Ivo horchte mit angstvoll aufgerissenen Augen.

„Jawoll", fuhr Leo fort, „'s letztemal, als er im ‚Fuchs' gehockt is." Und während Ivo in stummem Entsetzen und regungslos zuhörte, erzählte jener, dass Guustje bei seiner letzten Ausspannung im Krug des Fellscherers Streit bekommen hatte mit einem Kerl, der behauptete, größere Anrechte auf die Gunst von Mietje Fnieze zu haben, weil er mehr Geld hätte als Guustje und also reichlicher traktieren könne. Nun war Guustje aufgefahren, hatte auf sein Geld gepocht, das Ausschneiden angefangen und endlich seinen Geldbeutel sehen lassen, der mit Gold- und Silberstücken gespickt war. Sie hatten ihn besoffen gemacht, ihn zum Kartenspielen verleitet, und natürlich war Guustje zuletzt ohne einen Pfennig fortgegangen. Seit dem Tag hatte Fnieze sich Karren und Pferd angeschafft und war Butterkuts geworden.

„'s schlimmste is", sagte der Bauer, Ivo verschmitzt anblinzelnd, „dass die Bande nu' sicher weiß, dass ihr 'ne Masse Geld hab'n müsst. Nehmt euch nur in acht, es sind keine kleinen Spitzbuben."

Ivo spannte Duc wieder vor seinen Karten und machte sich fort. Er hatte große Eile, weiterzukommen. Er fühlte sich nicht mehr sicher in dem Städtchen, in der Nähe dieser Fniezes, die nun so plötzlich in den Vordergrund seines Lebens traten. Bald war er dem Getriebe entronnen und befand sich wieder an dem stillen Kaval, wo Duc, sich über die Heimkehr freuend, lustig den Karren dahinzog. Ivo dachte an Guustje und was er ihm sagen sollte, denn nun musste es doch anders werden, so konnte es nicht weiter gehen. Guustje hatte offenbar tief aus dem verborgenen Schatz geschöpft, und das war entsetzlich, das würde ihn in Kummer verzehren lassen, wenn es sich noch öfter wiederholen sollte.

Kurz vor zehn Uhr langte er auf dem verwahrlosten, entlegenen Gütchen wieder an. Er spannte Duc aus, der sich schüttelte, als ob er aus dem Bade käme, und sofort wie närrisch durch den Baumgarten zu tollen begann; er schloss die grüne Haustüre aus, zog seine schweren Nagelschuhe aus und ging, sich selbst zur Entschlossenheit ermahnend, die finstere Bodentreppe hinauf.

„Wie geht's?", begann er, in das in der dämmerigen Ecke stehende Bett guckend.

Guustje, der eingeduselt war, kehrte mürrisch den Kopf um.

„Nu, wie sollt's gehen, immer's gleiche", lautete seine brummige Antwort.

„Guust", fuhr Ivo fort, das Gespräch gewaltsam auf den Gegenstand dringend, „is es wahr, dasste Sies Fnieze versprochen hast, ihm unsere Butter und unsere Hühner zu verkaufen!"

„Himmeldonnerwetter! Verdammt noch mal!", schrie Guustje plötzlich, als hätte ihn eine Wespe gestochen.

Ivo fuhr zusammen.

„Was denn? Was is denn?", stotterte er.

„Himmeldonnerwetter! Verdammt noch mal!", wiederholte Guustje unter wütendem Ächzen. „Musste mich damit plagen? Kannste 'n kranken Menschen nich in Ruh lassen, verdammt noch mal!"

Ivo sagte kein Wort mehr. Er war wie zerschlagen und fühlte sein Herz in seinem Brustkasten gewaltig pochen. Er begriff, dass Vorwürfe oder Ermahnungen nichts nützen würden, und er fühlte in Verzweiflung, dass Guustje selbst in seiner Krankheit der Stärkere von ihnen war und er gegen ihn nicht aufkommen konnte. So ging es immer: In allem setzte Guustje seinen Willen durch, und Ivo hatte die Wahl, darum zu raufen oder sich geduldig zu fügen. Und Ivo konnte nicht rausen! Ivo war schwach und gutmütig und einfältig und zog immer den kürzeren. Auch jetzt wieder. Guustje hatte sich auf dem linken Arm drohend ein wenig erhoben, seine blassen Lippen bebten vor Fieber und Wut, seinen kranken Äuglein entquollen Wuttränen, er schimpfte und stotterte, und Ivo fuhr erschreckt zurück, ohnmächtig, besiegt, und bald, anstatt der Vorwürfe, seufzende Entschuldigungen stammelnd. Guustje bekam einen furchtbaren Hustenanfall, er krümmte sich mit violettem Gesicht, schlug wild mit den Armen um sich, als wollte er Ivo aus der Kammer vertreiben, und sank zuletzt, wie tot vor Erschöpfung, auf die Kissen zurück und blieb mit fest geschlossenen Augen regungslos liegen.

„Soll ich dir 'n Schälchen Kaffee holen?", sagte Ivo leise.

Guustje, der die Augen noch immer geschlossen hielt, machte mit der Hand eine zornig abweisende Bewegung des Ekels.

„'n Gläschen Wassers?"

Heftiger, zweimal rasch nacheinander, mit gerunzelten Brauen, als wollte er sagen „Geh weg, lass mich in Ruh!", wurde die Gebärde wiederholt.

Ivo seufzte, schüttelte den Kopf und schlich sich leise fort.

Drunten in der Küche stand er eine Weile in regungsloser Unschlüssigkeit. Der Gedanke an das verschwendete Geld stieg wieder quälend in ihm auf. Sollte er mal nachsehen? Würde er sehen können, ob Guustje viel weggenommen hattet?

Er spähte erst lauernd durch die kleinen Fensterscheiben, ob nichts Verdächtiges in der Nähe sei. Auf der Straße, hinter dem Zaun des Baumgartens, kam Angelus, ein Nachbar, mit dem Spaten über der Schulter vorbei. Halb niedergeduckt, zog sich Ivo ins Halbdunkel der Küche zurück. Doch Angelus sah nicht mal herüber. Einen Augenblick später ging eine Bäuerin mit vom langen Gehen gerötetem Gesicht und schwarzem Tuchmantel vorüber, die, mit ihrem leeren Butterkorb am Arm, ebenfalls schon vom Markte zurückkehrte. Die sah allerdings herüber. Sie guckte dreist nach den Fenstern, und Ivo fragte sich ängstlich, ob sie ihn vielleicht gesehen habe. Er ging hinaus, um dem Hunde zu pfeifen und ihn anzuketten. Wie gewöhnlich, kam Duc nach einigen Augenblicken schweifwedelnd hinter den Ställen hervor, und während Ivo ihm die Kette anlegte, bebte sein linkes Hinterbein wieder gewaltig, wie am Morgen, als er ihn an den Karren gespannt hatte. Dann ging Ivo wieder ins Haus und verriegelte die Tür.

Gebückt schlich er zur Kellertreppe. Dort stand ein Leuchter mit einer Kerze. Er zündete diese zitternd ans und stieg dann in Strümpfen geräuschlos die Stufen hinab.

Die weißgetünchten Wände ließen salzige Feuchtigkeit durch, Mücken schwärmten um die Kerzenflamme, und eine große schwarze Spinne, die in einer Kellerecke auf ihren krummen Beinen regungslos in ihrem grauen Gewebe saß, schien scheu zu ihm herüber zu spähen.

Unten im Keller trat Ivo auf große blaue Ziegelplatten. Die kühle Nässe kroch durch seine Strümpfe an seinen Beinen hinauf, aber er fühlte es nicht. Seine Augen hatten in dem gelben Licht einen seltsamen Glanz, sein Mund war halb offen und keuchte vor Erregung, sein grauer Schatten huschte gespenstisch schwankend auf den kahlen Wänden neben ihm her.

Der Keller war voll Gerümpel: vermorschte leere Fässer, zerrissene Säcke, Stücke verschimmelten Holzes. In einer Ecke lag ein Haufen Kartoffeln und daneben, mit Stroh zugedeckt, ein Häuflein Rüben. Ivo nahm das Stroh weg und schob die Rüben zur Seite. Und darunter wurde eine breite Steinfliese sichtbar mit einem verrosteten Eisenring in der Mitte.

Mit beiden Händen zog Ivo aus allen Kräften an diesem Ring. Die große Platte schien sich eine Weile schaukelnd zu sträuben und erhob sich dann viereckig aus dem Boden, eine finstere Grube öffnend. Ivo lehnte die Platte an die Mauer, beugte sich über die Grube, hob, vor Anstrengung keuchend, mit beiden Händen einen großen steinernen Buttertopf heraus. Zitternd langte er nach der Kerze, leuchtete in den Topf und starrte, starrte, mit gierigen, angstvollen Blicken hinein.

Der Topf war bis über die Hälfte gefüllt mit Geld: matt glänzenden Gold- und Silberstücken!

Ivo starrte, starrte und ächzte vor gewaltiger Bewegung, als er oberflächlich zu überschlagen suchte, wie viel Guustje herausgenommen hätte. Aber es war eine folternde Unmöglichkeit. Vielleicht war der Topf etwas weniger voll wie damals, als Ivo zum letzten Male nachgesehen hatte, aber mit Gewissheit konnte er es nicht sagen. Auf jeden Fall hatte Guustje kein Loch hineingewühlt. Hatte er vielleicht, um seines Bruders Verdacht nicht zu erwecken, den Inhalt des Topfes an der Oberfläche wieder glatt gestrichen, wie man den Rahm von der Milch streicht? Ivo wusste es nicht, verblieb in bangen Zweifeln. Um es zu erfahren, hätte er den Topf ganz ausleeren und das Geld nachzählen müssen, und selbst dann hätte er es noch nicht mit völliger Sicherheit sagen können; wusste doch überhaupt keiner von beiden auf die Hunderte oder selbst Tausende genau, wie viel Geld darin war. Das letzte Mal, als sie es zusammen gezählt, hatten sie dreiundzwanzigtausend und einige hundert Franken darin gefunden, aber das war schon ziemlich lange her, es war inzwischen wieder viel dazugekommen und vielleicht auch weggenommen, durch Guustje …

Und Ivo befühlte, allmählich durch seinen eigenen Zweifel getröstet, bei dem flackernden Kerzenlicht die noch reichlich übrigbleibende Menge der mattglänzenden gelben und weißen Geldstücke. Leise wühlte er mit seinen schwieligen Händen darin, leise und doch kräftig, in sinnlich-zitternder Umfassung, aber ängstlich-lautlos, wie ein glücklich Verliebter, der den Besitz der heißbegehrten Geliebten nicht verraten darf. Das gedämpfte Klirren der Münzen bebte durch sein ganzes Wesen, seine Augen funkelten, sein Mund lächelte und begeiferte, feucht vor Genuss, den Schatz. Es war wie eine Krisis, er fühlte sich stark und mutig bei seinem Schatz, er ward ein anderer Mensch als der gewöhnliche gutmütig-stumpfsinnige Ivo. Was gingen die gefürchteten, verabscheuten Fniezes ihn jetzt noch an! Sie hatten zwar etwas davon, aber welch geringen Teil des Schatzes, der hier verborgen lag! Und noch mehr: Draußen unter dem Holzschuppen, dicht neben der Hütte Ducs, lag ein zweiter Schatz, zwar nicht so groß, aber auch noch ganz ansehnlich, als eine unberührte Sicherung für die Zukunft, falls mit dem Geldtopf im Keller vielleicht ein Unglück geschehen sollte.

Zitternd hatte Ivo sich erhoben. Ein letztes Mal starrte er sein Geld mit zärtlichen Blicken an, und dann ließ er den Topf wieder in die Grube wie in ein Grab hinabsinken. Sorgfältig deckte er sie wieder mit dem Stein zu, und auf dem Stein häufte er wieder die Rüben und das Stroh auf. Die Krisis war vorüber, der Zauber gebrochen, er schauerte in der Kälte, die an seinen Beinen hinaufkroch, plötzlich zähneklappernd zusammen. Er blies die Kerze aus und erschien wieder oben im nüchtern-grauen Tageslicht ...

Im Übrigen verging der Tag wie alle anderen Tage, nur war er für Ivo etwas lebhafter, weil er der Hilfe Guustjes entbehren musste. Der brummige Stotterer blieb den ganzen Tag im Bett liegen und murrte bei dem geringsten Geräusch, das sein Bruder bei seiner Arbeit verursachte.

Es ward Abend, und auf dem einsamen Gehöft schmolzen nach und nach alle Laute zusammen und erstarben zuletzt. Die Tiere waren wieder im Stall, die Türen wurden geschlossen, da und dort lief noch ein Bauer mit einem brennenden Öllämpchen, das sich wie ein Irrlicht ausnahm, hin und wieder. Nur der dumpfe Takt eines Dreschflegels auf irgendeinem Hofe ließ sich noch eine Weile vernehmen, und als auch dieser Ton erstorben war, hörte man nichts mehr, als von Zeit zu Zeit das entfernte Gekläff der Wachthunde.

Sobald die Dunkelheit angebrochen war, hatte Ivo Tür und Fensterläden fest verschlossen und sich angeschickt, im Hause noch einige Stunden zu schaffen. Er hatte einen Kessel voll Futter für die Schweine zu kochen und einen Riesenhaufen Rüben für die Kühe klein zu hacken.

Es mochte gegen zehn Uhr sein. Ivo saß beim Schein eines qualmenden Lämpchens auf einem kleinen Schemel neben dem erloschenen Herd. Zwischen seinen Beinen lag der Haufen Rüben; dicht vor ihm stand der große Korb, in den er die kleingehackten Stücke warf.

Er würde bald fertig sein. Noch ein Dutzend große Rüben waren klein zu schneiden. Seine Augen brannten vor Ermüdung und Schlafsucht, seine kalten Hände wurden steif und schwach. Zuweilen hielt er mit dem Arbeiten inne, und sogleich fielen ihm die Augen zu, wie von groben Fingern niedergedrückt.

Plötzlich hob er lauschend den Kopf, mit einer zur Hälfte zerschnittenen Rübe zwischen den Fingern. Draußen im Baumgarten hatte Duc ein kurzes Bellen hören lassen, während seine Kette klirrte. Gewiss war eine fremde Katze über den Hof geschlichen, dachte Ivo und machte sich langsam wieder ans Rübenschneiden. Es war sofort wieder totenstill geworden, und Ivo kämpfte mit gesenktem Kopf angestrengt gegen die überwältigende Schläfrigkeit, als der Hund draußen zum zweiten Male zu bellen anfing, jetzt aber so laut, so wütend, dass Ivo instinktmäßig mit einem heiseren Angstschrei von seinem Stuhl auffuhr.

„Is jemand da?", rief er, mit seinem Lämpchen zur Haustür gehend; und dann rief er zur Bodentreppe hinauf nach Guustje, der jedoch keine Antwort gab.

„Guust, hörste das?"

Der Hund bellte nicht mehr, sondern knurrte nur noch unheimlich; und plötzlich entstand draußen ein ganz wunderliches Geräusch; ein Rascheln, als wenn der Wind durch dürre Blätter fährt, in das sich flüchtig ein kurzes Winseln Ducs und das Klirren seiner Kette mischte.

„Geht denn der Wind", dachte Ivo, „und bellt der Hund gegen das Rascheln der dürren Blätter?" Aber plötzlich sperrten sich seine Augen in ängstlichem Grauen weit auf, und das Lämpchen in seiner Hand schwankte, als ob es ihm entfallen wollte.

„Guust, Guust!", schrie er heiser hinauf, während seine verstörten Blicke auf dem Gegenstand seiner Furcht – der Haustür – wie festgenagelt haften blieben.

Diese Tür bewegte sich! Sie schwankte knarrend hin und her von rechts nach links, von unten nach oben, als ob von draußen mit einem Brecheisen daran gearbeitet würde.

„Guust!", brüllte Ivo wie wahnsinnig, aber ehe er noch einmal schreien konnte, flog die Tür plötzlich auf und zwei Männer stürmten herein, die ihn mit ihren Klauen an der Kehle packten. Er gab noch einen kurzen Schlucker von sich, stürzte in der plötzlichen Finsternis mit dem zertrümmerten Lämpchen zu Boden, fühlte gewaltsam einen Knebel in seinen Mund schieben und seine Handgelenke von einem starken Strick umschnürt. Er ächzte, schnaubte jämmerlich durch die Nasenlöcher und verlor das Bewusstsein.

Als er zu sich kam, saß er wieder auf seinem Schemel, noch immer den Knebel im Mund, die Hände auf dem Rücken gefesselt; und dicht vor ihm, kaum sichtbar im matten Schein einer Blendlaterne, die sie auf das Tischchen gestellt hatten, standen die beiden Männer, die beiden schrecklichen Männer: ein großer, schwerer und ein langer, magerer, beide an den Händen und im Gesicht kohlschwarz, mit grausamen Augen, in denen das Weiße unheimlich glänzte. Auf dem Tisch lag ein dickes Brecheisen und ein mächtiges, scharfgeschliffenes Schlachtmesser, und der Ältere und Dickere von den beiden trat einen Schritt vor und sprach zu Ivo mit erkünstelt hohler Stimme:

„Baas Van Heule, Ihr habt zu wählen zwischen Leben und Tod. Wir wollen Euer Geld. Zeigt uns, wo's is, und es wird Euch kein Haar auf'm Kopf gekrümmt werden. Aber sonst …!" Der schreckliche Mann ergriff, ohne den Satz zu vollenden, das Messer und kam drohend auf Ivo zu.

Der alte Geizhals saß mit hervorgequollenen Augen bebend auf seinem Stuhl. Er stöhnte und schnaubte gewaltig durch die Nase, verrenkte seinen ganzen Körper wie unter den Qualen der Folter, schien durch flehende Blicke um etwas bitten zu wollen.

„Willste reden?", fragte der Mann mit erhobenem Messer.

Ivo nickte heftig.

„Wirste nich schreien?"

Ivo schüttelte heftig mit dem Kopf.

„Wennste schreist …!", drohte der Mann mit wild geschwungenem Messer.

Der zweite Kerl, der Lange, Magere, hatte sich noch nicht gerührt, noch kein Wort gesprochen. Nun gab ihm der Große, Dicke einen Wink, und er nahm Ivo den Knebel aus dem Mund.

Sofort begann Ivo wie ein Kind zu weinen.

„Nich greinen“, drohte der Große. „Wo is dein Geld?“

„Ich hab kein Geld, wir hab’n kein Geld“, schluchzte Ivo.

„Marsch!“, rief der Kerl seinem Genossen zu, und im Nu hatte Ivo den Knebel wieder im Mund.

Ivo nickte, schnaubend, pustend, halb erstickend, wiederholt mit dem Kopf, als wollte er bedeuten, dass er bereit sei, es zu sagen.

Abermals wurde er von dem Knebel befreit.

„Wo is es?“, fragte der Mann.

„Wo is Guust? Ruft Guust“, antwortete Ivo.

Er sah zur Bodentür hinauf, bemerkte aber, dass sie mit einem großen Holzpflock über dem Schloss fest verrammelt war.

Das schien ihm plötzlich allen Mut zu nehmen, er brach wieder in Tränen aus, beteuerte schluchzend, dass sie gar kein Geld hätten.

Zum dritten Male wurde ihm der Knebel in den Mund geschoben.

„Ja oder nein, willste mir sagen, wo dein Geld is?“, zischte der dicke Mann mit unheimlich funkelnden Augen; und er hielt das Messer dicht an Ivos Kehle.

In einem plötzlichen Anfall von Auflehnung schüttelte Ivo wild mit dem Kopf ein heftiges Nein.

Aber das währte nur kurze Zeit. Der Kerl packte ihn im Nacken, machte ihm ein kleines Schnittchen in den Hals, und unter dem Reiz des Schmerzes stieß Ivo trotz des Knebels, einen rauen Schrei aus.

„Willste’s sagen?“, wiederholte der schwarze Mann, mit grausam blitzenden Zähnen und Augen, seinem Opfer das blutige Messer zeigend.

Ivo war besiegt. Eine wahre Tränenflut ergoss sich plötzlich über seine Wangen; er nickte drei-, viermal hintereinander, heulend wie ein Kind.

Wieder wurde der Knebel weggenommen.

„Wo is es?“, fragte der Bandit zum letzten Male.

„Ich wer's euch zeigen, ich wer's euch zeigen“, stöhnte Ivo, „aber wo is Guust, laßt mich Guust rufen, damit ich nich alleine bin.“

„Guust schläft, lass'n nur in Ruh“, antwortete barsch der Mann. „Wenn er runter kommt, wird er auch gebunden und vielleicht kalt gemacht.“

„Oh, oh, oh“, ächzte Ivo. Und plötzlich bemerkte er das Blut, das von seinem Hals auf seine Kleider tropfte.

„Ach, macht meine Händ' los, macht meine Händ' los, damit ich's Blut stillen kann“, schluchzte er.

„'s wird sich schon selber stillen, zeig uns dein Geld“, sagte der Kerl erbarmungslos, ihm einen Stoß versetzend.

„Ach, ach, ich sterb, ich verlier mein Blut, all mein Blut,“, jammerte Ivo, nach dem Keller wankend.

„Wenn wir dein Geld hab'n, wer'n wir dein Blut stillen, eher nich!“, klang die erbarmungslose Antwort.

Ivo, mehr tot als lebendig, beeilte sich. Von dem Langen, Mageren mit seiner Blendlaterne vorangeleuchtet, taumelte er die Stufen hinab, lief direkt auf das Häuflein Rüben zu, stieß mit dem Fuß hinein und sagte zitternd und flehend:

„Da, darunter, unter diesem Stein. Ach, seid doch so gut, seid doch so gut und stillt mir mein Blut!“

Im Nu hatten die Diebe das Versteck entdeckt, geöffnet, den Steintopf mit dem Geld herausgenommen.

„Donnerwetter!“, riefen sie alle beide in begeisterter Überraschung.

„Ach Gott, stillt mir doch mein Blut, bitte, ich stirb“, flehte Ivo, für alles andere plötzlich gleichgültig geworden.

„Wo is 's andere! Du hast noch mehr Geld!“, rief der ältere Räuber.

„Macht mich tot, macht mich tot, macht mich ganz tot!“, schrie Ivo, der durch das Übermaß der Qualen plötzlich wieder mutig ward.

Sein Notschrei machte Eindruck auf die Gauner. Sie schienen ihm zu glauben, drängten nicht weiter in ihn. Der Ältere nahm Ivos eigenes Sacktuch aus dessen Jacke und wand es ihm um den Hals, während der Jüngere, keuchend unter seiner Last, mit dem Geldtopf die Treppe hinausging.

„Macht nun auch meine Hände los", stöhnte Ivo, als sie wieder oben waren.

Die Männer gaben keine Antwort, sondern leerten hastig den Inhalt des Topfes in einen starken Sack. Das schöne Geld klang, rollte und funkelte fabelhaft. Ivo sah mit verzweifeltem Schluchzen zu, wie es vor seinen Blicken verschwand.

„Wer seid ihr?", fragte er, nun, nachdem sein Blut gestillt war, wieder ganz zum Bewusstsein der grausamen Wirklichkeit kommend.

Keine Antwort. Mit ihren geschwärzten Händen schnürten sie flink und gewandt den Sack mit einem Strick zu.

„Ich weiß, wer ihr seid; ich kenn euch!", rief Ivo plötzlich drohend. „Ihr seid die Fniezen, Vater und Sohn! Ihr habt euer Gesicht und eure Händ' schwarz gemacht, aber ich erkenn euch doch; ihr seid ..."

Er konnte nicht endigen. Mit einem Griff hatten sie ihn wieder gepackt, ihm den Mund geknebelt und mit einem starken Strick an seinem Stuhl festgebunden. Droben auf dem Dachboden ließ sich Gepolter vernehmen; Guustje, endlich erwacht, fragte mit rau-kreischender Stimme aus seinem Bett, was unten los sei. Der Ältere hob dem Jüngeren den Sack auf die Schulter und beide eilten zur Tür, die Küche in dichter Finsternis hinter sich lassend.

Von oben schrie Guustje mit heiserer, in zunehmender Wut erstickender Stimme. Ivo, unfähig, eine Antwort zu geben, schleppte sich stöhnend und ächzend mit seinem Stuhl über den Flur zur Bodentreppe.

Guustje schimpfte, fluchte, stieg endlich aus dem Bett
und polterte die Stufen herab. Schäumend vor Wut, trom-
melte er gewaltig mit den Fäusten an die festverschlossene
Bodentür, die ihm Halt gebot.

„Gruuuh, gruuuh, gruuuh!“, stöhnte Ivo unten an der
Tür durch die Nase, wie ein zu Tode gemartertes Tier.

Guustje brüllte, hämmerte, stampfte mit verzehnfachter
Gewalt. Endlich flog der Holzpflock vom Schloss, und die
Tür sprang auf …

2

Es schien wie ein Wunder, dass nach einer solchen Gräuel-
nacht noch ein gewöhnlicher, alltäglicher Morgen auf dem
alten Gütchen tagen konnte.

Sobald am östlichen Himmel das Morgenrot zu schimmern begann, wagten sich die beiden Brüder hinaus. Die
heftige Erschütterung hatte Guustje plötzlich von seiner
Krankheit geheilt; er war vor Wut und Grimm ganz verrückt; er wollte sofort das ganze Nest zusammenrufen und
die Dorfpolizei aufbieten.

Was ihnen in dem grauen Dämmerlicht zuerst auffiel,
war etwas ganz Ungewöhnliches an Ducs Hütte. Es steckte
ein dicker gelblicher Pfropfen drin. Es schien, ob der Hund
selber halb in, halb außer der Hütte stünde und regungslos
vor sich hin guckte.

„Duc!“, rief Guustje zitternd, ohne dass er das Herz fand,
näher zu kommen.

Ein ersticktes Winseln klang als Antwort zurück. Die
Brüder gingen hin, und was entdeckten sie! Einen dicken
Strohbüschel, mit dem man den Hund in seiner Hütte ein-
gesperrt hatte. Das war das Rascheln gewesen, das Ivo in
der vorigen Nacht gehört und das wie das Spiel des Win-

des mit dem dürren Laube geklungen hatte! Ein Glück für Duc, dass seine baufällige Hütte zahlreiche Risse und Sprünge hatte, sonst hätte er ersticken müssen.

Sie befreiten den Hund, der winselnd an ihnen emporsprang, und als er auch von Halsband und Kette losgemacht war, schüttelte er gewaltig sein zitterndes Fell, als wollte er die ausgestandenen Unbilden von sich abwerfen, und verschwand dann schnüffelnd und spürend um die Stallecke.

Schleichend und spähend untersuchten die Brüder im Halbdunkel die Umgebung des Holzstoßes, unter dem, dicht bei Ducs Hütte, der zweite Schatz verborgen war. Gott sei Dank! Den hatten die Schurken nicht gefunden! Und im Flüstertone vereinbarten sie, ihn in der nächsten Nacht auszugraben und in Sicherheit zu bringen. Dann schlichen sie um die Ställe, um zu sehen, ob sich auch da nichts Verdächtiges zeige. Und nachdem sie auch darüber beruhigt waren, kehrten sie wieder um und lugten ängstlich durch die graue Morgendämmerung, ob nicht schon jemand von den Nachbarn zu sehen sei.

Die nächstgelegene Meierei befand sich jenseits der Straße, ungefähr hundert Meter entfernt. Dort wohnte Leo, mit dem Ivo am vorigen Morgen auf dem Markte gesprochen hatte, und man sah schon Bewegung auf der Hufe. Rasch eilte Guustje zu dem morschen Gartenzaun, setzte seine beiden Hände wie einen Trichter an den Mund und rief mit kreischend-heiserer Stimme, die unheimlich wie ein Hilferuf über die Fläche hallte:

„Leo ... biste dort?"

„Ja, wo fehlt's denn?", klang es laut zurück, während drüben im dämmrigen Baumgarten ein beweglicher Schatten plötzlich still hielt.

„Leo ...! Komm mal rüber, wenn's beliebt, hier is was geschehn!", schrie Guustje.

Man hörte das Geräusch eines eisernen Henkels, der auf einen Holzeimer niederfiel, und mit langen Schritten kam der Angerufene quer über die Felder daher gestelzt.

„Was sagste da?", fragte er, mehr verwundert als erschreckt.

„Sie hab'n uns heut Nacht all unser Geld gestohlen!", jammerten die beiden Brüder zu gleicher Zeit.

„Euer Geld gestohlen? Wer denn nu'?", fragte Leo.

„Sies Fnieze und sein Sohn!"

„Sies Fnieze und sein Sohn? Und seid ihr auch dessen sicher?"

„Und sie hab'n mir mit'm Messer die Kehle abschneiden wollen", stotterte Ivo, dem bei der Erinnerung an die nächtlichen Gräuel die Augen aus dem Kopfe quollen, während er mit beiden Händen seine umwickelte Kehle festhielt.

„Nu, das ist doch zum Lachen!", sagte Leo, noch immer ungläubig. „Wie viel hab'n sie euch denn gestohlen?", fügte er mit einem verschmitzten Augenzwinkern bei.

Diese einfache Frage schien die beiden Geizhälse ganz aus der Fassung zu bringen. Sie stotterten, nach einer Antwort suchend, und Guustje wurde fast böse.

„Alles, alles, was da war!", rief er ärgerlich.

Ein spitzbübisches Lächeln erschien auf Leos Gesicht. Wie alle Leute in der Gegend hatte auch er von dem mutmaßlichen Geldtopf der „reichen Biester Van Heule" gehört. Es war also doch richtig, was man sich darüber erzählte.

„War's Geld, das versteckt war?", fragte er wieder in unwiderstehlicher Neugier.

„Ja."

„Im Boden?"

„Ja; in unserm Keller."

Leo sah die beiden Brüder mit seinem rätselhaften Lächeln an.

„'s wär besser gewesen, ihr hättet's auf die Bank getan", sagte er unschuldig.

Die Brüder waren missvergnügt, enttäuscht. Sie hatten bewegte, erschreckte, bedauernde Teilnahme und Unterstützung von Leo erwartet, und nun nahm er die Sache so kalt aus, als ob sie ihn gar nichts anginge. Wie war das möglich? So was konnte ihm doch auch geschehen! Warum half er ihnen nicht klagen und suchen? Warum rief er nicht die Nachbarn, das ganze Dorf, die Polizei herbei? Es reute sie, ihn gerufen zu haben, und sie hätten es jetzt am liebsten gesehen, wenn er wieder fortgegangen wäre. Aber daran schien Leo gar nicht zu denken. Er hegte offenbar ein heimliches, aber inniges Interesse für den Fall, und als er einen Nachbar sah, der schon mit seinem Ochsenkarren vorbeifuhr, rief er ihm zu:

„He, Celestien, guck mal her! Haste schon gehört, was hier heut Nacht geschehn is?"

„Brrr!", sagte Celestien, seine Ochsen auf die Seite ziehend. Er wand das Leitseil um den Zaunpfahl und stapfte auf den Hof zu.

Nach Celestien kam Soarel, nach Soarel Seerfien, nach Seerfien Soarlewie, Angelus, Bruno und Déefiel; und dann kamen auch die Weiber: Siednie, Eemlie, Roozlie, Falderie, Emerance und Kathelijnsjen; und binnen kurzem standen nahezu alle Bewohner der Einöde auf dem Hofe der Van Heule versammelt.

Ivo hatte einen Arbeiter aus der Nachbarschaft nach dem Dorfe geschickt, um den Polizeikommissär zu benachrichtigen, und während man auf dessen Ankunft wartete, wurde die Geschichte des nächtlichen Überfalls fortwährend wiederholt vor einer gaffenden, mit heimlicher Schadenfreude zuhörenden, ständig wachsenden Zuhörerschar. Der Überfall an sich machte weniger Eindruck; was sie alle so gern gewusst hätten, das war der Betrag der gestohlenen

Summe, um zu erfahren, wie viele Tausende diese „reichen Biester Van Heule" in diesen langen Jahren der Filzigkeit aufgestapelt hatten.

Es ward bewegt auf dem kleinen Hofe, man hörte verstohlen kichern und lachen, Neugierige drangen schleichend in das schmutzige Wohnhaus ein, um den schmierigen Plunder dieser alten Geizhälse einmal von nahe zu betrachten, das teilnehmend-entrüstete Solidaritätsfühl, das sonst die Bauern bei Unglücksfällen ihrer Nachbarn bekunden, fehlte gänzlich, und die Kinder, die schon auf dem Weg zur Dorfschule waren, liefen johlend die Straße entlang und schrien mit wilden Armbewegungen, wie in ausgelassener Lustigkeit: „Sies Fnieze und sein Sohn hab'n den reichen Biestern Geld gestohlen."

Da kam endlich die Polizei heran: der Kommissär mit silberbordierter Mütze und zwei Gendarmen in Uniform! Sofort gingen die Bauern und Bäuerinnen still auf die Seite. Wenn die Polizei am Platze war, hatte niemand Lust, in vorderster Reihe zu stehen.

„Nu', Van Heule, was ist denn passiert?", fragte gleich der Kommissär, während er Ivo forschend musterte.

Ivo fing an zu weinen. Er konnte kein Wort mehr sprechen und langte nur mit zitternden Händen nach seiner umhüllten Kehle, als ob er fühlen wollte, ob sein Kopf noch auf seinem Halse sitze.

„Kommt, lasst uns lieber 'reingehn", sagte der Kommissär. Und er schritt voran, von den beiden Brüdern und den Gendarmen gefolgt. Flüchtig betrachtete er die gewaltsam aufgebrochene Tür, die dann sofort wieder, um etwaige Neugierige fernzuhalten, geschlossen wurde.

Ivo erzählte stotternd, in abgebrochenen Sätzen das Geschehene. Guustje, der zitternd vor Aufregung am Schornsteinmantel lehnte, fügte hie und da einige Worte hinzu. Der Kommissär blickte sie abwechselnd mit scharfen Augen aufmerksam zuhörend an. Die Gendarmen standen, mit dem Gewehr über der Schulter, unbeweglich zwischen den beiden kleinen Fenstern.

„Wie viel ist euch gestohlen worden?", war des Kommissärs erste Frage, genau so wie es die Nachbarn getan hatten.

Wie unter einem schmerzhaften Stich zuckten die Brüder zusammen.

„Wir wissen's nich, Herr Kommissär, 's war in 'nem Topf, da legten wir's immer 'rein", jammerten sie.

„Warum tut ihr euer Geld nich auf die Bank oder auf die Post?", fragte der Kommissär beinahe tadelnd. Darauf wussten sie keine Antwort. Sie schämten sich, zu gestehen, dass sie das Geld von Zeit zu Zeit sehen wollten, um es mit den Händen zu streicheln und zu liebkosen.

„Geld, das im Boden liegt, is zu nichts nütz", wiederholte streng der Kommissär, und dann begann er in einem Büchlein Notizen zu machen. Die Brüder nickten mit dem Kopfe, ohne zu antworten. Die regungslosen Gendarmen am Fenster stützten sich jetzt vom rechten Bein auf das linke.

„Und Ihr behauptet, dass es die Fniezes sind, nich wahr? Sies Fnieze und sein Sohn Fielemon, die das getan haben sollen?", fragte der Kommissär, Ivo rasch und scharf in die Augen sehend.

„Ja, Herr Kommissär, ich hab sie erkannt, wenn sie sich auch schwarz gemacht hab'n", sagte Ivo zitternd.

„Woran habt Ihr sie erkannt?"

„An ihrer Stimme."

„Und habt Ihr Zeugen dafür?"

Entsetzt blickte Ivo auf.

„Ha … ha … ha … ha nein, ich war ja alleine, Herr Kommissär", stotterte er.

„Ja, aber, Van Heule, wisst Ihr wohl, dass Ihr dann vorsichtig sein müsst?", mahnte der Kommissär, seine Mütze beiseite legend. „Wisst Ihr wohl, dass Ihr selber vor Gericht und ins Gefängnis kommen könnt, wenn Ihr Unschuldige anklagt?"

„Aber Herre, aber Herre!", jammerte Ivo.

„Ihr müsst's beweisen können", sagte der Kommissär, das Tischchen klopfend. „Wisst Ihr, was wir jetzt tun wer'n: Ihr zieht Euch rasch 'n bisschen an und geht mit uns ins Dorf, wo wir Fnieze und seinen Sohn verhören."

„Sie sind's! Das dürfen Sie glauben, Herr Komissär", brach Guustje plötzlich wütend los. „Es is sIechtes Volk, Lumpenvolk! Sie hab'n mich auch besftohlen! Sie bestehlen alle, die in ihre Spelunke kommen."

„'s is möglich, Van Heule, aber Beweise, Beweise!", wiederholte der Kommissär, sich erhebend. „Vorwärts, Ivo, kleidet Euch schnell an; wir wer'n mal dort suchen."

Bald war Ivo fertig. Er hatte seine schweren Nagelschuhe angezogen – die einzigen, die er besaß – und über seine verfärbte, uralte Jacke den altmodischen blauen, von vielem Waschen ganz ausgebleichten Kittel gesteckt. Er trug eine braune, an den Nähten kahle Pelzmütze, und zwischen den drei Polizeimännern nahm er sich aus wie ein verwahrloster Landstreicher, der irgendwo wegen Bettels aufgegriffen worden ist. Guustje, der allein zurückblieb, schloss sich grimmig im Hause ein, um das ärgerliche Treiben da draußen nicht länger mit anhören und ansehen zu müssen. Die Gesellschaft verlief sich aber bald: Leo, Seerfien, Soarlewie, Déefiel und die anderen waren schon wieder an der Arbeit; Siednie, Eemlie, Roozlie, Falderie, Emerance und Kathelijnsjen zogen in schwätzenden Gruppen heimwärts, und selbst der träge Celestien fuhr mit seinem Karren weiter, nachdem er wiederholt unters Hüh-Rufen an dem Leitseil seines schläferigen weißen Ochsen gerüttelt, der dort am Zaunpfahl eine kleine Lache von Geifer hinterlassen hatte.

Auf dem Kirchturm schlug es eben neun Uhr, als Ivo mit den anderen im Dorfe ankam. Die erschütternde Neuigkeit schien schon ein wenig bekannt zu sein; eine Anzahl Leute standen neugierig guckend auf den Türschwellen oder kamen hastig herausgelaufen.

So rasch als sie konnten, schritten die vier Männer weiter. Bald waren sie in der Nebengasse vor der verrufenen Kneipe der Fniezes und traten sofort durch die niedrige Tür, unter der man sich bücken musste, hinein.

„Is jemand da?", rief der Kommissar in der leeren Gaststube.

Es dauerte ein Weilchen, bis Antwort kam. Ivo, der zum ersten Male den Fuß in diesen Krug setzte, wo Guustje so jämmerlich in sein Verderben lief, sah mit einem Ausdruck der Angst und des Abscheus auf die schmutzigen Mauern, an denen grellfarbige Bilder hingen, nach dem Büfett mit Spiegeln und bemalten Vasen, nach den wackeligen Tischchen und Stühlen hinter dem hölzernen Wandschirm und bei den kleinen Fenstern. Eine Armbrust mit Pfeilköcher hing an zwei Nägeln an der niedrigen Balkendecke, und oben auf dem Schaubrett, rechts und links von einem weißen Porzellantöpfchen mit geweihten trockenen Palmkätzchen, standen zwei kleine Rahmen: der eine mit dem allsehenden dreieckigen Auge und der Inschrift „Gott sieht mich"; der andere mit den in Rot und Weiß aufgestickten Buchstaben „Hier wird nicht geflucht"; beides wirkte wie ein Hohn und eine Profanation in dieser Höhle liederlicher Ungebundenheit.

Ein Hintertürchen ging auf und die Meisterin Fnieze kam herein, in kräftiger Haltung, frisch und dick, mit etwas stark gerötetem Gesicht und schwarzen Augen, die Ärmel waren bis zu den Ellenbogen aufgestülpt und entblößten zwei kräftige, noch mollige, weiße Arme. Sie schien durch die Anwesenheit Ivos und der drei Polizisten weder erschreckt noch erstaunt.

„Jedem 'n guten Tag, setzt euch", sagte sie gleichmütig

und postierte sich hinter dem Schenktisch, um auf die Bestellungen der Gäste zu warten.

„Sind Fnieze und Ihr Fielemon zu Haus, Meisterin?", fragte der Kommissär, indem er sich mit einem Lächeln forschend umsah.

„Nein, Herr, sie sind schon sehr früh ausgefahren mit ihrem Karren, aber ich denk, dass sie doch nicht lang mehr ausbleiben wer'n", antwortete ruhig die Frau. „Müsst Ihr sie haben?"

„Ja", sagte der Kommissär und hielt ein Weilchen inne, den scharfen Blick fest auf die Frau richtend.

„Kann ich euch vielleicht von Dienst sein, ihr Herrn?", fragte sie wieder etwas betreten, indem sie die vier Männer abwechselnd mit ihren schönen, dreisten schwarzen Augen ansah.

„Vielleicht", sagte der Kommissär. „Ihr habt vielleicht schon gehört, was heut Nacht bei diesem Mann da geschehn is!" Und dabei deutete er auf Ivo, der einige hastige, unverständliche Worte herausstotterte.

„Keine Ahnung, Herr, ich weiß von nichts", antwortete langsam die Frau, ernst den Kopf schüttelnd mit unverwüstlicher Ruhe.

„Jawoll, Meisterin, wenn Ihr's nicht wisst, so will ich's Euch sagen: Diesem Mann da ist heut Nacht all sein Geld gestohlen worden. Man hat bei ihm eingebrochen und ihn ermorden wollen, und in den Tätern hat er Euren Mann und Euren Sohn erkannt!" Und der Polizeimann stellte sich vor sie hin, die Ellenbogen auf den Schenktisch gestützt, seine Augen in die ihrigen bohrend.

„Heut Nacht ...! Das kann nich wahr sein, Herr Kommissär. Mein Mann und mein Sohn sind nich aus'm Bett gekommen!"

„Sind sie vielleicht gar nich drin gewesen?", drängte der Kommissär erbarmungslos weiter.

„’s is nich wahr, Herr“, wiederholte die Frau mit noch größerem Nachdruck, indem sie die Hände ineinander schlug. „’s is doch zu arg, was man da hören muss! ’s is ’ne große Unverschämtheit!“

Wieder ging die Hintertür auf, und Mietje, die Tochter, erschien auf der Bildfläche.

„Was is ’n da los?“, rief sie, indem sie steif auf der Schwelle stehen blieb.

„Ha, horch nur mal, M’rie“, kreischte die Frau, „Van Heule is heut Nacht sein Geld gestohlen worden und nu’ woll’n sie durchaus, dass der Vater und Fielemon das getan hab’n. Und sie sind doch mit keinem Fuß aus’m Bett gekommen.“

„Vater und Fielemon!“, rief Mietje, wie an den Boden genagelt vor Überraschung. „Sind die Leut’ verrückt?“

Mietje war eine jüngere Ausgabe ihrer Mutter. Sie hatte eine frische Gesichtsfarbe und schöne Augen; die Büste war gut entwickelt, der Körper schlank und biegsam. Nur ihr Mund war nicht schön, die Lippen waren zu fleischig. Aber gerade dieses fleischige war es, was die Verehrer anzog, es lud gewissermaßen zum Küssen ein.

Die Gendarmen, die bisher wie ein Paar Pfähle bei der Tür gestanden hatten, kamen einen Schritt näher, und selbst der Kommissär konnte ein Lächeln nicht unterdrücken. Nur Ivo war aufgeregt und litt entsetzlich. Unempfindlich gegen weibliche Reize, sah er in Mietje nur die Untugend, die seinen Bruder ins Verderben gerissen hatte und die indirekte Ursache des schauerlichen Abenteuers der vergangenen Nacht war. Er wollte sie weder ansehen noch hatte er den Mut dazu, er fühlte instinktiv, dass die ganze Untersuchung zu nichts führen würde, und starrte mit ängstlicher Sehnsucht nach der Tür, durch die er gerne hätte entkommen wollen.

“Ha, Herr Kommissär, solchen Affront hab ich in meinem ganzen Leben noch nich erlebt!“, schrie die Frau, der es nun gelungen war, in Tränen auszubrechen. „Ha, wenn nur Fnieze heimkäm', damit er selber …"

Kaum hatte sie diese Worte ausgesprochen, als ein Wagen vor der Tür hielt und Sies Fnieze halb die Tür öffnete.

„He, Serloode, oder M'rie, langt hier mal zu!", rief er herein, ohne dass er sah, wer sich in der Stube befand. „ Die Frau kam eilig auf ihn zugelaufen.

„Sies, komm mal 'rein!"

Fnieze trat ein, sah Ivo und die drei Polizisten, guckte kaum verwundert auf und langte nur flüchtig an seine Mütze, indem er guten Tag wünschte.

„Sies", schrie die Frau, „Van Heule is heut Nacht sein Geld gestohlen worden, und er sagt, dass du und Fielemon es getan hab'n."

„Was sagt er?", rief Fnieze, auf Ivo zutretend.

Ivo begann bei dem Anblick dieses Mannes, den er als den Dieb und Mörder zu erkennen geglaubt, wie ein kleines Kind zu weinen. Er sah diese wutfunkelnden Augen, diese rauen, groben, grausamen Hände, die seine Kehle umklammert hatten, und bei der drohenden Gebärde, mit der jener nun auf ihn zutrat, fühlte er wieder den starken Griff und das mörderische Schneiden des Messers an seinem Halse. Der Kommissär blickte die beiden regungslos an, als warte er auf einen Ruf der Offenbarung, aber der erschreckte und verdatterte Geizhals schien kein Wort mehr herausbringen zu können, und immer drohender kam Fnieze auf ihn zu, schimpfend, fluchend, siedend vor Wut, mit zornigen Blicken auch den Kommissär und die Gendarmen messend, als wollte er sie alle zur Tür hinauswerfen.

„Nu', erkennt Ihr ihn noch?", rief endlich der Kommissär, ungeduldig werdend.

„Er … er … er hat sich schwarz gemacht gehabt; er … er … er hat sich nu' gewaschen!", stotterte Ivo, halbtot vor Schreck.

„Gewaschen, Himmeldonnerwetter! Wäschst du dich vielleicht nich, schmieriger Bauer, Gottverdammtnochmal!“, brüllte Fnieze.

„Ja, aber Vater, fluch doch nich so!“, greinte Mietje.

„Was, Gottverdammich, ’n ehrlichen Menschen für ’nen Dieb und Mörder ausmachen!“, fluchte Fnieze weiter. „Nee, Herr Kommissär!“, rief er plötzlich, „nee, halten Sie Haussuchung, suchen Sie uns ab; Sie dürfen alles sehn, was wir hab’n!“

Und er riss alle Türen und Kästen auf.

Der Kommissär sagte nichts, er blieb ruhig, sah Fnieze nur forschend ins Gesicht und auf die Hände. Dann ging er nach dem Fenster und blickte aufmerksam durch die Scheiben nach Fielemon, der noch auf dem Wagen saß. Die beiden Männer wechselten einen seltsam misstrauischen Blick durch die Scheiben.

„Ha, ja“, rief Fnieze wütend, „Sie schaun auf unser Gesicht und unsere Hände, ob sie nich schwarz mehr sind! Da, verdammtnochmal, sehn Sie nur her, das sind Hände von ’nem Arbeiter, Gottverdammich! Das sind keine Faulenzerhände, wie …“

„Schweig, Sies, schweig, sag ich dir!“, schrie die Frau erschreckt.

Der Kommissär sah Fnieze wieder scharf mit seltsamen Augen an, und in ihrem stechenden Ausdrucks lag etwas derart Drohend-Unheilverkündendes, dass Fnieze sofort ruhiger wurde, als ob er fühlte, dass er sich zu weit hatte hinreißen lassen. Aber es dauerte nur einen Augenblick, sofort trat er wieder wie ein Rasender auf, schlug Türen und Kasten auf und zu, schrie nach Haussuchung, die seine Unschuld beweisen würde.

„Genug!“, sagte ruhig der Kommissär. Er zog sein Notizbüchelchen und kritzelte eilig einige Zeilen hinein. Es trat plötzlich eine beklemmende Stille ein. Man hörte nur noch das gedämpfte Fluchen Fniezes, der aufgeregt auf und ab ging. Die Frau war mit dem Abspülen schmutziger Gläser beschäftigt, Ivos Augen wichen nicht von dem Büchlein des Kommissärs, und die beiden Gendarmen sahen ab und zu mit einem gewissen Interesse nach Mietje, die noch immer feuerrot, mit zornigem Gesicht, auf der Schwelle der Hintertür stand.

„Habt Ihr noch was zu sagen oder zu erklären?", fragte der Kommissär Ivo.

„Nee, nee, Herr", antwortete zitternd der verdatterte Bauer.

„'s is gut", sagte der Polizeimann kurz, sein Büchelchen zuschlagend. „Wir sind hier vorläufig fertig. Fielemon", sagte er, die vordere Tür öffnend.

Erstaunt sah er auf, nach rechts und links in der Nebengasse. Unbemerkt war Fielemon mit Karren und Pferd verschwunden.

„Wollen Sie vielleicht Fielemon auch sprechen, Herr Kommissär?", sagte Fnieze, dienstwillig auf die Schwelle tretend.

Der Kommissär, der sich insgeheim überlistet fühlte, runzelte die Brauen.

„Wo is er?", fragte er.

„Er wird wohl fortgefahren sein; soll ich ihn suchen gehen?", schlug Fnieze vor.

„Nee, ich wer' 'n schon zu finden wissen, wenn ich 'n brauch", lehnte der Kommissär ärgerlich ab.

„Wie Sie wollen, Herr Kommissär."

Die Tür flog zu, und sie waren draußen.

3

Die gerichtliche Untersuchung war ergebnislos. Die Fniezes verharrten wütend und hartnäckig in ihrem Leugnen, und Ivo, dem vor ihrer Rache bangte, ward unsicherer in seinen Behauptungen. Er wusste es vielleicht nicht mehr so ganz genau, ob es gerade die Fniezes waren, die ihn überfallen hatten. Und es war noch etwas anderes in Mitte, etwas Seltsames, etwas, das Ivo sich selber nicht einzugestehen wagte: Seitdem das Geld fort war, war ein wunderbares Gefühl der Ruhe über ihn gekommen! Wie das kam, verstand er nicht, aber es war so. Er hatte keine Angst mehr, keine Aufregung, keine Ungewissheit; er hatte unbewusst die herrliche Empfindung eines von schwerer Krankheit Genesenden.

Aber anders war es um Guustje bestellt. Der erschöpfte sich in ohnmächtiger Raserei. Denn er hatte nicht allein das Geld verloren, sondern auch Mietje dazu, mit der er selbstverständlich alle Beziehungen abgebrochen hatte.

Guustje konnte seinen Zorn und seine Qualen nicht verbergen. Was Ivo gar nicht fühlte, das Demütigende, Erniedrigende, zum Hohn Reizende an dem Fall, das empfand er mit schmerzhaft nagender Bitterkeit. Auch ihm wäre es vielleicht nicht so nahe gegangen, dass ihnen so viel gestohlen worden war, hätten nur die Leute es nicht gewusst. Nun ärgerte es ihn gewaltig, dass er am Morgen nach dem nächtlichen Überfall Leo und die anderen Bauerntölpel gerufen hatte. Zwar schrie er überall herum, dass die Diebe noch lange nicht die Hälfte ihres Vermögens mitgenommen hätten, dass ein zweiter Topf mit Geld, viel größer als der gestohlene, unter dem Holzstoß verborgen gewesen und nun auf der staatlichen Sparkasse sicher ange-

legt sei; aber er fühlte, dass die Leute ihm nur halb Glauben
schenkten, und das machte ihn wütend und unglückselig,
das ließ ihn stundenlang vom Hofe weglaufen und sich in
Wirtshäusern der Einöde herumtreiben, umringt von Bauern, die er traktieren musste, bis er betrunken ward und in
einem Wutanfall aufstob und nach dem Dorfe rannte.

Dort lief er, die Arme schwingend, schreiend, schimpfend, drohend durch die Gassen, und in der Nebengasse,
vor dem Krug der Fniezes, wohin ihn eine magnetische
Kraft zog, rief er jedes Mal einen Auflauf hervor, trotz seiner Trunkenheit noch schlau genug, um den Fniezes nicht
Anlass zu geben, ihn wegen verleumderischer Anschuldi-
gungen gerichtlich verfolgen zu lassen. Er schrie, er habe
sich noch nicht die Hände und das Gesicht geschwärzt,
noch nicht mit einem Mord gedroht, noch keinen Buttertopf voll Geld gestohlen. Der Pöbel um ihn grinste und
lachte und johlte, und Guustje spielte dabei eigentlich
eine ganz schöne Rolle, denn die Fniezes, die sich wütend
in ihre Spelunke verkrochen, hatten doch nicht den Mut,
sich auf der Straße mit ihm zu zanken. Das war beinahe
ein stilles Schuldbekenntnis, der insgeheim auf die Fniezes
neidische Pöbel hetzte Guustje auf, der immer übermüti-
ger und kühner wurde, bis endlich eines Tages die Wirts-
haustür aufflog und Fniezes Frau, aufs höchste gereizt, wie
eine Furie herausrannte und Guustje ins Gesicht spuckte.
Guustje spuckte zurück, Mietje eilte nach und spuckte
ebenfalls; sie spuckten alle miteinander unter dem wilden
Höllengelächter der Umstehenden; und dann flog plötzlich ein Backstein – niemand wußte, woher er gekommen
war, es schien, als sei er vom Himmel herabgeflogen –
Guustje direkt ins Gesicht, so dass Guustje blutend in den
Sand niederstürzte.

„Lumpenpack! Mörder! Diebe!“, brüllte Guustje. Aber
er wurde aufgehoben und in eine Herberge getragen, wo

man ihn abwusch und sorgsam an den Ofen setzte, damit er wieder zu sich käme. Diese Herberge war eine Kneipe von demselben Schlage wie die der Fniezes; sie trug die Aufschrift: „Zum schwarzen Topf“ von J. Persijn van Puyvelde.

Guustje traktierte freigebig seine Retter und Helfer, die nun plötzlich wunderlich lustige Gesichter hatten, und als er in die Tasche langte, um zu bezahlen, stellte er mit Erstaunen fest, dass sein ganzes Geld verschwunden war.

„Wer hat mir, Gottverdammich, mein Geld gestohlen?“, fuhr er schnaubend auf.

„Wer? Mußte noch fragen? Das Weib und die Tochter natürlich, als sie dir ins Gesicht spuckten!“, riefen sie alle mit einer verächtlichen Gebärde in der Richtung nach dem Krug der Fniezes.

Guustje weinte vor ohnmächtigem Grimm und Ärger. Jedermann hinterging und bestahl ihn, jedermann hielt ihn zum Narren, und mit all seinem Schimpfen und Schreien kam er keinen Schritt weiter.

„Verfluchtnochmal!“, stöhnte er. „Verflucht! Verfluchtnochmal!“ Und dabei fing ihm die Nase neuerdings zu bluten an.

„Nehmt Euch in acht, Baas Van Heule, und reibt nicht mit ’n Händen dran, ich wer’ Euch nochmal schön abtrocknen“, sagte ein baumlanger Kerl mit einem wahren Spitzbubengesicht. Und er rieb sorgfältig mit einem Tuch über Guustjes Backen. Durch die Kneipstube ging ein schlecht unterdrücktes Lachen.

Guustje hatte sich erhoben, um zu gehen.

„Meisterin, ich wer’ morgen oder übermorgen kommen, um zu bezahlen“, sagte er, sich an die dicke Wirtin wendend.

„Ja, ja, schon recht, schon recht, Baas Van Heule“, antwortete die Frau mit purpurrotem Gesicht, während in ihren Augen die mühsam zurückgehaltenen Lachtränen glänzten. Und mit einem Male platzte sie heraus, so dass ihr Spitzbäuchlein sich heftig auf und nieder bewegte und gegen das Servierbrett in ihrer zitternden Hand stieß, auf dem die Gläser einen klirrenden Tanz ausführten.

„Was habt Ihr zu kriegen!", rief Guustje, misstrauisch die Gesichter in der Runde musternd, die nun gleichfalls plötzlich laut herauslachten. Mechanisch strich er mit der Hand über seine Wange und betrachtete dann seine Finger. Sie waren kohlschwarz. Er stob zu dem Spiegelchen am Büfett und sah sich dort als Neger.

Ein wüstes Gedränge erfüllte die Kneipstube, und ein Dutzend Kerle kugelten zugleich mit Guustje hinaus. Ein gewaltiges Hohngelächter erhob sich.

Den Kopf gesenkt, mit beiden Ärmeln eiligst den Ruß von seinen Backen wischend, rannte Guustje wie ein Narr aus der Seitenstraße hinaus. Aber es war noch helllichter Tag, die Leute sahen ihn, sahen sein schwarzes, blutiges Gesicht, und in dem Augenblick, da er an dem Wirtshaus der Fniezes vorbeiraste, traten Mietje und ihre Mutter auf die Schwelle und bogen sich, die Hände in die Hüften stemmend und laut hinauskrähend vor unbändigem Vergnügen.

Er sah sie, er sah sie alle beide, er machte eine wilde Gebärde verzweifelter Wut; er strauchelte und fiel beinahe über den Backstein, den er vorhin ins Gesicht bekommen hatte; wie ein Wirbelwind fuhr er um die Ecke der gro-ßen Dorfstraße, stürzte ins erste beste Haus, dessen Tür er offen sah, und bat um Seife und Wasser, damit er sich waschen könne ...

4

Dieses Abenteuer schien aus Guustje einen ganz anderen Menschen gemacht zu haben. Er wurde plötzlich still, ruhig, in sich gekehrt. Niemand mehr sah ihn im Dorf, niemals mehr tobte er sich in liederlichen Saufpartien aus. Sonntags oder wenn er nicht bei der Arbeit war, ging er langsam, mit gesenktem Kopfe und gefurchter Stirn, durch die Felder, gerade vor sich auf den Boden starrend, als sänne er über eine höchst wichtige Sache nach.

„Guust studiert", sagten die Nachbarn, „er studiert, wie er sein Geld wiederkriegen könne."

Das sagten sie nur scherzweise, aus Ulk, aber es war die Wahrheit: Guustje studierte, wie er sein Geld, oder zum mindesten einen Teil davon, wiederkriegen könne.

Hätte er noch einigen Zweifel haben können hinsichtlich der Frage, ob die Fniezes wirklich die Diebe seien, ein entscheidender Vorgang nahm den letzten Schimmer dieser Ungewissheit hinweg.

Die Fniezes waren ausgezogen! Diese früher so armselige Fellscherergesellschaft, diese schmierigen Krughaltersleute, sie hatten die schmutzige Seitengasse verlassen und wohnten nun … wo? Im „Gemeindehaus", dem größten und schönsten Wirtshauslokal des Dorfes, das zufällig durch Sterbefall mietfrei geworden war, eine Herberge, wo nur anständige Leute verkehrten und wo die Dorfhonoratioren allabendlich ihre Stammkneipe hielten! Ja, es war viel darüber gewispert und geschwätzt und geschrien worden; die Leute meinten, es sei eine Schande, aber das änderte nichts an der Sache: Fnieze blieb der höchste Bieter und bezog die alte vornehme Herberge. Zuerst wurde prophezeit, dass kein anständiger Mensch mehr den Fuß hineinsetzen werde, aber nach einer sehr kurzen Pause des Zauderns tauchten die vornehmen Dorfherren alle wieder auf: der Herr Aktuar kam, der Herr Einnehmer kam, der Herr Notar kam, ja sogar der Herr Bezirksrichter, der eigentlich die Fniezes hätte ins Loch stecken sollen; und sogleich fühlten diese Herren sich dort ganz behaglich; sie spielten gemütlich Karten und rauchten ihre langen Pfeifen, und Mietje war die Nettigkeit und Wohlanständigkeit selbst geworden; sie waren ganz weg mit diesem Mietje, so nett und tüchtig und anständig war sie.

Mit wessen Geld, wenn nicht mit dem gestohlenen, hatten die Fniezes dieses fertiggebracht! Guustje war jetzt seiner Sache sicher wie nur irgendeiner; und er studierte, studierte, indem er einsam mit gesenktem Kopfe durch die Felder streifte, wie er sich rächen, wie er wenigstens einen Teil des Gestohlenen wiedererlangen könne.

Und eines Morgens war es in Guustjes lange zermartertem Hirn wie eine leuchtende Offenbarung aufgegangen. Seine Augen funkelten, er fühlte sich wie neugeboren; er hatte es gefunden, gefunden; wie war es nur möglich, dass er so lange und so schmerzlich danach hatte suchen müssen! Mit einem Male stand der Plan in seinem Geiste fest; er kam gerade zur rechten Zeit, und seine Ausführung durfte nicht länger aufgeschoben werden. Guustje ging in die Dachkammer hinauf, rasierte sich sorgfältig, zog seine besten Kleider an, antwortete kaum auf die verwunderten Fragen seines Bruders und schritt rüstig dem Dorfe zu.

Ohne Furcht, ohne Zweifel, ohne einen Augenblick zu zaudern, im Voraus sicher seines Sieges, schritt er entschlossen die Stufen des „Gemeindehauses“ hinauf und betrat die vornehme große Herberge.

„’n Tag, M’rie!“

Er sagte nicht Mietje, wie sonst; er sagte M’rie, ernst, würdig und feierlich, als dramatische Einleitung zu dem ergreifenden Drama, das nun folgen sollte.

Sie war ganz allein in der geräumigen, braungeräucherten Gaststube und stand, mit dem Abspülen von Gläsern beschäftigt, sauber frisiert und geputzt wie ein wirkliches Fräulein, hinter dem Schenktisch, wo aus dem hohen schmalen Spiegel des Büfetts die Rückseite ihrer reizenden Gestalt zurückgestrahlt wurde.

Sie sah ihn kommen, und ihre Augen sperrten sich weit auf in fast ungläubiger Überraschung. Sie beantwortete seinen guten Tag mit einem kurzen, heiseren Gegengruß; sie hörte ihn, während er sich ihr gerade gegenüber vor dem Schenktisch aufstellte, fragen: „M'rie, könnt ich dich nich emal sprechen?" Und ihre Antwort kam mechanisch zurück, als wüsste sie nicht, was sie sagte:

„Nu', warum nich, Guust!"

„Wo?", fragte er, immer sehr feierlich und ruhig.

Eine gewisse Angst flackerte in Mietjes hellen Augen.

„Hier", sagte sie.

Das schien ihm nicht sonderlich zu gefallen. Er fragte mit trockener Kehle, ob er sie nicht einen Augenblick allein sprechen könne, weil er ihr etwas ganz Wichtiges zu sagen habe. Seine plötzlich zutage tretende Erregung verschärfte Mietjes Angst, erweckte ihr Misstrauen.

„Wir sind hier alleine", versicherte sie.

Er guckte nach rechts und links, ob es wohl wahr sei, neigte sich dann über den Schenktisch, seine Hand ausstreckend, um die ihrige zu fassen:

„M'rie, ich ko ... ko ... ich komm, um dich zu fragen, ob du mich heiraten willst!", stotterte er.

„Oh, du Sapermenter!", prustete sie lachend heraus.

„Ja, ja, ich mein's ernst, sehr ernst!", rief er, unter ihrem Hohngelächter erbleichend.

Sie war hinter dem Schenktisch hervorgekommen und ging, als wollte sie etwas holen, auf eine Tür zu, aber bevor sie dort war, fasste er sie plötzlich bei den Handgelenken, zwang sie zu sich heran und wiederholte mit bebenden Lippen: „Ja, ich mein's ernst, ich mein's ernst, verstehste, 's is gar nich zum Lachen. Ich hab noch viel Geld, hörste, ich hab noch viel mehr, als uns gestohlen ist!“ Und er lechzte zitternd nach einer Antwort.

„Lass mich los, du da!“, schrie sie, zornig werdend; und sie mühte sich ab, aus seiner Umklammerung loszukommen. Plötzlich stürzte er sich auf sie, wie ein wildes Tier auf seine Beute. Er drückte und küsste sie, er schluchzte und fluchte, er presste sie fest gegen seinen Leib, und sie stürzte schreiend mit ihm auf den Boden, aus voller Kehle um Hilfe rufend. Eine Tür flog auf!

Wie ein raufender Hund, der von einem anderen Hund überfallen wird, so ward Guustje von zwei kräftigen Fäusten im Nacken gepackt, vom Boden aufgehoben und fünf Schritte weiter gegen das Billard geschleudert. Dort zerrte Sies Fnieze ihn abermals in die Höhe, schüttelte ihn wie ein Rohr, versetzte ihm ein paar Maulschellen und ein paar Püffe und fragte ihn dann wütend, was er nun noch weiter begehre.

„Mein Geld, Kreuzdonnerwetter! Mein Geld und deine Tochter! Deine Tochter mit der Hälfte von mei'm Geld! Den Rest kannste behalten!“, brüllte Guustje wie wahnsinnig.

Nun brach auch Sies Fnieze in ein schmetterndes Hohngelächter aus.

„Ah … so …! Du willst meine Tochter heiraten?“, spottete er, indem er Guustje losließ.

„Ja … ich, ja … ich … ja … ich!“, schrie der bis zur Raserei aufgeregte, unglückselige Stotterer, der nun in Tränen ausbrach.

Jetzt kam auch die Frau herein, schlug in entsetzter Verwunderung die Hände über dem Kopf zusammen und fing dann sofort an giftig auf Guustje loszuschimpfe.

„Pst ... pst ... Frau, still ... still ...“, lächelte Fnieze, der plötzlich ganz ruhig geworden war. „Baas Van Heule is nich recht wohl; 's is 'm was in den Kopf gestiegen. Schenk 'm lieber 'n Tröppelchen ein, das wird ihn wieder aufrichten.“

„Er ist närrisch geworden, glaub ich“, sagte Meisterin Fnieze, während sie mit einem verächtlichen Blick auf den schluchzenden Guustje zum Schenktisch ging. Mietje, noch feuerrot, mit noch vor Wut funkelnden Augen, brachte ihre zerknüllten Kleider in Ordnung.

Da ging die Tür auf, und einer der vornehmen Stammtisch-Herren trat ein.

„'n Tag, Herr Einnehmer!“, riefen die drei Fniezes mit übertriebener Höflichkeit, und Sies stellte sich vor den weinenden Guustje, damit der Herr Einnehmer ihn nicht sehen sollte.

„'n Tröppelchen, Mietsjen“, bestellte der Herr Einnehmer, mit einem freundlichen Zwinkern nach dem Mädchen, das sich inzwischen wieder hinter den Schenktisch begeben hatte.

„Geh, Guust, Jung, geh, sei nun mal vernünftig und hör mit dem Heulen auf, was wer'n denn die Leut' denken, wenn sie's sehn“, flüsterte Sies Fnieze dem unglückseligen, auf einem Stuhl zusammengesunkenen Guustje ins Ohr.

Aber der Herr Einnehmer sah es doch.

„Fehlt 'm was?“, fragte er, sein puterrotes Gesicht Guustje zuwendend.

„Zahnweh!“, beeilte sich Fnieze zu antworten. „Der Mann sitzt da und heult vor grausamem Zahnweh! Geh, Serloode, bring 'm noch 'n Tröppelchen!“

Meisterin Fnieze kam wirklich mit einem Glas auf Guustje zu, und Guustje war schon so demoralisiert, dass er es annahm.

„Ja, Zahnweh! Sag mir einer was vom Zahnweh!“,

bemerkte der Herr Einnehmer im Tone gewichtiger Überzeugung gegen Mietje hinter dem Schenktisch. Und auch Mietje jammerte mit über das Zahnweh, die grausamste Pein, die es geben kann; und Sies Fnieze und seine Frau jammerten noch lauter über die Schrecklichkeit des Zahnwehs; es war ein allgemeiner Chor von Wehklagen über Zahnweh, und so stand Guustje endlich auf und verließ stöhnend das Gemeindehaus; und um seine Scham und sein Elend zu bemänteln, klagte er wirklich gegenüber den Leuten, die ihn auf der Straße anredeten, dass er vor Zahnweh greine, dass er halb tot und närrisch sei durch dieses „grausame Zahnweh" …

5

Dieses schreckliche „Zahnweh" im „Gemeindehaus" war Guustjes letzte Liebesqual im Hause der Familie Fnieze. Nach diesem Tage fühlte er, dass es mit ihm und Mietje unwiderruflich aus sei; und weil es so bestimmt und definitiv aus war, wurde der Schmerz um das gestohlene Geld nach und nach ebenfalls geringer.

In Wirklichkeit hatte sich durch den Geldverlust im täglichen Leben der beiden alten Brüder auch nicht das Geringste geändert. Ob mit oder ohne diese im Keller vergrabenen Schätze – es war doch immer das gleiche Schaffen und Schuften vom frühen Morgen bis zum späten Abend. Das konnte nun einmal nicht anders sein; das war unzertrennbar mit ihrem Leben verwachsen. Ivo war schon längst über den Verlust hinweg und erfreute sich einer bisher unbekannten, kümmerlosen Gemütsruhe, und auch in Guustjes Innerem kehrte endlich der stille Friede, das erleichternde Gefühl, einer großen, schweren Sorge enthoben zu sein, wieder ein.

Er kam nicht mehr ins Dorf, niemals mehr, ausgenommen Sonntagmorgens zur Frühmesse. Nach der Messe ward flüchtig ein Tröppelchen genommen im „Doppeladler" oder einer anderen Kneipe, rasch das Pfeifchen angesteckt, und weg war er wieder auf dem Wege nach seinem einsamen Gehöft, ohne nur die Straße gesehen zu haben, in der das „Gemeindehaus" stand. Er kam nach Hause, nahm eine Speckschnitte mit Kornbrot zu sich, schlenderte ein bisschen im Baumgarten und in den Ställen herum; den Rest des Tages verbrachte er in den benachbarten Kneipen: im „Spürhund", im „Grünen Jäger", im „Graf van Halfvasten", wo er mit den Bauern aus der Umgegend Kegel schob, würfelte oder Karten spielte.

Über das schreckliche Ereignis – den nächtlichen Überfall – wurde so gut wie nicht mehr gesprochen. Und wenn ja noch einer davon anfangen wollte, dann zuckte Guustje verächtlich mit den Achseln, blies ein Rauchwölkchen von sich, spuckte aus und behauptete, es sei gar nicht der Rede wert, da ihnen tatsächlich nur eine Bagatelle gestohlen worden sei. Und Ivo wollte noch viel weniger davon hören; der warf es ganz von sich ab; der antwortete überhaupt nicht mehr. Aber von dem ausgestandenen Schrecken war ihm ein eigentümliches Andenken geblieben: Sobald in seiner Gegenwart eine derartige Anspielung fiel, traten seine Augen ängstlich starrend aus den Höhlen und griffen seine zitternden Hände mechanisch nach seiner Kehle, als ob er dort plötzlich wieder einen scharfen, stechenden Schmerz empfinde. Nach wie vor ging er mit seinen Produkten zu Markte; und wenn dort zufällig einer der Fniezes auftauchte, stellte er sich, als ob er sie nicht sähe, was denn auch bald zur Folge hatte, dass die Fniezes ihn nicht mehr anguckten.

6

Und so vergingen Monate, Jahre und wurden sie allmählich zwei alte, abgelebte Menschen …

Guustje nicht so schnell; der war auch viel jünger und blühte für ein Weilchen noch einmal, wie in einer Art Nachjugend, auf. Aber Ivo zerfiel immer mehr und würde es nicht mehr lange machen. Die Spur des jahrelang benützten Tragbands in seinem harten, krummen Rücken und auf seiner schief hängenden linken Schulter wurde zu einer tiefen, schwieligen Furche, seine dünnen Beine knickten ein, seine Hände zitterten, sein Atem keuchte und röchelte bei der geringsten Anstrengung. Es machte ihm Mühe, Duc einzuspannen, der ebenfalls alt und steif geworden war und nun an beiden Hinterbeinen wie vor Furcht und Kälte zitterte, wenn er herbeigepfiffen wurde, um sich vor den Karren spannen zu lassen. Und unterwegs mussten sie immer wieder ausruhen: Ivo bleich und matt, auf einem der Tragbäume zusammengesunken, den Kopf in die Hände stützend; Duc platt auf dem Bauch in den Sand hingestreckt, heftig schnaubend, mit lang heraushängender Zunge und halb geschlossenen Augen.

Es ging nicht mehr. Selbst die weniger schwere Hausarbeit ging nicht mehr. Guustje musste jetzt beinahe alles ganz allein tun, und davon hatte er bald genug. Es müsse doch endlich eine fremde Hilfe genommen werden. Ivo seufzte, fühlte aber auch, dass es nicht anders mehr ging.

„’n Knecht?“, fragte er nachgiebig, aber unglücklich.

„Nee“, sagte Guustje, „’ne Magd, ich weiß schon eine.“

Ivo nickte stumpf und gelassen.

Das Mädchen, das Guustje meinte, war eine von den Töchtern aus dem „Graf van Halfvasten“, einem der Wirtshäuser der Einöde, wohin er nun regelmäßig jeden Sonntag kam. Sie selbst hatte Guustje auf diesen Gedanken gebracht, indem sie einmal lachend zu ihm sagte:

„Is das nu' 'n Leben, wie ihr's da habt, 'n Leben für so reiche Leut'? Wollt ihr nich 'n Knecht, so dingt euch wenigstens 'n Mädchen, die euren Plunder zusammenhält."

Guustje war nicht gleich darauf eingegangen, aber diese Worte hatten in seinem Gehirn nachgewirkt und sich bald zu einem Gedanken gebildet.

„Willste zu uns als Magd kommen?", fragte er sie plötzlich schlankweg.

„Ja, warum nich", antwortete sie ohne Zaudern.

„Is es dir wirklich ernst?"

„Ganz gewiss", versicherte das Mädchen entschieden.

Und von diesem Augenblick an war Guustje fest entschlossen. Er wartete nur noch auf eine günstige Gelegenheit, das Gespräch mit Ivo gab ihm den erwünschten Anlass.

Er ging nach dem „Graf van Halfvasten", sprach mit den Eltern, sprach mit der Dirne, bekam noch einmal ihre Zusage, vereinbarte den Lohn, und zwei Tage später kam sie mit Sack und Pack auf dem verwitterten, verwahrlosten Gütchen der beiden alten Geizhälse an.

7

Sie hieß Peelzie Verplaetse und war fünfunddreißig Jahre alt. Sie hatte eine Gestalt wie ein Brett, mit flacher Brust und flachem Rücken, aber mit einem spitzig-runden Bäuchlein, in ihrem kirschroten, knochigen Gesicht saßen ein paar hellblaue Augen, die immer freundlich lachten, und ein aufgeworfener Mund mit weit vorspringenden Vorderzähne, die sich unter der zu kurz geratenen, aufgeschürzten Oberlippe wie eine kleine, weiße Harke ausnahmen. Als Schlafstelle ward ihr das Kämmerchen über dem Keller angewiesen, und sogleich begann sie, arbeitend wie ein Pferd, das in unsagbarer Unordnung durcheinander liegende Gerümpel der beiden alten Junggesellen aufzuräumen.

Es vergingen Wochen, bis Ordnung hineinkam. Aber endlich war es so weit, und die beiden alten Burschen erkannten ihr Gütchen nicht mehr. Der jahrelang verschmutzte Ziegelfußboden lag blinkend rot da, die Wände waren abgewaschen und frisch geweißt, das Kupferzeug funkelte, und sowohl Ivo als Guustje hatten ordentliche Kleider an, trugen Strümpfe ohne Löcher, Hosen ohne Risse und Jacken oder Kittel, die nicht mehr mit zahllosen bunten Lappen geflickt waren. Sie speisten wie Menschen, tranken aus Gläsern oder Tassen, anstatt aus zerbrochenen Kannen, und sonntags konnten sie sich neben ihren Nachbarn sehen lassen und überall erscheinen, ohne dass ihnen die Gassenjugend johlend folgte, wie es bisher schon öfters geschehen war.

Ivo war bereits zu blöde geworden und auch zu sehr mit seinem bisherigen Leben verwachsen, um das alles nach Gebühr schätzen zu können, aber dem zehn Jahre jüngeren Guustje bereitete es höchsten Genuss. Er ging viel weniger aus als sonst, selbst sonntags. Was jetzt in der Nachbarschaft vor sich ging, kümmerte ihn wenig, und gegen die Fniezes war er vollkommen gleichgültig geworden; selbst als er hörte, dass sie sich ein zweites Pferd angeschafft hatten und dass Mietje öffentlich die Liebste des Herrn Einnehmers geworden sei (es wurde überall als ein unerhörter Skandal erzählt), blieb er gänzlich unbewegt. Guustje hatte plötzlich sein Glück und seinen Frieden im Hause gefunden, und was draußen sich ereignete, ging ihn nichts mehr an.

Da Ivo sich jetzt beinahe nicht mehr bewegen konnte, war es Guustje, der wöchentlich einmal mit den Produkten des Gütchens zu Markte ging. Aber auch Guustje fand, dass es ein Elend sei, sich so mit Hund und Karren herumzuschleppen, und er beriet mit Peelzie, wie mit einer richtigen Hausfrau, ob sich das nicht anders machen ließe.

„Lass mich mal gehn", sagte Peelzie sogleich dienstfertig, und sie ging wirklich, nicht einmal mit Hund und Karren, sondern zu Fuß und mit zwei schweren Körben an den Armen.

„’s is doch ärgerlich", sagte sie, als sie feuerrot und außer Atem, aber doch frohgemut zurückkehrte, „dass ihr euch nich ’n Pferdchen und ’n Tieprie[2] kauft; das kost’ beinah nichts und könnt euch doch so gute Dienste tun! Ihr braucht euch doch nicht hinter die Fniezes zu verstecken, die jetzt schon zwei Pferde hab’n!"

Das war ein Stich direkt in Guustjes Herz. Die furchtbare Erinnerung an den nächtlichen Überfall kam ihm flüchtig wieder. Sein gekränkter Stolz war das einzige, was ihn noch leiden ließ. Er guckte zu Ivo, dem bibbernd am Herdfeuer sitzenden Ivo hinüber, als suchte er auf seines Bruders Gesicht den Eindruck wahrzunehmen, den Peelzies Worte hervorgerufen; aber Ivo reagierte gar nicht darauf, und Guustje ging mit gefurchter Stirne einmal in den Baumgarten hinaus, um über die Frage nachzudenken. Es wurde vorerst nicht mehr darüber gesprochen, aber einige Tage später kam der Baas aus dem „Graf van Halfvasten", Peelzies Vater, um Guustje zu berichten, dass sich eine prächtige Gelegenheit biete, in der Nachbarschaft um ein Bettelgeld ein Pferdchen und ein Tieprie zu kaufen; und noch ehe die Woche um war, waren das Tieprie und das Pferdchen Guustjes Eigentum geworden.

Welche Aufregung, als das Gespann zum ersten Male auf dem Gütchen erschien! Da stand Peelzie auf der

---

2   Tilbury (kleine, einachsige Kutsche).

Schwelle und zeigte lachend ihre Zähne. Guustje saß, stolz wie ein Pfau, im Wagen und Ivo, der wohl etwas von dem Kauf gehört, aber nichts davon begriffen hatte, torkelte erschreckt aus seiner Ecke und guckte durch das Fensterchen nach der wunderbaren Erscheinung, wie ein kleines Kind, das zum ersten Male die wilden Tiere in einem zoologischen Garten betrachtet.

„Ach Gott, was is das! Ach Gott, was is das?“, stotterte er.

„Das is unser Pferd und unser Tieprie, Baas Van Heule; nu’ werdet Ihr auch noch mal ausfahren können!“, rief Peelzie freudig aufgeregt.

„Ach Gott! Ach Gott!“, stotterte mit ängstlichen Äuglein der alte Bauer. Und seine zitternde Hand fuhr flüchtig nach seiner Kehle, als fühlte er dort wieder die stechende und grausame Marter des nächtlichen Überfalls.

Draußen vor dem Zaun, auf der Straße, bei den Nachbarn, liefen die Leute zusammen und guckten mit aufgeregter Neugier nach dem unerhörten Schauspiel. Die reichen Biester Van Heule, die ein Pferd und ein Tieprie kauften – war das nicht die verkehrte Welt! Seerfien, Déefiel, Soarel, Celestien mit seinen weißen Ochsen und Angelus mit seinem Karren; und auch die Weiberleute: Siednie, Eemlie, Roozlie, Falderie, Emerance und Kathelijnsjen – sie alle liefen ungläubig herzu, und Leo, der Nachbar, der mit zwei Eimern von seinem Wohnhaus zu den Ställen ging, blieb mit weit aufgerissenem Maul mitten in seinem Garten regungslos stehen, wie eine dort aufgepflanzte Vogelscheuche. Die Buben aus der Einöde, die auf dem Weg zur Schule waren, drängten sich eine Weile vor der geschlossenen Zauntür, wirbelten dann wild durcheinander und johlten in ausgelassener Lust:

„Die reichen Biester Van Heule hab’n sich ’n Pferd und ’n Tieprie gekauft!“

8

Die ersten paar Male fuhr Guustje mit dem Tieprie allein zu Markte. Dann fragte ihn Peelzie, ob sie nicht mal mit dürfe, um für sich einiges in dem Städtchen einzukaufen. Das konnte Guustje natürlich nicht ausschlagen, und eines Morgens fuhren sie zusammen fort, Guustje das Fuhrwerk lenkend, Peelzie mit dem Butter- und dem Eierkorb zwischen den Beinen. Ivo, mit dem es in der letzten Zeit nicht gut gegangen war, fühlte sich heute ein wenig besser und hatte keine Schwierigkeiten dagegen gemacht, dass man ihn auf einige Stunden allein im Hause ließ.

Es war sehr schön: hell, frostig, windstill, hinter blauen Nebelfernen stieg herrlich die Sonne mit orangeroter Glut hervor. In der Nacht hatte es gereift, und das weite Feld lag in blinkendem Weiß, wie unter einer dünnen Schneeschicht, die Bäume hatten sich glitzernde Silberperücken aufgesetzt. Die großen Meierhöfe lagen, von zarten Dunstschleiern eingehüllt, in ihrer stillen Einsamkeit da, die großen Strohschober erhoben sich träumend über die leichtgewellte Flur, die nackten, gekreuzten Flügel der unbewegten Windmühlen verschwammen mit dem Äther; und da und dort blitzten die kleinen Fensterchen der fernen Hütten lebhaft auf, als ob spielende Kinder sich irgendwo damit belustigten, die funkelnden Sonnenstrahlen in kleinen Spiegeln aufzufangen und zurückstrahlen zu lassen.

„Js es nich schönes Wetter heut?", jubelte Peelzie, ihre Zahnharke in einem entzückten Lächeln entblößend.

„Ja", sagte Guustje, „aber kalt."

Sie lachte über diese Frostigkeit.

„Haste denn gar kein warmes Blut mehr in den Adern?", spottete sie.

Durch die frische Luft angeregt, trabte das Pferdchen lustig dahin. Es war ein stahlgrauer Hittländer, ein „Rattenschwanz“ mit spitzen kleinen Ohren, ein flinkes, lebhaftes Ding, das die Erdklumpen unter seinen Hufen auffliegen ließ. Guustje musste es beständig zügeln. Es war imstande durchzugehen. Der Weg war von Bauern und Bäuerinnen belebt, die ebenfalls zum Markte zogen und nicht schlecht guckten, als sie Guustje und Peelzie nebeneinander im Tieprie sitzen sahen; sie steckten die Köpfe zusammen, tuschelten und lachten, und Guustje, der das sehr wohl merkte, wusste nicht, ob er über diese auffällige Neugierde stolz sein oder zornig werden sollte.

Da sah er plötzlich vor sich an einer Straßenbiegung den Karren Fniezes!

„Verfluchtnochmal!“, fluchte Guustje.

„Was kann's dich kümmern“, sagte Peelzie. „Fahr vorbei.“

Guustje zögerte. Er hatte ein wunderliches Gefühl. Neben Sies, der die Zügel führte, saß Mietje, sehr schön gekleidet, mit einer „Katze“ um den Hals und einem großen schwarzen Hut mit blauer Feder auf dem Kopf; und hinten im Karren, den Rücken den anderen zugekehrt, lag Fielemon, Sies Fniezes Sohn, und ließ die Beine über das Hinterteil des Wagens hinabbaumeln. Fielemon hatte Guustje sogleich erkannt, und ein höhnisches Lächeln ging über sein Gesicht, während seine baumelnden Beine mit zu spotten schienen. Er flüsterte seinem Vater und Mietje etwas zu, die sich darauf ebenfalls umkehrten und lachten.

Guustje fühlte sich erröten und ärgerlich werden. Er begriff, dass sie lachten, weil er mit Peelzie ausfuhr, und eigentlich war es ihm genierlich und hätte er lieber gewollt, dass sie nicht neben ihm im Tieprie säße. Aber der Ärger wurde stärker als die Scham, er versetzte dem Hittländer ein paar Peitschenhiebe, und das Tieprie stob ganz nahe an dem Karren vorbei, während der überraschte Fnieze alle Kräfte aufwenden musste, um sein jäh aufbäumendes Pferd zu zügeln. Guustje triumphierte. Ein schadenfrohes Lächeln ging über sein sauertöpfisches Gesicht. Und Peelzie jauchzte, stolz darauf, dass sie dieses „schlechte Volk" überholt hatten.

„Aber pass auf!", warnte sie, sich flüchtig umkehrend. „Sie kommen nach!"

Guustje blickte sich um und sah Sies Fnieze die knallende Peitsche über dem Rücken des Pferdes schwingen. Offenbar suchte er sie einzuholen. Aber das sollte ihm nicht gelingen; beim Teufel nicht! Auch Guustje gab seinem Pferd noch etwas „Hafer aus den Ärmeln", und die beiden Gespanne flogen, wie bei einem Wettrennen, einander nach. Die Leute gingen eilends aus dem Wege, die Hufe dröhnten, die Erdklumpen stoben. Das Tieprie tanzte und hüpfte, die Butter und die Eier wurden bedenklich durcheinander geschüttelt, und Peelzie hielt mit beiden Händen ihre schwarze Haube mit grünen Bändern fest. Ihre Zahnharke lachte, ihre kirschroten Backen glühten, der scharfe Luftzug trieb ihr das Wasser in die Augen; aber endlich hatten sie gewonnen, sie kamen zuerst in dem Städtchen an, und Guustje genoss, sich noch einmal umkehrend, das selige Gefühl, Sies Fnieze wohl hundert Meter noch hinter sich zu sehen, wie er wütend die Peitsche schwang und in dem plumpen, polternden Karren mit Mietje und Fielemon heftig auf und nieder hoppste.

Nach dem Markt, als Butter und Eier verkauft waren, fragte Peelzie, ob er sie bei ihren Einkäufen begleiten wolle. Guustje wäre eigentlich lieber noch ein wenig herumgelungert, hätte da und dort ein Tröppelchen getrunken, ein wenig geschwätzt, aber er ließ sich bereden, mit ihr zu gehen, bis zur „Postkutsche von Rijssel", sagte er, wo das Pferd eingestellt war.

Langsam schlenderten sie durch die Doppelreihe von Buden, Peelzie mit ihren beiden leeren Körben unter dem

Arm, Guustje die Hände in den Hosentaschen und das Pfeifchen im Mund. Es war sehr belebt von auf und ab gehenden Bauern und Bäuerinnen, die grellfarbigen Auslagen wurden viel beguckt, und die Verkäufer priesen hinter ihren Ständen mit lautem Geschrei ihre Ware an, lachend, scherzend, spottend, und dazwischen wohl auch einmal scheltend, je nach dem Humor der Kundschaft, mit der sie es gerade zu tun hatten. Zwischen zwei Krämen stand auf einem Stuhl, von einer gaffenden Menge umringt, ein Bänkelsänger. Er wies mit einer Rute nach einem großen Plakat, auf dem in barbarischer Darstellungsweise „die grausame Mordtat von Wanneghem" abgebildet war; und dazu sang er mit einer heiseren Heulstimme die gereimte Schilderung dieses blutigen Ereignisses, während neben dem Stuhl seine Frau ihn kreischend begleitete und dabei die Liedertexte um fünf Cent das Stück verkaufte.

Peelzie wollte sich einen neuen Wintermantel und ein Paar Schnürstiefel anschaffen. Sie stand vor einem der großen Kräme, wo alles mögliche zu haben war, und der Verkäufer hing ihr, nachdem er das Maß genommen, das Kleidungsstück über die Schulter.

„Gut, ich will mal schnell nach'm Pferd gucken gehn", sagte Guustje.

„Wart noch 'n bissel, guck erst emal nach mir!", lachte Peelzie.

Guustje grinste und blieb stehen.

Der Mann strich mit der Hand die Falten glatt, zog am unteren Rand, an den Ärmeln, machte die Knöpfe zu. Es war ein Prachtmantel, sagte er, so schönes, schwarzes Zeug, und so prächtig besetzt mit Schnüren, die in endlosen Windungen nach vorn, nach hinten, um den Hals und um die Ärmel liefen, wie ein unentwirrbarer Knäuel von dunkelfarbigen Würmern. Er trat etwas zurück, um Peelzie von ferne zu bewundern, und behauptete, dass in der ganzen Stadt und in zehn anderen Städten dazu kein schönerer Mantel zu finden sei.

„Auf der Brust ist er ’n bissel zu weit und auf dem Bauch ’n bissel zu eng“, meinte Peelzie, indem sie mit ihren dicken roten Fingern an dem Kleidungsstück zog.

Der Mann lächelte.

„Das lässt sich machen, Madamchen, Sie müssen nur abwarten. Hier was rein und da was raus, nich wahr“, scherzte er; und er wies bedeutungsvoll auf die flache Brust und auf das Spitzbäuchlein.

Peelzie verstand zuerst nicht. Aber Guustje platzte heraus, und dann wurde sie feuerrot.

„Ha … Sie … meinen … Sie … meinen …“, stotterte sie. Und dann ging auch bei ihr das Prusten los. „Nee, nee, Mann, da sind Sie irrig dran, das bleibt, wie’s is.“

„Wirklich, Madamchen!“, sagte er verwundert, mit lächelndem, schief gezogenem Gesicht. „Allons, tant mieux, n’est-pas? wie der Franzos sagt. Wissen Sie was, Madamchen, wir wollen ihn hier ’n bissel einziehn und da ’n bissel weiter machen, und er wird sitzen wie angegossen. Nich wahr, mein Herr?“, fragte er, sich an Guustje wendend.

Guustje grinste, ohne zu antworten.

„Was meinste?“, fragte Peelzie zögernd.

Guustje nahm die Pfeife aus dem Mund, spuckte weit von sich und sagte endlich:

„’s kann schon möglich sein, ich versteh nich viel davon.“

„Wie angegossen wird er sitzen, wie angegossen, oder Sie kriegen ihn umsonst!“, beteuerte feierlich der Mann.

„’s is doch kein gegossenes Zeug, nich wahr?“, fragte Peelzie, plötzlich misstrauisch geworden durch die ständige Wiederholung dieses Wortes.

„Was meinen Sie damit, Madamchen?“, fragte der Mann, der sofort ernst ward.

„Dass es kein gegossenes Zeug is, aus Abfall zu Garn

gewirkt und dann gegossen", klärte Peelzie ein wenig beklemmt ihre gewagte Unterstellung auf.

„Die Art von Zeug kenn ich nich, Madamchen", sagte der Mann würdevoll, beinahe gekränkt.

Peelzie war beruhigt.

„Wie viel soll er kosten?", fragte sie.

„Fünfundsechzig Franken, Madamchen", erwiderte der Mann.

Peelzie schien plötzlich den Krampf bekommen zu haben.

„Sind Sie närrisch, Mann?", schrie sie; und sie stellte sich an, als ob sie davonlaufen wollte.

„Fünfundsechzig Franken, Madamchen, fünfundsechzig Franken und keinen Heller weniger", wiederholte ruhig der Mann, ohne sich durch Peelzies beleidigenden Ausruf im Geringsten kränken zu lassen. „Nehmen Sie ihn, Madamchen, oder soll ich ihn wieder rein tun?" Und er kam mit erhobenen Händen auf sie zu.

Plötzlich ward Guustje von einer heftigen Bewegung ergriffen. Nur drei Schritte weg, an demselben Kram, wo Peelzie ihren Mantel kaufen wollte, stand Mietje Fnieze, begleitet von Herrn Fitor, dem Einnehmer ihres Dorfes. So war es doch wahr, was man überall erzählte: dass Herr Fitor sich um Mietje bewarb! Wie konnte er es wagen, sich so öffentlich mit ihr zu zeigen, wo sie jedermann sehen konnte! Mietje tat sehr vornehm und protzig und stellte sich, als ob sie Peelzie und Guustje gar nicht kennte. Sie wartete, bis der Händler mit Peelzie fertig wäre; aber der Händler ließ Peelzie im Stich und lief auf Fitor und Mietje zu, und gleich darauf unterhandelten sie laut über eine „Katze": den Pelz, den Mietje um den Hals trug und gegen einen schöneren einzutauschen wünschte.

„Ja, wie is nu das?", rief Guustje erzürnt. „Wollen Sie uns hier stehen lassen?"

„Gleich, mein Freund, sofort!“, rief der Verkäufer, noch immer mit Mietjes Katze beschäftigt. Er ließ seine zwei vornehmen Kunden für einen Augenblick stehen, kam wieder zu Peelzie zurück und fragte in Eile: „Nu’, Madamchen, wie is es nu’? Nehmen Sie ihn oder nehmen Sie ihn nicht?“

„Oh, er is viel zu teuer!“, rief Peelzie, die zu feilschen beginnen wollte.

„’s is gut, sie nimmt ’n“, sagte plötzlich Guustje, der Mietjes spöttischen Blick auf sie beide gerichtet fühlte.

„Ja, aber … ich kann nich, ich hab nich so viel Geld bei mir!“, ächzte Peelzie.

„Ich hab um so mehr!“, prahlte Guustje. Und stolz wie ein Fürst fuhr er, zu dem Verkäufer gewendet, fort: „Sie muss auch noch ’ne Katze haben. Haben Sie ’ne schöne Katze für sie?“

„Mein Freund“, jubelte der Mann vertraulich, mit einem Seitenblick auf Herrn Fitor und Mietje, die nun damit beschäftigt waren, eine neue Katze zu befühlen, „wenn Sie nur ’ne kleine Minute warten wollen, wer’n Sie die schönste Gelegenheit von der Welt haben. Das Fräulein dort will ihre Katze gegen ’ne schönere austauschen, und Sie werden sie für’n Butterbrot kriegen können.“

„Ich will nich den abgelegten Plunder von anderen Leuten!“, rief Guustje laut genug, dass Herr Fitor und Mietje es hören konnten. Und mit herausfordernder Aufdringlichkeit stellte er sich dicht neben die beiden und kaufte für Peelzie die schönste und teuerste Katze von dem ganzen Kram. Der Händler jubelte und nahm beinahe keine Notiz mehr von Mietje und Herrn Fitor, die nun ihrerseits mit mürrischem Gesicht warteten. Namentlich Herr Fitor zeigte große Ungeduld. Sein dickes Gesicht blies sich zornig-rot auf und seine Unterlippe bebte. Er sah mit unverhohlenen Wutblicken auf Peelzie und Guustje.

„Sind Sie bald fertig?“, rief er dem Verkäufer zu.

„Sofort, mein Freund, sofort!“, antwortete begütigend
der Mann, wie er es vorhin mit Peelzie und Guustje getan
hatte. „Ich wer’ Sie noch was sehen lassen, das Schönste, was
ich in meinem Laden hab, das Schönste, was in der ganzen
Stadt zu finden is, letzte Pariser Mode!“, jauchzte und jubelte
er unter allerlei Späßen, um die Ungeduld zu besänftigen.

Hastig zog er Peelzie den Mantel aus, versprach ihr, dass
er bis elf Uhr fix und fertig sei, und flog dann wieder auf
Mietje und Herrn Fitor zu.

„Ach, mein Freund und Madmasell, ich bitte um Verzei-
hung, man muss sich doch rühren, um ein Stückel Brot zu
verdienen! Da gucken Sie mal her, mein Herr und Madmasell, was sagen Sie zu dieser Katze? Is das nich die schönste,
feinste Katze, die Sie jemals in Ihrem Leben gesehn haben?“

Triumphierend und herausfordernd hatte Guustje sich
mit Peelzie getrollt. Seine Triefäuglein funkelten vor Schadenfreude, sein sauertöpfischer Mund lächelte. Sie hörten
noch ein Weilchen dem Bänkelsänger zu, der zum fünf-
zigsten Male mit seiner heiseren Stimme, von den schrillen, durch die Nase gepressten Kreischtönen seiner Frau
begleitet, die schreckliche Moritat herunterleierte:

> „Leute, hört die grause Mordgeschichte,
> Die zu Wanneghem ist jüngst passiert,
> Der Geliebte hat sein Lieb erschlagen
> Und nun ist er in das Loch spaziert.“

Und dann ging Guustje nach dem Pferdchen sehen in der
„Postkutsche von Rijssel“, während Peelzie noch weiter
zwischen den Buden umherstreifte, um sich ihre Stiefel zu
kaufen. Sie hatten berechnet, dass sie gegen die Mittags-
stunde wieder daheim seien, aber als sie kurz nach elf Uhr,
wie verabredet, wieder an den Kram kamen, jammerte der
Händler, dass er sich getäuscht habe, es sei an dem Man-

tel mehr zu ändern, als er gedacht und er wolle vor allen Dingen haben, dass es ordentlich gemacht werde, so dass es wohl noch 'n Stündchen dauern werde. Der beste Kleidermacher des ganzen Städtchens sei damit beschäftigt, der Mantel würde prächtig ausfallen, aber Madamchen dürfe nicht ungeduldig sein; andere Herrschaften würden auch nicht ungeduldig; den Herrn und die Madmasell von vorhin hätte er auch vertrösten müssen, weil an der Katze ebenfalls etwas zu ändern sei; aber denen liege es nicht auf, die übten ihre Geduld in der „Descente des Voyageurs", dem besten Hotel am Platze, wo sie ganz sicher fein dinieren würden.

Guustjes Augen leuchteten wie in ausgelassener Lust. Er hatte in der „Postkutsche von Rijssel" ein paar Tröppelchen zu sich genommen und fühlte sich munter und heiter gestimmt. Er führte Peelzie aus dem Gedränge und sagte:

„Weißte was: Wir brauchen uns vor dem schlechten Volk nich zu verstecken; wir wer'n auch in die „Desandevoasör" essen gehn."

„Aber Ivo, der zu Haus auf uns warten wird!", meinte Peelzie.

„Ach was, es is zu essen genug im Haus; er soll nur zulangen", erklärte Guustje.

Es ließ sich nichts dagegen machen; Guustje in seiner Triumphstimmung war nun einmal fest entschlossen, diesen Tag was draufgehen zu lassen; und er zog Peelzie mit sich nach der „Descente des Voyageurs", dem bekannten Hotel gegenüber dem Bahnhof.

„Ja, aber, wirklich, Guust, ich trau mich nich 'rein", zauderte Peelzie, als sie vor der Treppe standen.

„Ich schon", sagte Guustje und schritt ungeniert die Stufen hinauf.

Peelzie folgte ihm.

„Wünschen die Herrschaften zu speisen?", fragte ein Fräulein, das ihnen im Gang entgegenkam.

„Ja“, antwortete Guustje.

„Bitte, hier, meine Herrschaften“, sagte das Fräulein, eine Tür von Mattglas vor ihnen öffnend.

Guustje und Peelzie traten ein.

In dem weiten Saal sahen sie zwei lange gedeckte Tafeln, an denen da und dort nur einzelne Leute saßen, die flüchtig zu ihnen aufblickten. Peelzie war sehr bewegt; ihr war, als ob sie einen Palastsaal betreten hätte. „Ach, Jung’?“, flüsterte sie, schamhaft vor sich niedersehend. Aber Guustje, der sich sehr behaglich fühlte, schritt nach einer Ecke beim Ofen, suchte dort ihre Plätze aus, und sie setzten sich. Das Fräulein war ihnen gefolgt.

„Nehmen die Herrschaften das Diner oder speisen Sie à la carte?“

Die Frage war für Guustje nicht recht klar. Ein wenig verwirrt sah er die Kellnerin an, ein hübsches, kräftiges Mädchen, mit sorgfältig frisiertem Haar und üppiger Büste, und er sagte:

„Wir möchten was essen, Fräul’n.“

„Sie können ein Diner haben, es ist eben fertig“, wiederholte das Mädchen, „oder wollen Sie lieber ’n Beefsteak?“

„Was meinste“, wendete Guustje sich zu Peelzie.

„Ach, wie du willst“, sagte Peelzie, geniert vor sich hinstarrend und ihre roten Arbeitshände wie beschämt unter dem Tisch versteckend.

„’s Diner is heut sehr fein“, lächelte die Kellnerin ermutigend, „Klößchensuppe, Tarbutt mit Kartoffeln, Rostbeef mit kleinen Bohnen, Huhn, Sahnensauce und ’n Stück Torte zum Nachtisch.“

„Gut, geben Sie uns zwei Diners“, sagte Guustje.

„Und was wollen Sie trinken: Weißwein? Rotwein?“

Abermals zögerte Guustje. Eigentlich hatte er beabsichtigt, Bier zu bestellen. Wein schien ihm etwas gar zu luxuriös. Aber das hübsche Mädchen imponierte ihm gewaltig, und er bemerkte auch, dass an den anderen Tischen meistens Wein getrunken wurde. Noch einmal wendete er sich an Peelzie mit der Frage, was sie wünsche.

„Ach, wie du willst“, wiederholte Peelzie.

„Weißen, 'ne Flasche weißen, Fräul'n!“, entschied Guustje endlich.

Das Mädchen eilte flink davon, und Guustje, der nun seinen Blick prüfend durch den Saal gehen ließ, bemerkte erst jetzt Herrn Fitor und Mietje Fnieze, die in der gegenüberliegenden Ecke an der anderen Seite des Ofens vertraulich nebeneinander saßen.

„Siehste sie dort sitzen?“, flüsterte er, Peelzie mit dem Ellenbogen anstoßend.

Herr Fitor und Mietje wechselten einen kühlen Blick mit Guustje und Peelzie, und dann flüsterte Mietje Herrn Fitor etwas zu, wobei sie beide verstohlen spöttisch lächelten. Guustje sah es, und es fuhr ihm wie ein scharfer Stich durchs Herz. Seine Lippen bebten und seine Triefäuglein funkelten, als wollte er zu schimpfen anfangen. Er spähte schielend zu ihrem Tisch hinüber und bemerkte, dass sie Rotwein tranken. Ein wahres Glück, dass er auch Wein bestellt hatte und sich nicht vor ihnen zu verstecken brauchte.

Da brachte die Klößchensuppe die erwünschte Ablenkung. Jedes bekam einen tüchtigen Teller voll, Peelzie mit sieben, Guustje mit nur sechs Klößchen.

„Da nimm's meine“, flüsterte Peelzie, ihm untertänig ihren Teller zuschiebend, sobald das Mädchen den Rücken gekehrt hatte.

„Tuttuttut, ich hab Klößchen genug,“, behauptete Guustje. Aber sie drängte weiter und schöpfte ihm schließlich aus ihrem Teller drei Klößchen in den seinigen.

„Schmeckt's?“, fragte er, unter dem Schlürfen über seinen Löffel schielend.

„Ja, sehr", erwiderte sie schmatzend und blickte ihn mit fröhlich-strahlenden Augen flüchtig an, während ein breites Lächeln des Genusses ihre Zahnharke bis über das kirschrote Zahnfleisch entblößte.

Die Kellnerin brachte den Wein, und sie tranken jedes ein volles Glas aus, nachdem sie mit einem „Prost!" angestoßen hatten.

„Mir wird's warm", sagte Peelzie, ihre Katze aufknöpfend. Guustje arbeitete unter dem Tisch an seinem Hosengurt, um Platz zu machen.

Da kam die erste Schüssel, der Tarbutt. Der weiße Fisch lag unter einer dicken gelben Sauce begraben; und sie wussten nicht, was sie aßen, fanden es aber herrlich.

„Herrgottnochmal, das is 'ne feine Kost!", jauchzte Peelzie. Und plötzlich begann sie laut auszulachen, ohne zu wissen, warum.

„Oh, du Lachmäulchen!", grinste Guustje, ebenfalls lachend. Und er schenkte die Gläser wieder voll.

Neue Gäste traten ein; eilige Franzosen, die zum Zug wollten. Es wurde ein wenig geräuschvoll im Speisesaal. Am Tisch gegenüber tickte Herr Fitor mit dem Messer an sein Glas. Die Kellnerin eilte zu ihm, er bestellte etwas, und sie brachte ihm ein kleines Büchelchen mit dickem Umschlag, in dem er eine kleine Weile sehr aufmerksam las. Es schien, als nehme er Kenntnis von etwas sehr Wichtigem, vielleicht gar sehr Ernstem. Seine Augenbrauen waren gefurcht, sein roter, aufgedunsener Kopf glänzte wie vor Anstrengung. Endlich wies er mit zitterndem Finger auf etwas, und das Mädchen nickte sogleich bejahend und lief fort mit dem Büchlein, das sie zuklappte und auf einen Tisch legte. Einen Augenblick später kam sie wieder zurück mit zwei hohen, schmalen Gläsern und einer großen, dicken Flasche, deren Kork unter einer großen silbernen Haube verborgen war. Sie schnitt einige Schnürchen durch, zerrte an dem Kork, der leicht in ihrer Hand knallte, und ließ die Gläser mit einem dampfenden weißen Schaum voll laufen.

„Was trinken sie nu'", fragte Peelzie flüsternd.

„Schlampamper", sagte Guustje mit einem neidischen Wutblick.

„Oh, das gemeine, das schlechte Volk!", brummte Peelzie.

„'s is Hurenvolk, Huren- und Diebsvolk!", zischelte Guustje.

Er füllte noch einmal ihre eigenen Gläser, ermahnte Peelzie zum Trinken, trank das seine leer und goss den Rest des Flascheninhalts hinein. Die Kellnerin brachte die Rostbeefs mit kleinen Bohnen.

Aber Guustjes behagliche Stimmung schien mit einem Male verflogen zu sein. Er schielte immerfort mit lauernden Blicken nach dem anderen Tisch hinüber, wo nun Herr Fitor und Mietje so vergnügt zusammen waren: Mietje sanft gerötet, mit strahlenden Augen und einem ständigen Lachen auf ihren fleischigen Kusslippen, Herr Fitor durch und durch feurige Verliebtheit, dicht an Mietje gedrängt, sozusagen ihr ganzes Wesen gierig in sich hineinleckend. Jeden Augenblick stieß er sein Glas gegen das ihrige, und sein Kopf glänzte und schwoll an, als ob er bersten wollte, während er nicht aufhörte, sich an dem Trank zu laben.

„Ha, das is doch schändlich für 'nen Einnehmer, sich so öffentlich mit solchem schlechten Volk zu zeigen! Is es nich unverschämt!", sagte Peelzie entrüstet.

„'s scheint, dass er sie heiraten will", spöttelte Guustje.

Aber es war erkünstelter Spott. Guustje fühlte sich stark gereizt, brennende Eifersucht zerriss ihm das Herz, in ihm nagte ein Gefühl, als ob er einen andern einen Genuss ernten sähe, den er sorgfältig und mit großen Opfern für sich selbst aufgespart hatte. Er wurde aufgeregt, rutschte ruhelos auf seinem Stuhl herum, und plötzlich tickte er an sein Glas, wie es eben Herr Fitor getan hatte, und sagte zu dem Mädchen, das sogleich herbeigelaufen kam:

„Fräul'n, geben Sie mir auch mal das Büchelchen, das dort auf 'm Tisch liegt."

Das Mädchen brachte ihm die Weinkarte.

Guustje blätterte, starrte, schien nicht zu finden, was er suchte.

„Was möchten Sie gern?", fragte das Mädchen.

„Schlampamper", sagte Guustje.

„Hier", bemerkte das Mädchen, ein Blatt umwendend.

„Was kost't der, den die da drüben trinken?", fragte Guustje flüsternd, nach dem anderen Tisch deutend.

„Sieben Franken die Flasche."

„Gibt's kein' teureren?"

„Doch, den hier: zwölf Franken."

„Und er hat auch Silber oben auf 'm Stöpsel?"

„Nein, der beste hat Goldverschluss."

„Gut, bringen Sie uns 'ne Flasche mit Gold", sagte Guustje.

„Aber, Baas, was denkste denn!", rief Peelzie beinahe erschreckt, als das Mädchen fort war.

„Dass ich's ebensogut bezahlen kann, wie 'n anderer, und vielleicht noch besser!", prahlte Guustje, der plötzlich wieder aufgeräumt und lustig geworden war.

Das Erscheinen der teuren Flasche war ein Triumph für Guustje. Herr Fitor und Mietje sahen deutlich den vergoldeten Kork und konnten ihre neidische Überraschung nicht verbergen. Auch die übrigen Gäste sahen verwundert auf, und der Hotelbaas erschien einen Augenblick verwundert auf der Schwelle und grüßte freundlich lächelnd nach der Richtung, wo Guustje und Peelzie saßen. Das Mädchen entkorkte die Flasche mit einem Knall, der stärker hallte, wie bei der vorigen und der dampfende weiße

Schaum floss in schönere Gläser. Sie eilte wieder fort, um die nächste Schüssel, Huhn mit Sahnensauce, zu holen.

Erst gegen vier Uhr – es begann bereits zu dämmern – kamen Guustje und Peelzie aus dem „Desandewoasör“. Guustje, mit einer großen Zigarre im Mund, torkelte die Treppenstufen hinab, und es hätte wenig gefehlt, so wäre er in die Gosse hinabgeplumpst, und Peelzie lachte mit feuerrotem Gesicht in einem fort, wie in unbändiger Lust.

„Guck nur mal, meine Bottinen; was sagste wohl zu meinen schönen Bottinen?“, platzte sie heraus, mitten auf der Straße mit hochgerafften Röcken stehen bleibend, um die glänzenden Spitzen ihrer neuen Stiefel zu betrachten.

„Erste Klasse; du kannst Ehr’ damit einlegen! Und was weiter oben is, kann sich auch sehen lassen!“, lachte Guustje, mit leuchtenden Frettchenäuglein nach Peelzies Beinen starrend.

„Meine Beine!“, lachte Peelzie, ihre Röcke noch ein wenig höher hebend. „Oh, du Tagdieb, was du doch alles siehst!“

Ein Wagen bog um die Straßenecke. Peelzie ließ eiligst ihre Röcke wieder sinken, und in der kühlen Frische des anbrechenden Winterabends erleichtert aufatmend, schritten sie wieder dem Markte zu.

„Er wird nich wissen, wo wir so lang bleiben“, meinte Guustje mit Bezug auf den Händler.

„Ob er nich schon weg is“, fürchtete Peelzie.

Sie beeilten sich. Die letzten Bauern und Bäuerinnen verließen in ihren Karren die kleine Stadt, die schon wieder leer und öde zu werden begann, wie an allen anderen, gewöhnlichen, stillen Tagen der Woche. Einige Kräme und Buden waren schon eingelegt, und als Guustje und Peelzie endlich zu dem Händler kamen, schlug der Mann, der auf dem Ausguck stand, verwundert die Hände zusammen, als hätte er nicht mehr gehofft, sie zu sehen.

„Nu', nu', mein Freund und Madamchen", rief er in komischem Entsetzen, „ich hab schon gemeint, Sie wären tot oder wollten mich gar nicht mehr kennen. Nu', hat's geschmeckt?", fragte er sogleich in ganz anderem, aufgeräumtem Tone; und ohne eine Antwort abzuwarten: „Schau' Sie nur mal, Madamchen, den schönen Mantel. Ziehn Sie 'n nur gleich an und sagen Sie mir, ob er nich passt." Und das Kleidungsstück weit ausbreitend, kam er damit lächelnd auf Peelzie zu.

Jetzt saß er wirklich gut. Der Mann zog an den Zipfeln, an den Ärmeln, trat ein paar Schritte zurück, rief Guustje, der sich eine frische Zigarre angesteckt hatte, zu sich heran, damit auch er das Wunderwerk bestaune.

Wie schön, wie herrlich! Was an der Brust zu weit war, schien nun gefüllt, was über dem Spitzbäuchlein zu hoch schien, war verschwunden, und steif und unbeweglich stand Peelzie da, glänzend und lächelnd, das Gesicht purpurrot in der Glut der sinkenden Abendsonne, ihre Augen strahlten, ihre weiße Zahnharke blitzte unter einem breiten Lächeln der Glückseligkeit. Guustje fühlte sich durch dieses Glück beinahe gerührt, seine Triefäuglein wurden wässerig, und die Zigarre wackelte zwischen seinen dünnen Lippen.

„Sie sind wie die schönste Blume von Belzica!", jubelte der Händler Peelzie zu. „Solch schöner Mantel, solch schöne Katze und funkelnagelneue Bottinen nach Pariser Mode! Nu' fehlt Ihnen nur noch der Hut; Sie sollten sich nu' noch 'n schönes neues Hütchen kaufen, Madamchen. Sehn Sie mal", und er flog zu seinem Kram, aus dem er gleich wieder mit einer ungeheuren weißen Hutschachtel auftauchte.

„Oh, nee, nee, jetzt nich, 's is zu spät; 'n andermal!", rief Peelzie beinahe erschreckt.

„In 'n paar Minuten is es geschehen", lächelte der Händler, ihr mit einem Riesenhut auf den Leib rückend. „Darf ich 'n Ihnen mal aussetzen, Madamchen?"

Aber Peelzie flüchtete. Auch Guustje fand, dass es zu spät sei, er bezahlte den Händler, der das Ungeheuer wieder in der Schachtel verwahrte, und nun zogen sie zusammen nach der „Postkutsche von Rijssel", um anzuspannen. Peelzie bestellte ein Glas Bier und ließ sich im Halbdunkel der Gaststube nieder, während Guustje im Hinterhof verschwand.

Nach einigen Minuten stand das Tieprie bereit. Guustje nahm noch ein Tröppelchen, zündete seine ausgegangene Zigarre wieder an, und einen Augenblick später rasselte der Wagen über das holperige Pflaster des nun gänzlich verödeten Marktes.

Sie waren bald aus dem Städtchen, in dem schon die Laternen angezündet wurden und die Lichter hinter den Schaufenstern glänzten. Beim Kanal bogen sie rechts ab und folgten dem Sandweg zwischen der doppelten Allee hoher Bäume.

Es war eine feierliche Stille über sie gekommen. Etwas Ernstes, beinahe Schwermütiges nach den Aufregungen dieses Tages. Die Luft war klar und kalt, und der ganze westliche Himmel war eine einzige orange-glühende Fläche, die sich tief zwischen den hohen Baumschatten im dunklen Wasser des Kanals spiegelte. Nur dicht über den Feldern lagen graue Dunstschleier. Da und dort funkelte in der Ferne ein Lichtlein, wie verloren in dieser stillen, kalten, tödlichen Einsamkeit.

„'s wird wieder stark frieren heut Nacht", sagte Peelzie erschauernd, indem sie ihre Katze enger um den Hals schlang.

„Ja, ja, 's is nu' schon tüchtig kalt", bestätigte Guustje bibbernd.

Er hatte keinen Überrock an, seine mageren Schultern bebten und seine Aeuglein triefen. Peelzie sah ihn an und sagte mitleidig: „'s is viel zu kalt für dich, Baas, so ohne

Schal oder Überrock. Da, da, tu dir meine Katze um den Hals."

Und sie knöpfte sie auf.

Aber Guustje wollte nicht.

„Ah bah, lasse nur sein", brummte er.

„So stülp dir doch wenigstens 'n Kragen auf", drängte Peelzie weiter. Und sie langte mit beiden Händen zu, stülpte ihm den Rockkragen auf und deckte sorgsam Guustjes Hals zu.

Diese Berührung von Frauenhand tat ihm wohl. Es war das erstemal in seinem Leben, dass eine Frau sich um seine Gesundheit besorgt machte. Er ließ sie gewähren. Er fühlte plötzlich eine Wärme durch seinen Körper strömen, eine behagliche, zur Weichheit stimmende Wärme. Unter dem immer düsterer werdenden Schatten der Bäume sah er nur noch undeutlich ihr Gesicht und ihre Gestalt, aber er fühlte sie innig und warm neben sich, eine stille innere Wonne, wie er sie vorher nie gekannt.

Eine ganze Weile schwiegen sie alle beide. Der Hittländer lief seinen gleichmäßigen, feurigen Trab, die Hufe dröhnten auf dem hart werdenden Boden, die Ketten klirrten rhythmisch gegen die Deichsel. Die schwarzen, in regelmäßigen Abständen aufeinander folgenden Bäume zogen wie marschierende Soldaten an den Ufern des Kanals dahin, in dessen stillem, düsterem Wasser nun die erlöschende westliche Glut nur noch mit einem matten Schein zurückstrahlte. Irgendwo in der Ferne rollte ein Zug vorbei. Man hörte sein Rollen sehr lange und deutlich, so lange, dass er eine ganze Weile die friedliche Stimmung der Abendlandschaft störte und bemeisterte, und Peelzie sagte mit einem zerstreuten Blick in die Ferne zu Guustje:

„Hör nur mal den Zug, 's is, als ob wir dicht dabei wären."

„Das is immer so, wenn der Wind aus 'm Osten kommt und wenn's gefriert", antwortete Guustje.

Aber plötzlich wurde ihre Aufmerksamkeit durch etwas anderes gefesselt. Zwei Gestalten, ein Mann und eine Frau, gingen in der Dämmerung vor ihnen her. Der Mann hatte den Arm um die Mitte die Mädchens geschlungen, und beider Köpfe neigten sich sehr nahe zueinander.

„Die sind auch scheu vor der Kälte", flüsterte Peelzie mit einem eigentümlichen Lachen, während sie leicht mit ihrer Schulter gegen diejenige Guustjes anstieß.

Guustje grinste, blickte mit seinen kranken Frettchenaugen nach den Verliebten, die, sich loslassend, vor dem Tieprie auf die Seite gingen. Und in demselben Augenblick erkannte er sie auch, ebenso Peelzie: Herrn Fitor und Mietje Fnieze!

Guustje fühlte etwas wie einen Stoß in den Armen. Mechanisch riss er an den Zügeln und peitschte den Hittländer, der gewaltig voranstob. Fitor und Mietje sprangen mit einem unterdrückten Angstschrei auf die Seite; es war, als hätten sie sich selber durch den Peitschenschlag getroffen gefühlt. Die ruhig marschierenden Soldatenbäume am Kanal begannen plötzlich wie im Sturmschritt einander nachzueilen, das Tieprie holperte und hüpfte über die bereits hart gefrorenen Wagenspuren, und Guustje fluchte und brummte in sich hinein, als ob es gar nicht seine eigene Schuld wäre, dass der Hittländer in so hitzigen Galopp fiel. Als er sich endlich wieder beruhigte und seinen gewöhnlichen Trab ging, sagte Peelzie in einem seltsamen spöttischen Tone:

„Du siehst sie noch gern, nich wahr?"

Es war, als ob Guustje von einer Wespe gestochen worden wäre. Es ging ihm durch Mark und Bein, und in einem plötzlichen Anfall von Leidenschaft rief er:

„Ich; Ich!" Da ließ er mit einem Male die Zügel fahren, presste Peelzie wie toll in seine Arme und drückte seine Lippen auf ihre Zahnharke.

„Oh, du Schlimmer!“, kicherte sie, ganz hintenüber gedrückt.

Er ließ sie los. Mit zitternden Händen ergriff er wieder die Zügel. Es war wie ein vorübergehender Wahnsinnsanfall in ihm aufgestürmt. Es war, als ob er Mietje Fnieze in seine Arme presste. Aber er wollte nicht mit Peelzie anbandeln, er musste ernst bleiben; 'n bissel, zum Spaß nur, das mochte noch angehen, aber nichts weiter; er wurde plötzlich sehr ernst, besorgt-ernst, er dachte an daheim, an Ivo, der dort krank saß und wartete und nicht begreifen würde, wo sie so lange blieben.

„Ich pfeif auf sie“, sagte er nur noch, als Antwort auf ihre Frage und zur Rechtfertigung seiner Tat, „’s is schlechtes Volk, Lumpenpack!“, brummte er, während Peelzie, sehr enttäuscht, nicht auf seine Worte reagierte. Und das Pferdchen antreibend, sprach er bekümmert von daheim und meinte, dass Ivo nicht verstehen würde, was mit ihnen geschehen sei.

In der Ferne funkelten Lichtlein, die sich wie glitzernde Sterne in der schwarzen Tiefe des Kanals widerspiegelten. Guustje und Peelzie waren bald im Dorf und wieder draußen, und sie fuhren ohne Aufenthalt weiter, um nun so schnell als möglich das Gütchen zu erreichen.

Sie sprachen kein Wort mehr. Eine Stille, wie des Grolls oder der Trauer, ging beklemmend mit ihnen. Guustjes Brauen waren gerunzelt; Peelzies Zahnharke entblößte sich unter einem leichten Spottlächeln im Dunkeln.

Sie kamen auf der Einöde an. Sie fuhren am Hofe Celestiens vorbei, wo es überall still und dunkel war, als ob schon alles zu Bett läge, dann an der Meierei Leos, wo noch Licht in den Ställen war und die Eimer klirrten. Guustje ließ den Hittländer im Schritt gehen. Die Zauntür stand offen, und Duc, der kettenklirrend aus seiner Hütte kam, ließ ein kurzes Bellen hören. Das Haus lag in völliger Finsternis.

„Ivo hat noch gar kein Licht angesteckt“, sagte Guustje. Aber er erschrak, als er bemerkte, dass auch die Läden nicht geschlossen waren.

„Was tut er denn da allein in der Dunkelheit!“, rief er, ängstlich nach den schwarzen Fenstern starrend.

Er hielt mit dem Tieprie an und mit einem Schwung war Peelzie heraus.

„Baas Ivo, warum sitzt Ihr denn da ohne Licht?“, rief sie, die Haustür aufmachend.

Keine Antwort.

„Baas Ivo!“, wiederholte Peelzie lauter und schritt zögernd auf den erloschenen Herd zu.

„Wo steckt er denn?“, hörte sie Guustje mit ängstlicher Stimme aus dem Baumgarten rufen.

„Er is nich hier, er is fort!“, schrie Peelzie, den leeren Lehnstuhl am Herd befühlend.

Mit einem Sprung war auch Guustje vom Wagen und drinnen in der Stube.

„Was sagste?“, schrie er zitternd. Mit behenden Fingern zündete er ein Streichholz an und leuchtete damit in der Küche umher. Ivo war nirgends zu sehen. Die unsicheren Umrisse der Dinge schwankten einen Augenblick geisterhaft um sie herum, sie sahen und befühlten beide seinen leeren Platz, der kalt neben dem erloschenen Feuer stand; sie blickten sich mit starren, erschreckten Augen an, wie zwei Verbrecher: er mit seiner teuren Zigarre, sie mit ihrem teuren Mantel und ihrer kostbaren Katze, und als das Lichtchen erloschen war, packte sie ein kalter Schauder, und beide rannten hinaus und riefen aus voller Kehle:

„Ivo! Ivo! Wo biste? Wo steckste denn?“

Aber nirgends ließ sich eine Antwort oder sonst ein Laut vernehmen. Nur der Hund, der sich an der Kette um seine Hütte schleppte, und das Pferd, das vor Ungeduld wieherte und trampelte, machten einiges Geräusch.

„Wart! Wart!", keuchte Guustje. „Hilf mir mal ausspannen, dann wollen wir die Laterne anzünden, um ihn zu suchen, bis wir ihn gefunden haben."

In nervöser Hast spannten sie den Hittländer aus und brachten ihn in seinen Stall. Guustje zündete die Laterne an. Sie sprachen kein Wort, aber beide waren bleich vor Angst, und Guustje dachte mit Grauen an den nächtlichen Überfall vor Jahren. Sollten die Fniezes, während er mit Peelzie herumschwärmte ... Er bewaffnete sich mit einer Mistgabel, steckte Peelzie eine Schaufel in die Hand, machte Duc los und ging wieder ins Haus.

Alles hatte noch sein gewöhnliches Aussehen, nichts schien auf einen Kampf oder einen Überfall hinzudeuten.

„Ivo! Ivo!", riefen sie aufs neue, mit ihrer Laterne alle Räume absuchend, aber nirgends war die leiseste Spur von Ivo zu entdecken.

Zitternd liefen sie die Treppe hinauf nach der Dachkammer, wo die Betten der beiden Brüder standen. Die Betten waren noch zugedeckt und unberührt. Nun eilten sie wieder hinab, durchsuchten das Hinterhaus, wo die Buttermilch und die Milchschüsseln aufbewahrt wurden, die „gute Stube", in die niemals ein Mensch kam, das Kämmerchen über der Kellertreppe, wo Peelzie schlief; endlich den Keller selbst, in den sie schaudernd vor Angst hinabstiegen.

Und dort sahen sie ihn plötzlich liegen, zusammengeduckt, mit angezogenen Knien, auf einem Haufen leerer Säcke, schlafend.

Erst meinten sie, er sei tot, ermordet. Guustje schluchzte vor Schrecken laut auf, aber infolge seines Schreiens und des Laternenscheins bewegte sich Ivo und erwachte; und jetzt erst bemerkten sie, dass er neben einer Art Grube lag: der Grube, in der sie einst ihre Schätze versteckt hatten!

„Biste närrisch geworden?“, rief Guustje, plötzlich wütend wegen der ausgestandenen Angst. Und er schüttelte seinen Bruder heftig.

„Wa … was is denn?“, brummelte Ivo schlaftrunken und vor dem Lichtschein mit den blöden Augen zwinkernd. Einen Augenblick schien er höchst überrascht zu Peelzie mit ihrem Mantel und ihrer Katze aufzugucken; und dann fing er plötzlich zu stöhnen und zu seufzen an, als ob er große Schmerzen und Traurigkeit fühlte.

„Biste närrisch!“, wiederholte Guustje rasend. „Du kannst einem ja den Tod einjagen!“

Torkelnd, sich an den Wänden festhaltend, schleppte sich Ivo nach oben. Er sagte kein Wort mehr, äußerte keinen Laut, folgte gutwillig wie ein Kind. Guustje und Peelzie folgten ihm, von einer neuaufsteigenden Angst ergriffen. In der Küche ging Ivo direkt zu seinem Stuhl am Herd und sank matt auf ihn nieder.

„Habt Ihr gegessen, Baas?“, fragte Peelzie.

„Ich weiß nich, ich weiß nich“, stöhnte er, mit dem Kopf wackelnd, wie gänzlich verblödet.

„Wollt Ihr noch was essen?“

„Ich weiß nich, ich weiß nich.“ Regungslos sahen Guustje und Peelzie einander an.

„Er is schon ganz kindisch geworden!“, sagte Guustje.

„Willste zu Bett gehen?“

„Ja, ja“, erwiderte Ivo mit flüchtig wieder auflebendem Begriffsvermögen.

„Komm, wir wollen dir helfen.“

Sie halfen ihn aufrichten wie ein kleines Kind und lotsten ihn die Bodentreppe hinauf.

„Halt mal du die Latern’, ich wer’ ’n auskleiden“, sagte Peelzie zu Guustje.

Sie legte ihren Mantel und ihre Katze ab und zog Ivo flink die Kleider aus. Guustje leuchtete dazu mit der Laterne.

„Mir is kalt, mir is schrecklich kalt“, bibberte Ivo.

Peelzie beeilte sich. „Bald werd’t Ihr warm sein“, tröstete sie.

Da stand er eine kurze Weile in seinem grauen Hemde, unbehilflich zusammengeduckt, mit mageren, bloßen Beinen, wie ein behaarter alter Affe. Er seufzte und stöhnte, streckte die unsicher schwankende Hand nach der Bettdecke aus.

„So, nu’ kriecht da nur mal brav und schön hinein“, sagte Peelzie, mütterlich das Bett aufdeckend.

Er torkelte hinein, und noch ehe sie ihn zugedeckt hatte, fielen ihm schon die Augen zu.

“Liegt Ihr gut?“, fragte sie, besorgt über ihn gebeugt und die Decke um seinen Hals zustopfend.

Aber er gab keine Antwort mehr. Er schlief schon fest.

Sie sahen ihn ein Weilchen bei dem fahlen Schein der Laterne bewegungslos an. Sie hörten ihn etwas schnell, aber gleichmäßig Atem holen. Beruhigt wichen sie auf den Zehen zur Treppe zurück.

„’s is wohl nichts; morgen wird er schon besser sein“, flüsterte Peelzie.

Zum letzten Male tanzte der Lichtschimmer über das graue Bett, in dem Ivo unsichtbar versunken lag, und rief dämmerige Spukgestalten in den Gerümpelecken und auf den Querbalken des Daches hervor, und dann ward es still und düster, während Guustje und Peelzie hinabgingen.

Guustje ging mit dem Licht noch einmal forschend durch die Küche und die anderen Räume. Dann machte er die Fensterläden zu und verschloss die Türen.

Peelzie war auf ihr Kämmerchen gegangen und hatte dort eine Kerze angezündet. Sie kam wieder heraus, mit ihrem Mantel und ihrer Katze in der Hand.

„Schau doch nur mal, wie schön!“, jauchzte sie, Guustje die herrlichen Dinge vorhaltend, während ihre Augen strahlten und ihre Zahnharke wieder unter einem selig-entzückten Lächeln sichtbar wurde.

Guustje war nervös und aufgeregt. Er sah kaum nach den Prunkstücken und stand unschlüssig da, als wüsste er nicht wohin.

„Wirste oben schlafen?“, fragte sie plötzlich sehr ernst und mit einem gänzlich veränderten Gesichtsausdruck.

„Bah, wo soll ich sonst hin?“, antwortete er.

Sie schwieg eine Weile, vor sich hinstarrend, wie in tiefem Nachdenken.

„Wirste auch da schlafen können, neben ihm?“

„Ich wer’ müssen“, brummte Guustje mürrisch.

„Willste noch was essen oder trinken?“

„’n Glas Wasser, hol mir ’n Glas Wasser“, sagte Guustje nach kurzem Zaudern.

Sie nahm ein Glas und ging damit nach dem dunkeln Hinterhaus. Kurze Zeit hörte man die Pumpe laut durch die nächtliche Stille kreischen. Guustje hatte sich gesetzt, mit der noch immer brennenden Laterne neben sich auf dem Tischchen.

„Hier, Baas“, sagte sie, ihm das Glas reichend.

„Danke“, antwortete Guustje und trank ein wenig. Peelzie kehrte nach dem Kämmerchen zurück, dessen Tür sie offen ließ.

Guustje murmelte etwas in sich hinein und schüttelte, wie innerlich wütend, den Kopf. Nichts mehr war übriggeblieben von der frohen, tollen Mittagstimmung, er war ärgerlich und gereizt, ohne zu wissen, gegen wen und warum.

Wiederum kam Peelzie aus ihrem Kämmerchen, nachdem sie dort das Licht ausgeblasen.

„Und schau nur mal da!“, rief sie wieder freudig, nun mit ihren schönen neuen Stiefeln in der Hand.

„Schau nur mal meine neuen Bottinen in der Näh an, wie schön sie sind!“

Guustje sah nicht die Bottinen, wohl aber Peelzie mit erschreckter Verwunderung an. In diesen paar Augenblicken, während er sein Glas Wasser trank, hatte sie sich so gut wie völlig ausgekleidet. Die Stiefel waren ausgezogen, ihr Kleid war ausgezogen, ihre Jacke war ausgezogen; sie trat auf im Hemde mit kurzen Ärmeln und in einem kurzen, dunkelblauen Flanellröckchen, unter dem ihr Bäuchlein sich spitzig rundete; sie war so gut wie fertig, ins Bett zu steigen, und so kam sie auf Guustje zu, schmiegte sich zwischen ihn und das Tischchen, legte ihm die herrlichen Stiefel in den Schoß.

„Oh, du Schlimme! Oh, du Schlimme!“, stotterte Guustje. Er stand auf, stellte die Stiefel auf seinen Stuhl, drehte sich ein paar Male herum, als ob er etwas suchte, kam endlich wieder auf sie zu, sah sie wunderlich an und sagte in ernstem, scheinbar ruhigem Tone, während es aus seiner Kehle doch ein wenig trocken klang:

„Peelzie, hör mal, ’s wird Zeit, dass wir in unser Bett gehen.“

„Gut“, antwortete sie sehr einfach, „wir wollen in unser Bett gehn. Mach nur dein Licht aus.“ Er blies die Laterne aus. Er tat es mechanisch, ohne Nachdenken, als Antwort auf ihre Bitte. Sie standen beide plötzlich im völligen Dunkel und tasteten sich mit den Händen weiter.

„Oh, Jung, da is es finster! Wo biste denn!“, lachte sie.

„Hier“, sagte er und streckte die Hand aus.

Die Hand kam auf ihrer Hüfte zurecht. Er drückte fester hin und ließ die Hand ein wenig tiefer sinken.

„Ich wer’ fallen, ich seh nichts mehr“, flüsterte sie. Und so gingen sie zusammen weiter nach dem Kämmerchen.

„Pass auf, da ist die Treppe!“, keuchte Guustje, ohne sie loszulassen.

„Wo?“, fragte sie, einen Augenblick stehen bleibend.

„Da!“, sagte er und schob sie weiter.

Sie fühlten die Stufen und stiegen hinauf. Sie sprachen kein Wort mehr. Sie sahen einander nicht, kamen aber zusammen in die beengende Luft des Kämmerchens.

„Mach die Tür zu“, sagte sie nur noch mit kaum hörbarer Flüsterstimme.

Und Guustje machte die Tür zu …

9

Am nächsten Morgen war es, als ob die Sonne über einer ganz neuen Welt schiene.

Alles war verändert; dieser erste starke Nachtfrost hatte ein ganz unermessliches Reich geschaffen, ein märchenhaftes Fürstentum von leuchtender Schönheit, mit feenhaften Gärten und perlenbesäten Wiesen, auf denen Menschen mit neubelebten Gefühlen sich bewegten. Es war wieder der große Übergang von einer Jahreszeit zur anderen, der andere Gewohnheiten, andere Gedanken und Empfindungen weckt.

Guustje fühlte es unbewusst in sich wie eine große, frische, mächtige Kraft, wie eine Neugeburt und Verjüngung. Es war etwas geschehen, ein neues Leben hatte für ihn begonnen, und jubelnd, ohne Groll und Reue über das Alte, nahm er das Neue an; das Neue, von dem er durchdrungen war und das auch bezaubernd von weitem leuchtete, wie die Wintersonne, die am Horizont einen reichen Schatz von üppigen Farben über die Nebel streute. Es war etwas ganz unerwartet Jugendliches in den Dämmerabend seines Greisentums gekommen, eine letzte Hoffnung auf eine Zukunft, auf eine Zukunft späten, friedlichen Glückes für ihn, der sein Leben lang ziellos und verloren herumgeirrt war.

Er hatte es nicht gesucht und auch lange nicht gewollt, aber schließlich war es doch von selber gekommen, es hatte sich ihm aufgedrängt, es war, als hätte es so sein müssen auf das Gebot einer höheren Macht.

Auch Peelzie fühlte plötzlich in und um sich die neue und feste Sicherheit des entscheidenden Geschehens. Noch gestern war sie die Magd gewesen, heute hatte sie die Verantwortlichkeit einer Herrin. Gestern noch hatte sie scherzen und lachen können, heute war es ernst geworden: sorgen, arbeiten, schaffen. Geschäftig und wichtig lief sie, ungeheuer flink in ihren Bewegungen, herum, von einem zum andern stürmend, als hätte sie plötzlich eine gewaltige Aufgabe entdeckt, die ohne Verzug ausgeführt werden müsse. Selbst Guustje musste ihr aus dem Wege gehen, und wo er sie auch nur flüchtig in dankbarem Gedenken des Genossenen umarmen wollte, da rang sie sich los und schob ihn von sich mit der Behauptung, dass sie jetzt keine Zeit habe, sich mit ihm aufzuhalten. Sie steckte ihm end-lich, wie es eine richtige Hausfrau mit ihrem im Wege ste-henden Ehemann tut, einige Stüber in die Tasche und jagte ihn zur Küche hinaus, indem sie bemerkte, er brauche jetzt nicht mehr zu arbeiten und solle lieber im „Graf van Half-vasten“, der elterlichen Herberge, ein paar Tröppelchen trinken.

Guustje ging, strahlend glücklich, stolz wie ein Hahn, lebenslustig die scharf prickelnde Wintermorgenluft in sich hineinschnaubend. Er zündete seine Pfeife an, hielt erst einen kleinen Schwatz mit Angelus und Leo an der Gegenseite, schlenderte nach dem „Graf van Halfvasten“, trank seine Tröppelchen und traktierte auch Peelzies Vater und ihre Brüder; und als er, leicht angesäuselt, gegen zwölf Uhr auf das Gütchen zurückkehrte, fand er den Tisch frisch gedeckt, das Essen fertig und Peelzie, wieder gut gelaunt, wie eine sorgsame und hingebende Frau seiner harrend.

Sie speisten zusammen in behaglicher Vertraulichkeit schmackhaft gebratenen Speck mit Kartoffeln und Kohl,

er durfte hin und wieder einen Kuss auf ihre Zahnharke
drücken, und sprachen sie auch noch eine Weile von der
Schlemmerei des vorigen Tages, so waren sie doch gleich
darüber eins, dass sie diese einfache Mahlzeit zu zweien
den ausgesuchten Speisen und den Weinen und dem
Schlampamper in der „Desandewoasör" bei weitem vorzö-
gen. Sie kamen auch noch, aber nur mit spöttischer Verachtung, auf Herrn Fitor und Mietje zurück; Peelzie ward
sogar ein wenig böse und las Guustje die Leviten, weil er
einmal hatte daran denken können, sich mit einem solchen
Geschöpf abzugeben; doch sie waren sogleich auch wieder darüber einig, dass solch gemeine Art nicht wert sei,
dass man darüber rede; und als Guustje sich gesättigt hatte,
ruhte er auf Anraten Peelzies auf ihrem Bett ein wenig aus,
während sie die Schüsseln spülen und schnell mal nachsehen würde, wie es mit Ivo ginge.

10

Mit Ivo ging es sehr bedenklich.

Nachdem er einige Tage bettlägerig gewesen, stand
er auf und kroch wieder in seinen Lehnstuhl neben dem
Herd, wo er nahezu sein ganzes Leben verbracht hatte.

Dort saß er scheu und zusammengeduckt und starrte
mit seinen großen ängstlichen Augen nach den kleinen
Fensterchen; er ließ mit hohler Stimme nur kurze, spärliche
Laute vernehmen, und die geringste Abwechslung in der
tödlichen Eintönigkeit, die ihn umgab, schien ihn nervös
und eintönig zu machen. Guustje durfte nicht unerwartet
ein- oder ausgehen, Peelzie durfte nicht einen Eimer oder
eine Schüssel zu laut berühren, sofort schreckte er auf und
fragte heiser, was denn geschehe und warum sie solchen
Lärm machten. Er ward unfehlbar kindisch, beschmierte

sich beim Essen, war zuweilen unsauber und konnte seine beiden Hände niemals ganz still halten; sie schüttelten von selber beständig in seinem Schoß und fuhren manchmal mit einer greifenden Angstgebärde zögernd an seine Kehle, als ob er dort plötzlich etwas drücken fühlte.

Die langen Stunden der trägen Wintertage gingen so in stumpfer Ziellosigkeit über ihn hinweg. Nur zur Stunde der Mahlzeiten, wenn sie alle drei zusammen bei Tische saßen, schien wieder einiges Bewusstsein in ihm zu erwachen. Seine Augen folgten allen Bewegungen Guustjes und Peelzies, und es war, als ob er dabei Dinge fühlte, die ihn tief bewegten, die er aber nicht ausdrücken könne. Mitunter, wenn er einen zwischen den beiden gewechselten Blick auffing oder eine Redensart hörte, machten seine zitternden Hände eine kurze, heftige Gebärde, wie der Missbilligung oder des Verbots, während seine Lippen unverständliche Stotterklänge murmelten. Alle seine letzten geistigen Fähigkeiten waren in solchen Augenblicken scharf darauf gespannt, das zu entdecken, was die anderen ihm verheimlichen wollten und was er innerlich als das schlimmste Unglück empfand, das sie treffen könnte. Ab und zu wurde es so peinlich hell in ihm, dass er, unfähig, lange Sätze auszusprechen, seinen Unmut in kurzen Ausrufen äußerte. „Ihr dürft nich! Ihr dürft nich!", rief er zuweilen ganz unerwartet, ohne dass etwas Außergewöhnliches geschehen oder gesagt worden war; und wenn Guustje und Peelzie verwundert fragten, was sie nicht dürften, wiederholte er schüchterner, wie durch seine eigene Heftigkeit erschreckt, während seine Augen ängstlich starrten und seine Kehle unter Seufzern erstickte: „Ihr wisst's schon! Ihr wisst's schon!"

Nachbarn und Bekannte, Leo, Angelus, Déefiel und Celestien, und auch einzelne Nachbarfrauen, Eemlie, Siednie, Emerance und Kathelijnsjen, kamen, als sie hörten, dass Ivo sehr krank sei, ihn besuchen. Ivo hatte nicht viel davon; es war deutlich, dass sie mehr aus Neugier als aus Teilnahme für den Kranken kamen, doch sie halfen ihm die Zeit vertreiben, und namentlich einer, Leo, der von gegenüber, wusste Ivo mitunter sogar zu fesseln.

Leo war eine Art Dorfphilosoph, und er sagte Ivo manchmal Dinge, die ihn seltsam und tief bewegten. Er war eigentlich kein Tröster; eher das Gegenteil. Er kritisierte meistens ungnädig die frühere Lebensweise der beiden alten geizigen Junggesellen, und drängte immer wieder darauf, dass sie diese ändern sollten, soweit noch Gelegenheit dazu gegeben sei.

„Was haste nu' gewonnen mit deinem ewigen Abrackern und Schuften!", warf er dem alten Tropf vor. „Was biste nu' mit all dei'm Geld? Und für wen haste's gespart und vergraben? Ihr habt ja gar keine Verwandten mehr!"

„Sie hab'n unser Geld gestohlen", zitterte Ivo. Und seine behenden Hände gingen suchend nach seiner Kehle, als ob er dort immer noch den furchtbaren Griff des nächtlichen Überfalls fühlte.

„Gestohlen oder nich gestohlen, das is nu' ganz schnuppe", widerlegte Leo. „Ihr macht ja doch keinen Gebrauch davon." Und vorwurfsvoll fuhr er fort: „Warum haste nich schon längst geheiratet? Warum haste nich dein Leben genossen?"

Er lachte kurz auf mit einem verschmitzten Augenfunkeln und sagte:

„'s ja überhaupt noch die Frage, ob du jemals in dei'm Leben ein Weibsbild im Arm gehabt hast?"

„Nee, ich nich, ich hab nie daran gedacht", bekannte Ivo ernsthaft, während die anderen über Leos ulkigen Ausfall lachten.

Diese Besuche Leos entsetzten den alten Geizhals aufs höchste. Er fürchtete sie, und zu gleicher Zeit verlangte er danach, wie nach leidenschaftlich-aufregenden Offenbarungen. Sie riefen in ihm die größte Bewegung hervor; sie brachten das bisschen Klarheit, das in seinem Geiste noch übrigblieb, vollends in Verwirrung, und sobald er wieder allein war, versank er in endloses Grübeln.

Sein Geld, sein teures Geld! … Er spähte misstrauisch um sich, versicherte sich, dass er allein war und niemand ihn sehen konnte; er stand gebückt aus seinem Lehnstuhl auf, humpelte zur Kellertür, öffnete sie und stieg hinab. Dort stand in einer Ecke eine Talgkerze, er zündete sie an und ging damit zu der Grube, in der sie einst ihre Schätze verborgen hatten. Er kniete seufzend nieder, wühlte verzweifelt mit seinen zitternden Händen in dem hohlen Raum und brach wie ein Kind in Tränen aus. Immer und immer wieder lebte in ihm der unselige Wahn auf, dass er den Schatz wiederfinden werde, immer und immer wieder irrte er da stundenlang suchend umher, bis er vor Mattigkeit in Schlaf fiel und zuletzt von Guustje oder Peelzie mit Scheltworten hinaufgetrieben wurde.

Auch der Herr Kaplan kam bald ihn besuchen. Er verlangte mit dem Kranken allein gelassen zu werden, hörte ihm die Beichte ab und erteilte ihm die Sakramente. Dann redete er lange zu ihm über die Rettung seiner Seele und über das Jenseits. Und Ivo begriff unwillkürlich, dass er sehr viel gesündigt habe und noch sehr viel zu büßen hätte, um in den Himmel zu kommen. Viele Messen würde er lesen lassen müssen zur Labung seiner Seele, aber das könne er ja auch, denn er sei ja reich, meinte der Herr Kaplan, und Ivo nickte wiederholt bestätigend mit dem Kopfe und versicherte, dass er bereit sei, alles zu geben, was der Herr Kaplan nur verlangte.

„Habt Ihr noch Geld im Haus?", fragte vertraulich flüsternd, mit einem gewinnenden Lächeln, der Herr Pfarrer.

Ivo nickte.

„Wo is es, mein Freund?"

Ivo stand mühsam auf und humpelte nach dem Keller.

„Lasst uns vorsichtshalber die Tür schließen", meinte der Herr Kaplan. Und nach einem schnellen, misstrauischen Blick über den Hof, wo sich Guustje und Peelzie ziellos und gelangweilt herumtrieben, riegelte er leise die Tür zu.

Er stieg hinter Ivo die Kellertreppe hinab.

„Hier, Herr Kaplan", sagte Ivo, mit seiner Zitterhand die angezündete Talgkerze über das leere, gähnende Loch haltend.

Der Herr Kaplan kniete nieder, steckte gierig, mit funkelnden Augen, die Hände in die Tiefe. Enttäuscht richtete er sich halb wieder auf.

„Seid Ihr nich irrig, mein Freund? Is es nich an 'nem andern Platz?"

„Nee, nee, Herr Kaplan, hier is es, hier und nirgends anders!", versicherte Ivo mit irrem Blick.

Der Herr Kaplan sah den Ausdruck und erhob sich. Missvergnügt klopfte er die feuchte Erde von seinen Händen und von einer Soutane.

„Kommt, kommt", sagte er, hastig aus dem Keller emporsteigend. „Ich will lieber mal mit Eurem Bruder drüber reden." Er riegelte die Tür auf und rief Guustje in fuchsschwänzelndem Tone zu sich.

Guustje kam sofort herbei, ehrfürchtig die Mütze in der Hand haltend.

11

Ivo lebte noch den ganzen Winter hindurch. Und bis zum letzten Tage torkelte er aus seinem Bett und blieb endlose Stunden grübelnd in seinem Lehnstuhl am Herd sitzen. Dort fanden Guustje und Peelzie ihn einmal in der Dämmerung bewegungslos sitzen. Zuerst sahen sie gar nichts

Ungewöhnliches an ihm. Er saß unbeweglich im Halbdunkel, einer Mumie gleich, wie er meistens saß, aber als Guustje ihn etwas fragte und keine Antwort bekam, ging er auf ihn zu, berührte seine Hand und fuhr sofort entsetzt wieder zurück.

Diese Hand war kalt, eiskalt; von jener besonderen Kälte, von der keine andere Kälte einen Begriff geben kann: Ivo saß tot am Herd und hielt noch das Blasrohr, mit dem er immer das Feuer anfachte, in seine erstarrten Hand.

„Ivo! Ivo!", schrie Guustje wie wahnsinnig, er konnte das Entsetzliche nicht glauben.

„Ivo! Ivo! Was haste denn?", wiederholte er, seines Bruders Arme schüttelnd. Und er brach plötzlich in Tränen aus.

„Ivo! Ivo! Sprich nochmal zu mir!", klagte und flehte er.

Aber Ivo hatte nichts mehr zu sagen.

Peelzie zog ihn ängstlich weg.

„Komm, Guust, Jung, komm. Guust, lass uns lieber zum Doktor gehn", wisperte sie. Und sie nahm ihn mit hinaus.

Sie eilte hinüber zum Nachbar Leo. Leo kam sofort, und auch Celestien und Angelus kamen, und auch Eemlie, Siednie und Emerance. In einem Nu war die ganze Nachbarschaft in der altväterlichen Küche, wo Ivo tot in seinem Stuhle neben dem Herd saß. Niemand wagte ihn zu berühren. Die Weiber schwätzten gewaltig durcheinander. Die eine sagte: „Er is tot", und die andere: „Er is nich tot"; aber Leo gebot ihnen zu schweigen und lieber zu beten, bis der Doktor käme, den er durch seinen Hirtenbuben hatte entbieten lassen.

Sie knieten nieder und beteten: eine düstere, dichtgedrängte Gruppe, um den Stuhl, in dem der tote Ivo saß. Ein winziges Flämmchen tanzte ab und zu noch über der grauen Herdasche; es schien über Karfunkeln zu spielen; es leckte und wippte da und dort wie ein suchendes Irrlichtchen auf und beleuchtete abwechselnd Ivos rechte Hand und Gesicht und die Gesichter der um ihn Knienden, oder erlosch plötzlich, um im nächsten Augenblick wieder aufzuflackern. Eine Stimme betete laut vor, wie es bei Leichenfeierlichkeiten allgemein Sitte ist, und während die anderen nachbeteten, drang in ihre Gemüter immer fester die Überzeugung ein, dass Ivo wirklich tot sei. Aber plötzlich glitt das Blasrohr klappernd aus Ivos Hand, und mit einem Angstschrei fuhren alle auf und flüchteten zur Haustür.

Da ging eben die Tür, und der Dorfarzt trat ein.

„Was is denn?", sagte er, über ihren Schrecken verwundert. Er bat um Licht. Peelzie zündete ein Lämpchen an. Er nahm es aus ihren zitternden Händen und trat damit auf Ivo zu. Alle anderen hielten sich im Hintergrund, regungslos, mit erschreckten und ängstlichen Blicken.

Der Doktor musterte aufmerksam Ivos Gesicht, drückte den Kopf gegen die Brust, hob ein wenig den Arm und ließ ihn dann wie einen Stecken gegen die Stuhllehne fallen.

„Er is tot", sagte er, als sei es die gewöhnlichste Sache der Welt.

„Ist er wirklich tot, Herr Doktor?", fragte Leo, zaudernd einen Schritt vortretend.

„Ja", sagte der Doktor, Leo spöttisch anguckend.

Und Leo kehrte sich wichtig zu den anderen um. „Leut', er is wirklich tot!"

Nun hatten sie keine Furcht mehr und leisteten den Hausgenossen Beistand bei den nötigen Verrichtungen.

12

An einem traurig-trüben Regentag ward Ivo begraben. Ein scharfer Wind toste klagend durch die hohen, kahlen Baumkronen, und mit Zwischenpausen klatschten Regengüsse nieder, die eine durchdringende feuchte Kühle mit sich brachten. Es war wie ein Tag der Trauer und der Armut in der Natur, im völligen Einklang mit dem freudlosen Kärrnerdasein dessen, der jetzt zum Kirchhof verbracht wurde.

Leo hatte Wagen und Pferde hergeliehen. Der braungestrichene Sarg mit dem schwarzen Kreuz wurde auf Strohbündel gestellt und mit dem verschossenen Bahrtuch bedeckt.

Vier Junggesellen aus der Nachbarschaft waren die Träger. Sie gingen paarweise zu beiden Seiten des Wagens. Dahinter folgten Guustje mit Leo, Angelus, Celestien, Déefiel; und ganz zuletzt kamen die Weiber: Meelnie, Siednie, Eemlie, Falderie; Emerance und Kathelijnsjen – alles, was in der Nähe wohnte.

Der Wagen, im Schritt gelenkt von dem Knecht, der auf einem der beiden Pferde saß, rumpelte und holperte über die Löcher der Landstraße und durch die aufspritzenden Schlammpfützen. Da und dort kamen die Leute vor die Häuser und die Höfe und falteten die Hände oder nahmen die Mütze ab. Bei jedem Kreuzweg wurde eine Weile angehalten und gebetet, um die bösen Geister zu beschwören.

Als sie im Dorf ankamen, fing vom Kirchturm die Totenglocke zu läuten an. Der Knecht brachte die Pferde zum Stehen, und die vier Junggesellen hoben den Sarg vom Wagen.

Nun kamen Pfarrer und Mesner mit Kirchensängern und Knaben in Weiß und Rot, die Kreuz und Fahnen trugen.

Vor dem Sarg wurde feierlich gesungen, und der Herr Pfarrer spritzte mit dem Wedel Weihwasser über die entblößten und gesenkten Köpfe in der Runde. Dann kehrte er sich singend um, die Jünglinge hoben den Sarg auf ihre Schultern, die Leidtragenden scharten sich gliederweise, und langsam setzte sich der kleine Zug in Bewegung, während vom Turm die Glocken lauter hallten. Sie stiegen zum Kirchhof hinauf, gefolgt von vielen Dörflingen, die dem Leichengottesdienst beiwohnen wollten, unter feierlich dröhnenden Orgelklängen verschwanden alle in dem dämmrigen Kirchenportal.

Nachdem alles vorüber war, kam Guustje zu Leo, zu Celestien und zu den anderen Nachbarn und lud sie nach dem Brauch zu einem Tröppelchen ein. Natürlich wurden auch die vier Junggesellen und die Weiber eingeladen. Die Trauermahlzeit sollte in der Einöde selbst, im Wirtshaus von Peelzies Eltern eingenommen werden, aber man hatte noch reichlich Zeit, und sie gingen zuerst ins „Kommerzhaus", dicht gegenüber der Kirche, dann in den „Doppel-Adler", um dann langsam hinabzusteigen und die Kneipen im unteren Dorfe zu erledigen, bis sie zuletzt im „Grünen Garten" anlangten, der ganz am äußersten Dorfende lag. Dort fühlten sie sich sozusagen schon ein bisschen heimisch, und sie setzten sich für eine Weile nieder: die Männer gewaltig aus ihren Pfeifen qualmend, die Weiber aufgeregt schnatternd, mit roten Backen; und nicht lange währte es, so warf man an ein paar Tischchen schon beim Kartenspiel, während andere auf dem Hofe Kegel zu schieben begannen. Ivo war ganz vergessen, sie sprachen von Säen und von der Düngung ihrer Ländereien, und als Guustje endlich daran erinnerte, dass es Zeit zum Aufbruch sei, da standen sie geräuschvoll und munter durcheinander schwätzend auf, als ginge es zu einer Kirmes.

Ihrer zwanzig gingen sie zusammen auf dem Sandweg durch die kahlen Frühjahrsfelder, die Männer voran, in den Qualm ihrer Pfeifen gehüllt, die Weiber hinterdrein, mit weiten, schwarzen Kapuzenmänteln und buntfarbigen Bänderhauben. Es regnete nicht mehr, aber der Wind fuhr noch immer schneidig daher und machte die Zipfel und Bänder lustig rascheln und flattern. Namentlich die Männer, die meistens keine Überröcke trugen, froren empfindlich. Leo sah ganz violett aus und schwang beständig beide Arme um seinen Leib, und die mageren, wackeligen O-Beine Celestiens waren wie zwei morsche, krumme Pfeiler einer baufälligen Holzbrücke, zwischen denen der Wind hindurchpfeift. Ab und zu blieb einer der Männer mit hochgezogenen Schultern vor einem Baum stehen, und auch die Weiber hockten sich hin und wieder mal nieder, zwei oder drei zu gleicher Zeit, und blieben eine kurze Weile regungslos wie schwarze Stülpen am Rand eines Ackers, um sich dann wieder zu erheben und mit flatternden Bändern und wehenden Mantelzipfeln unter lebhaftem Gepappel den anderen nachzueilen.

Peelzies Vater stand auf der Schwelle des „Graf van Halfvasten“, um die Eingeladenen zu empfangen. Er war ein dürres Männchen, das viel jünger aussah, als es war, und sein Gesicht zeigte eine unverhohlene Lustigkeit, als ob Kirmes sei.

„Kommt rein, Leut’, und seid allesamt willkommen!“, wiederholte er fortwährend in einem frohlockenden Tone. Und er führte die Gäste sogleich in die „gute Stube“, wo ein großer, langer Tisch gedeckt war.

„Ich hab kein Feuer angemacht,“ krähte er weiter, „aber das hat nichts zu sagen, nich wahr, ihr werd’t euch warm essen. Setzt euch, setzt euch, tut, als ob ihr zu Haus wärt, die Supp is fertig, wir wer’n sie gleich auftragen.“

Jeder nahm einen Platz, wo er ihn gerade fand, und nachdem sie ernst, mit gefalteten Händen und entblößtem Kopf, ein kurzes Gebet gemurmelt hatten, gingen die Müt-

zen wieder in die Höhe und erschienen zwei dampfende
Suppenschüsseln auf dem Tisch.

Der Baas bediente selber mit zweien seiner Söhne und
mit einer seiner Töchter. Die Mutter und die anderen
Töchter waren in der Küche; Peelzie, aufs schönste heraus-
staffiert und mit ihrer Katze um den Hals, als wäre sie auf
Besuch hier, ging geschäftig und bekrittelnd aus und ein.

Es war natürlich Klößchensuppe, echte traditionelle
Kirmeskost, und die Augen leuchteten. Leo erklärte unbe-
fangen, dass er mit Rücksicht auf die Trauermahlzeit schon
seit dem vorigen Abend nichts mehr gegessen habe und
dass sein Magen rumore wie noch nie. Er sei ausgehun-
gert bis unter die Ohren, behauptete er unter allgemeinem
Gelächter; ja es tue ihm wirklich weh, da in seinen Kinnbacken unter den Ohren. Und er schlürfte die Suppe und
die Klößchen mit einem leisen Knurren innigster Befriedigung; es tue ihm wohl bis in die große Zehe, sagte er.

Nach der Suppe kamen die anderen Gerichte; dazwischen wurde Bier geschenkt, und die Köpfe glühten, während die Unterhaltung immer lauter wurde. Sie aßen so viel
sie konnten, weil es nichts kostete. Leos glattrasiertes Kinn
war wie mit Fett beschmiert, seine unschuldigen tiefliegenden Äuglein funkelten in seinem violetten Gesicht wie zwei
wässerige Sternchen. Er hatte den obersten Hosenknopf
aufgemacht, und in seinem Inneren schien eine orkanar-
tige Wirkung zu entstehen, ein hohles Rumpeln und Poltern, wobei sein Mund sich ab und zu wie ein Sicherheits-
ventil flüchtig öffnete. Leos Gefräßigkeit war geräuschvoll,
aber darum nicht gewaltiger wie das stillere In-sich-hin-
ein-schlichten Celestiens, Angelus' und Déefiels und der
vier Junggesellen, die Ivos Sarg getragen hatten. Celestien
verrichtete seine Arbeit mit einem friedlichen Lächeln.
Seine trägen Hände langten nach den vollen Schüsseln,
er schöpfte sich einen Riesenhaufen heraus, und dann

war es wunderbar, wie schnell das, trotz der Langsamkeit seiner Bewegungen, von seinem Teller verschwand. Er kaute sicher die Brocken nicht, sondern schluckte sie nur so hinunter, denn gleich war er wieder fertig und langte still lächelnd mit seinem Teller nach der Schüssel, um sich noch einmal einen großen Schöpflöffel voll zu holen. Das Lächeln wich nicht von seinem dicken roten Kopf mit den schlichten gelben Haaren, und wenn die anderen ihm ein Scherzwort zuriefen, so antwortete er nicht darauf, um keine Zeit zu verlieren. Was ihm durch seine natürliche Trägheit entging, das holte er durch standhafte Ausdauer reichlich wieder ein. Er aß wie ein Ochse, langsam, aber ohne Unterlass.

Guustje, in eine Ecke gedrängt wie ein magerer Zwerg, der von Riesen umgeben ist, saß als ein mürrischer Griesgram da. Er war kein großer Esser und blickte mit innerer Wut auf diese Bande von Vielfraßen. Er hatte das Gefühl, als ob sie ihm selber die Knochen abnagten. Er war wütend auf Leo, wütend auf Celestien und Angelus, wütend auf die vier schmatzenden Junggesellen, wütend auf die kichernden und schnatternden Weiber, die das Zimmer mit Lärm erfüllten. Auch die Gesichter von Peelzies Vater und seinen Söhnen reizten ihn; er berechnete innerlich, was sie an dem Gelage verdienten, und das einzige, was ihn einigermaßen damit aussöhnte, war die Haltung Peelzies, die knurrig herumlief und sich sichtlich über dieses unmäßige Fressen und Sausen ärgerte, in solidarischem Empfinden mit seinen eigenen Sorgen und seinem eigenen Grimm, als müsste das alles so gut aus ihrem Beutel wie aus dem seinigen mitbezahlt werden.

Nach den „Karmenaden" und „Würstchen mit Zwiebeln" wurde eine kurze Pause gemacht. Die Teller wurden weggenommen, und es schien auch wirklich an der Zeit, dass den Gästen ein Weilchen Ruhe gelassen wurde. Sie glühten; sie konnten einfach nicht mehr. Leo saß wie geistesabwesend da und starrte rülpsend vor sich hin, selbst Celestiens Kinnbacken stellten das Kauen ein, während das Lächeln auf seinem Gesicht erstarrte. Die vier Junggesellen, die von einer Art Kräfteverfall befangen schienen, gaben keinen Ton mehr von sich. Leo stand auf und ging auf unsicheren Beinen hinaus. Nach einer Weile kehrte er zurück, fahlbleich, mit wässerigen Augen, sich den Mund mit dem Handrücken abwischend. Irgendjemand machte einen Witz darüber, und die ganze Gesellschaft lachte, während Leo behauptete, der eisige Wind habe ihm das Wasser in die Augen getrieben.

Auf solche Art vertrödelten sie die Zeit, als wüssten sie nicht mehr recht, was sie beginnen sollten; aber als Peelzies Vater und ihre Brüder mit einem ungeheuren Teller voll Eierkuchen und Butterbroten und zwei riesigen Kaffeekannen hereinkamen, da erhob sich ein lautes Hurrageschrei, und sie machten sich wahrhaftig wieder ans Essen und Trinken und pfropften sich voll, so viel nur hineingehen wollte.

Dann kamen die Schnapsgläser und wurden die Pfeifen angezündet. Sie machten sich's bequem, die Stühle wurden rechts und links hinausgerückt, und es dauerte nicht lange, bis Leo vorschlug, 'n bissel Karten zu spielen. Sofort wurde der Tisch abgeräumt. Peelzies Vater brachte die Karten, das Spiel begann auf der weißblau karierten Tischdecke. Nun sie nicht mehr aßen, fühlten sie die Kälte in sich eindringen (das kam auch von der „Disestion", versicherte Leo, der Bücher gelesen hatte und von allem ein wenig verstand), und sie blickten fröstelnd nach dem Ofen, in dem solch ein warmes, erquickendes Feuerchen hätte brennen können.

„'n bissel Feuer!", rief Peelzies Vater zuvorkommend. „Macht schnell!" Bald knisterte im Herd ein lustiges Holzfeuer.

Nun saßen sie alle so mollig und gesellig in der großen Wirtsstube beisammen, als ob sie nie mehr auseinandergehen wollten. Die gerötetem in Qualm gehüllten Köpfe glänzten in der roten Feuerglut, ein paar Weiber, die nicht mitspielten, rösteten sich unter animiertem Geschwätz ganz dicht bei der Flamme, die Beine auseinander gespreizt und die Röcke ein wenig gehoben, um die nassen Füße zu trocknen. Selbst Guustje fühlte sich nun viel behaglicher, seitdem nicht mehr so gefressen und geschluckt wurde; er ließ immer wieder mit Vergnügen ein Gläschen vollschenken und beteiligte sich zuletzt selber mit Angelus, Celestien und Leo am Kartenspiel.

Langsam brach die Dämmerung herein. Da innen war es schon düster, und das Herdfeuer flackerte in tieferem Rot auf, aber draußen herrschte noch ein gräuliches Licht, das eintönig trübe Grau eines windigen Regentages. Der große Eichenwald, der dem „Graf van Halfvasten“ gegenüberlag, schüttelte seine hohen kahlen Wipfel, an denen da und dort noch rostfarbige Flecken von dürren Blättern klebten, wie im höchsten Ingrimm durcheinander, und aus dem schwarzgrünen Fichtenwald, der dicht daneben lag, tönte es wie ein klagendes Seufzen, wenn die schlanken Stämme sich im feuchten Nebel knarrend auf und nieder bogen.

Die Gesellschaft wurde stiller. Die abendliche Stunde und die natürliche Reaktion nach all der Aufregung brachten das mit sich. Es wurde mit geringerer Lust gespielt und bald legten mehrere die Karten nieder, Leo zündete sich eine frische Pfeife an, erhob sich, ging zu Guustje am Herd und begann zu philosophieren.

„Wie alt biste nu’, Guust?“, fragte er.

„Fünfundfünfzig“, sagte Guustje.

„In der Blüte deines Lebens“, versicherte Leo.

Guustje machte ein saures Gesicht.

„In der Blüte deines Lebens!“, wiederholte Leo mit

Überzeugung. „Ich bin dreiundsechzig, und ich fühle mich noch so wohl, wie einer von dreimalsieben. Aber … ich hab vernünftig gelebt; ich hab zur rechten Zeit geheirat't. Du musst nu' auch noch heiraten, Guust."

Guustje gab keine Antwort.

„Du bist schon mal einer nachgelaufen, Gunst", fuhr Leo unbekümmert fort, „drunten im Dorf, der Tochter von Mie Spriet …"

„Wem?", rief Guustje erstaunt.

„Der Tochter von Mie Spriet, das heißt: der Tochter von Sies Fniezes Weib; sie wurde zu meiner Zeit nich anders als Mie Spriet genannt", klärte Leo auf, „aber das is nich deinesgleichen, Guust, das ist schlechtes Volk, sie hab'n dich betrogen und bestohlen, da musst du dir was anderes suchen, und wenn du's mir überlassen willst, so wer' ich wohl 'n tüchtiges schönes Weibsbild für dich finden."

Guustje grinste verlegen und äugte unruhig nach Peelzie, die eben mit mürrischem Gesicht an ihnen vorbeilief.

„Celestiens älteste Tochter", flüsterte Leo, vertraulich seinen Stuhl näher heranschiebend, „oder 'ne andere, es gibt ihrer genug", beeilte er sich, hinzuzufügen, als er merkte, dass sein Vorschlag bei Guustje auf keinen guten Boden fiel. „Darf ich nich mal für dich rumhorchen?", schloss er, Guustje listig fragend in die Triefäuglein blickend.

Guustje gab eine ausweichende Antwort. Er kannte Leo sehr gut und wusste, dass er gerne Ehen stiftete, wofür er dann von beiden Parteien ein Trinkgeld bekam; aber er erschrak wirklich vor Peelzies Gesicht, die offenbar einiges aus Leos Reden aufgeschnappt hatte und ihn mit vernichtenden Blicken ansah. Leo merkte das auch, und plötzlich kam ein Lächeln wie der Offenbarung auf sein verschmitztes Gesicht. Er fing sofort von anderen Dingen zu reden an, aber nach einem Weilchen stand er auf und war bald im Gastzimmer mit dem Baas in ein wichtiges

Gespräch vertieft. Sie schienen etwas sehr Ernstes zu verhandeln; Peelzies Vater tat erst sehr verwundert und sogar einigermaßen entrüstet, aber nach und nach drehte er bei, und endlich legte er still seine Hand in die Leos, wie zur Bekräftigung einer abgeschlossenen Vereinbarung.

Die Gäste waren aufgestanden und machten sich zum Weggehen fertig. Einzelne nahmen Abschied von Guustje und redeten noch einiges über Ivo und das schöne Begräbnis, dem sie beigewohnt hatten; andere, die den gleichen Weg gehen mussten, warteten, bis Guustje das Zeichen zum Aufbruch geben würde. Peelzie zog, mit rotem Gesicht und bösartigen Blicken, ihren Mantel an, setzte ihren Hut auf und nestelte die Katze zu, fest entschlossen, Guustje mit Leo nicht allein zu lassen.

In einer dichten polternden Schar verließen sie den „Graf van Halfvasten". Der sehr aufgelegte Baas begleitete sie unter Späßen bis zur Tür, wie er sie empfangen hatte. Alsbald sonderten sich die Weiber in einer eigenen Gruppe ab. Sie gingen am Straßenrand, an dem seufzend schaukelnden Fichtenwald entlang, und nahmen Peelzie in ihre Mitte, die sie als ihresgleichen behandelten. Die vier Junggesellen waren noch immer beisammen, und ganz hintennach kam Guustje mit Celestien, Déefiel und Leo, dessen ununterbrochenes Geschwätz die drei erstgenannten schweigend anhörten.

Es war beinahe Nacht geworden, eine nasskalte, stürmische Frühjahrsnacht. Man fühlte das Bedürfnis nach Geselligkeit, nach engem und warmem Beisammensein zwischen sicheren Mauern am Herd oder im Bett. Die Einsamkeit erschien jetzt furchtbar, unerträglich, kühl und tödlich, wie das kühle, dunkle Grab in dem Ivo heute versenkt ward. Es war nicht denkbar, dass zwei Menschen unter demselben Dach sich voneinander absondern würden.

Vor dem Zaun von Guustjes Gütchen machten sie noch einmal halt, um den letzten Abschied zu nehmen. Da trändelten sie eine Weile herum, fröstelnd im eisigen Nebeldunst, mit hochgezogenen Schultern und wässerigen Augen; es schien, als wüssten sie nicht recht, was sie noch sagen sollten. Gerade wie Mann und Frau standen Guustje und Peelzie jetzt da; die Weiber fühlten es, die Männer fühlten es; das Gefühl wirkte beengend und beklemmend, weil die Sache so deutlich war und doch nicht deutlich ausgedrückt werden konnte. Aber Leo fand schließlich das passende Wort; er setzte auf das scherzhafte Gebiet hinüber und sagte:

„Guust, Jung, du musst nu' alleine schlafen, und es is doch so kalt; willste nich meinen Mantel hab'n?"

Diese paar Worte ließen alle in ein Gelächter ausbrechen. Sie prusteten laut, die Frauen krümmten sich, Celestien und Angelus drohten unter einem Hustenanfall zu ersticken, und selbst die vier Junggesellen lachten mit weit aufgerissenem Mund und schalkhaft leuchtenden Augen.

Es war, als ob Leo etwas ganz anderes gesagt hätte und sein Scherzwort plötzlich die Bedeutung einer Offenbarung und eines Bekenntnisses bekäme. Guustje war ganz verstört und brummelte irgendetwas, Peelzie ließ ein schrilles Kreischen hören und stellte sich an, als ob sie gekränkt sei, aber es half alles nichts, die Lacher lachten weiter, und als Duc, der alte Wachthund, durch den ungewöhnlichen Lärm gestört, kettenklirrend aus seiner Hütte kam und heiser und hohl zu bellen begann, überschrie Leo Guustje und Peelzie mit den Worten:

„Tuttuttut, ihr dürft nich so viel drüber lachen, 's is so, wie ich sag! Nu' fort, beeilt euch nur; hört, der Hund ruft euch schon, dass es Zeit is, zu Bett zu gehn!"

Guustje und Peelzie flüchteten besiegt in den Baumgarten. Noch einmal hörten sie das Gelächter hinter ihnen herdröhnen und die schnarrende Stimme Leos, der schon wieder weiter witzelte. Sie öffneten die Haustür, traten in das dunkle, stille Haus, und Peelzie setzte ein Streichholz in Brand.

„Sie wissen's, sie hab'n was gemerkt", sagte Guustje.

Peelzie gab keine Antwort und zündete eine kleine Lampe an.

„Meinste nich auch?", begann Guustje wieder, besorgt auf sie zutretend.

Peelzie, deren Aufmerksamkeit anscheinend ganz von dem Lämpchen in Anspruch genommen war, verharrte hartnäckig in Schweigen. Ihre Brauen waren bedenklich gerunzelt, ihre Zahnharke war fest geschlossen. Verwundert, erschreckt starrte Guustje sie an.

„Was is denn?", fragte er.

„Was is …? Dasste, verdammich, keine andere heiraten wirst!", richtete sie sich plötzlich drohend auf.

„Heiraten! Wer spricht von Heiraten!", brummte Guustje.

„Du meinst wohl, ich sei taub! Du meinst wohl, ich hätt nich gehört, was Leo zu dir gesagt hat von Celestiens ältester Tochter!"

Guustje schwieg.

„Aber pass nur mal auf, du schlechter Kerl, wenn du damit anfängst!", tobte sie weiter. Und plötzlich brach sie in Tränen aus.

„Du hast mich ins Unglück gebracht; 's is mit mir so weit!"

„Wa … wa … was sagste da!", stotterte Guustje erschaudernd.

„Dass es so is, dass es so is, dass ich's sicher weiß!", greinte sie ingrimmig.

„'s find Lügen, verdammich!", schrie Guustje, die Arme kreuzweise zusammenschlagend.

„,s wird sich zeigen!", rief sie herausfordernd. „Ich hab bis jetzt nur geschwiegen wegen dem Ivo, aber ich hab's schon lang gewusst. Was wer'n nu' die Leut' sagen!"

Guustjes Arme sanken wieder herab, und er stieß einen Seufzer der Angst und des Entsetzens aus. Er zweifelte plötzlich nicht mehr und sah unabsehbare Folgen voraus.

„Was wirste nu mit mir machen?", jammerte sie, plötzlich einen viel sanfteren Ton anschlagend.

„Ich wer's bedenken, ich muss drüber nachdenken", erwiderte Guustje nervös.

„Willste mich nich heiraten?", fragte sie laut.

„Das sag ich nich, ich sag nur, dass ich mich bedenken muss", stotterte Guustje gereizt.

„Und bedenk dich nur nich zu lange, denn in einigen Monaten werden die Leut' sehn, dass es kein Bedenken mehr braucht", drohte sie noch einmal.

Guustje gab keine Antwort mehr. Er war gänzlich aus Rand und Band geraten. Er lief hinaus, um noch einmal in den Ställen nachzusehen und mit dem „Bedenken" zu beginnen, während Peelzie brummig in ihr Kämmerchen ging, um sich auszukleiden.

13

Guustje „bedachte" sich einige Wochen und wartete immer darauf, dass irgendeine Veränderung käme, aber als er endlich begriff, dass diese Hoffnung völlig eitel war, hieb er den Knoten plötzlich mit einem Male durch und beschloss, Peelzie zu heiraten.

In der Nachbarschaft, wo alles schon längst ahnte, wie die Sachen standen, erweckte die Neuigkeit keine Verwunderung mehr, sondern mehr hämische Freude. Leo lief sofort nach dem „Graf van Halfvasten" und empfing von Peelzies Vater nach einigem Sträuben das vereinbarte Trinkgeld als Kuppelpelz; und Celestien, Angelus, Déefiel, die vier Junggesellen, Meelnie, Siednie, Eemlie, Roozlie, Falderie und Kathelijnsjen, kurz: die ganze Nachbarschaft freute sich schon im Voraus auf die Hochzeitsfeier, die in der Einöde abgehalten werden sollte. Alle Weiber kamen, um Peelzie zu beglückwünschen, und die Männer machten krasse Anspielungen, die jetzt auch ganz zustatten kamen.

Durch verschiedene Umstände musste die Hochzeit dreimal verschoben werden, um zuletzt endgültig auf den 28. Juni, den Abend vor St. Peter festgesetzt zu werden. Das traf sich ausgezeichnet. Der darauffolgende Tag war ein Feiertag, man konnte tüchtig ausschlafen, und abends würde man das Brautpaar bei der Glut des St. Petrusfeuers empfangen und sich einen Spaß leisten, an dem die Einöde noch lange ihre Freude haben werde.

Kurz vor halb neun Uhr waren die Brautleute im Gemeindehaus. Es war einen Augenblick die Rede davon gewesen, nach altem Brauch einen „Brautvater" und eine „Brautmutter" einzuladen, aber im Hinblick auf die eigenartigen Umstände, unter denen die Hochzeit stattfand, hatten Guustje und Peelzie nach reiflicher Überlegung davon abgesehen. So erschienen sie einfach mit Peelzies Eltern auf dem Standesamt, und als Zeugen nahmen sie nur einige Leute aus der Nähe, die gewöhnlich in solchen Fällen herbeigeholt wurden.

Der Sekretär las schnell, mit kaum verständlicher Stimme das Verehelichungsprotokoll vor. Der Standesbeamte, einer der vornehmen Eingesessenen, benützte die Gelegenheit, um verschiedene Schriftstücke zu unterzeichnen, die mit Guustjes Verehelichung nichts zu tun hatten, und die vier Zeugen, die man eben von ihrer Arbeit weggeholt hatte, starrten gleichgültig aus dem Fenster.

„Herr Schöffe, Herr Schöffe", flüsterte der Sekretär ein paar Male, seine Vorlesung unterbrechend, um den Beamten aufmerksam zu machen, dass der Augenblick gekommen sei, die gebräuchlichen Fragen zu stellen. Und der Beamte stellte, seine Feder niederlegend, die Fragen, auf die die Eltern und die Brautleute natürlich mit „Ja" antworteten. Der Sekretär las dann weiter, während der Beamte mit der Unterzeichnung von Schriftstücken fortfuhr, und endlich bekamen auch die Brautleute, die Eltern und die Zeugen die Feder in die Hand, um ihre Unterschrift unter das Protokoll zu setzen. Das taten sie alle mit ziemlich großer Anstrengung, außer Peelzies Mutter, die mit hohler Stimme erklärte, dass sie gänzlich ungelehrt sei. Sie wurde ersucht, ein Kreuzchen zu machen, und dann überreichte der Sekretär Guustje das „Büchelchen".

Guustje nahm es zögernd, mit misstrauischen Blicken entgegen. Er zweifelte nicht, dass nun der übliche Ulk kommen würde; und so geschah es auch.

„So, Van Heule", sagte der Sekretär mit einem verschmitzten Lächeln. „Da is das Büchelchen für die Kinder, die Ihr bekommen werd't. 's is Platz für zwölfe; und wenn's voll is, dürft Ihr um ein anderes kommen."

Ein allgemeines Gelächter erhob sich, und selbst der würdige Schöffe des Standesamts sah mit einem flüchtigen Lächeln auf Peelzie, die vor Scham nicht wusste, wohin sie sich verkriechen sollte. Obwohl schönes, warmes Sommerwetter war, hatte sie ihren Wintermantel und ihre Katze angezogen, um ihre beleibt gewordene Figur zu verbergen und wohl auch deshalb, weil es ihre schönsten Kleider waren, aber diese Herren wussten natürlich alles, und nun wurde sie von allen Seiten tüchtig geneckt, ebenso wie Guustje, der grinste und mitzulachen suchte, obgleich er innerlich wütend war. In seiner Wut spuckte er dünne Speichelstrahlen nach allen Seiten, und es hätte wahrhaftig nur wenig gefehlt, dass er mit seinem frischgebackenen Schwiegervater in Streit geraten wäre, dessen fade Witze ihm ganz unerträglich wurden. Aber es war vorüber; der Sekretär, dem noch die Lachtränen in den Augen standen, sagte ihnen, dass sie gehen dürften; sie standen auf und grüßten, und einen Augenblick später waren sie mit den vier Zeugen im breiten Gang des Gemeindehauses der Tür der Wirtsstube dicht gegenüber.

Dort gab es einen kurzen, aber bedeutsamen Aufenthalt. Nach altem Brauch mussten die Brautleute Wein spendieren, und das geschah immer in der Herberge des Gemeindehauses. Aber nun waren die Wirtsleute die Fniezes, und Guustje lehnte sich gegen den Gedanken auf, diesen Leuten noch etwas zu gönnen, während er sich andererseits, namentlich gegenüber den Zeugen, beinahe verpflichtet fühlte, die Tradition zu achten.

„Ah bah, an so ’nem Tage musste essen und vergessen können“, widerlegte Peelzies Vater Guustjes verdrießliche Bedenken, und um ihn vor eine vollzogene Tatsache zu stellen, riss er mit einem Male unverzagt die Tür des Gastzimmers auf. Sie traten ein.

„Guten Tag allesamt, guten Tag, Baas Van Heule und alle miteinander, und Profiziat!“, grüßte Mietjes Mutter – Mie Spriet, wie Leo sie nannte – hinter dem Schanktisch hervor. Sie empfing sie pflichtgemäß höflich, aber mit heiklem Blick und in reservierter Haltung, als sei sie bereit zu heftigstem Widerstand, falls sie irgendeine Teufelei im Schilde führten. Doch nichts geschah. Guustje bestellte kühl zwei Flaschen Wein, eine weiße und eine rote, und während die Frau das Bestellte holte, steckte er mit leicht zitternder Hand seine Pfeife an. Er schielte mit dem einen Auge beständig nach der hinteren Tür, nicht ohne Bewegung sich fragend, ob er auch Mietje sehen würde. Seit jener Einkehr in der „Desandewoasör“ war er ihr nicht mehr begegnet, hatte aber wohl noch manches von ihr gehört: unbestimmte, wunderliche Gerüchte, die heimlich die Runde machten. Sie sei sehr krank gewesen, beinahe zum Sterben krank, infolge eines gewissen heimlichen Eingriffs. Es wurde sogar gemunkelt, dass die Polizei sich eingemischt hätte und dass Herr Fitor knapp vor der Gefahr gestanden, in die Sache hineingezogen zu werden. So weit war es jedoch nicht gekommen, das schmutzige Sächelchen wurde totgeschwiegen, und Herr Fitor, der eine Zeitlang aus der Herberge fortgeblieben war, schien nun wieder regelmäßiger Stammgast zu sein.

Die Hintertür ging auf, und Mie Spriet trat herein mit zwei Flaschen, gefolgt von Mietje, die ein Präsentierblatt mit Gläsern trug.

„Guten Tag miteinander und Profiziat!", grüßte auch sie, wie es vorhin ihre Mutter getan, dann schenkte sie ein und ging bei allen umher.

Guustje konnte seinen eigenen Augen nicht glauben. War das nun Mietje Fnieze, das schöne frische Mädchen von einst, in das er jahrelang vernarrt gewesen war und um dessentwillen er sich die schrecklichsten Demütigungen hatte gefallen lassen müssen? Sie war es kaum noch zur Hälfte mehr, mager wie eine Stange, gelb und mit faltigem Gesicht, mit dumpfen Augen und hohlen Wangen und an Brust und Hüften wie abgehobelt und plattgedrückt. Guustje konnte ein scharfes Gefühl des Mitleids nicht unterdrücken, aber aus diesem Mitleid wuchs sogleich auch die Empfindung süßen Trostes hervor, und er sah Peelzie mit Wohlgefallen an: Peelzie, die viel älter und nicht schön war, war jetzt wirklich schöner als Mietje, gesund und stark in ihrer angenehmen Position, und aus dem Lächeln ihrer Zahnharke sprach die strahlende Erwartung eines Glückes, das Mietje verschmäht und zum Schaden ihrer Schönheit und Gesundheit für immer verscherzt hatte.

Sie stießen an und tranken und wechselten banale Redensarten, während Mie Spriet wieder starr und regungslos, mit frechen Augen, wie gepanzert gegen etwaige Angriffe, hinter dem Schenktisch Stellung nahm. Mietje schwätzte, strengte sich an, um aufgeräumt und natürlich zu erscheinen, als ob gar nichts mit ihr geschehen wäre, und nachdem Guustje bezahlt hatte, wichen sie alle langsam zur Tür zurück, die plötzlich, während Guustje schon die Klinke in der Hand hatte, wie von selbst aufging, Sies Fnieze und seinen Sohn Fielemon einlassend.

Guustje erschrak unwillkürlich und trat so plötzlich auf die Seite, dass alle darüber lachen mussten.

„Du bist wohl scheu, he!", grinste ruhig und selbstbewusst Sies Fnieze. „Profiziat, Guust, Jung, Profiziat, Peelzie!", fuhr er unschuldig fort, indem er gar nicht verwundert schien, sie hier anzutreffen.

Guustje schielte ihn bissig an. Er war zornig auf sich selbst wegen seines plötzlichen Erschreckens, aber es war ihm, genau so wie einst Ivo, flüchtig zumute gewesen, als ob er wieder dem schrecklichen Überfall beiwohnte. Sein Zorn war ohnmächtig, weil er sich klein und schwach fühlte, gegenüber diesen großen und starken Fniezes; er hätte sie kratzen und beißen mögen; er hätte in das spöttische Gesicht des Alten mit der Faust schlagen und das gemeine runde Gesicht des Sohnes mit seinen Nägeln zerkrallen mögen, aber er fühlte, dass er jetzt an sich halten müsse, er verbiss seine Wut unter einem giftigen Grinsen, nur als er schon draußen im Gang war, wagte er, sich umkehrend, die seinem rachedurstigen Herzen ungeheuer wohltuende Niederträchtigkeit:

„Dank, Dank, und ich hoff auch, dass ich in kurzem Mietjen und Herrn Fitor Profiziat sagen darf."

Ehe die Tür zuging, hatte er noch die Genugtuung, Mie Spriets freches Gesicht sich vor Wut purpurn färben zu sehen, und die Beschimpfungen, die ihm die anderen nachriefen, fochten ihn nicht an, er hatte sich doch ein bisschen gerächt, und das konnte ihn für seine ferneren Tage hinreichend glücklich machen.

Nach der kirchlichen Feier, die nicht lange währte, aber dennoch ungeheuer langweilig war, begaben sie sich sofort in den „Doppeladler“, um „Schokela mit Eierkuchen-Butterbroten“ zu genießen. Sie hatten keine rechte Lust dabei, die gemeine Schokolade lag ihnen flau im Magen, aber es war eben auch alter Brauch, wie die Reise nach der Stadt, wo sie den Rest des Tages zubringen würden. Sie fuhren mit der Postkutsche nach der nächstgelegenen Bahnstation und würden abends auf dieselbe Art wieder zurückkehren.

Als sie in der großen Stadt kaum die Bahnhofshalle verlassen hatten, sahen sie sich in einem Gewühl von Fuhrwerken, Autos und elektrischen Trambahnwagen eingeklemmt. Es war eine ganze Tour, bis sie die nächste Geschäftsstraße erreichten. Dort hielten sie an der Ecke des Gehsteiges Rat, wie sie nun mit ihrer Zeit verfahren würden. Peelzie schlug vor, erst mal ein wenig rumzugehen und die prächtigen Ausstellungen in den Schaufenstern anzugucken. Guustje machte ein saures Gesicht; das war keine Beschäftigung für ihn. Aber er wusste ja auch nichts Besseres, und so schlenderten sie ziellos herum, Guustje seine Pfeife qualmend, die Hände in den Taschen, Peelzie durch und durch Entzücken, mit einem seligen Lächeln vor jedem Schaufenster stillhaltend.

„Aber schau doch nur mal, wie schön! Aber schau doch nur mal, wie schön!“, wiederholte sie fortwährend; und wenn Guustje, der für all dieses „Schöne“ keinen Sinn hatte, antwortete, um erlöst zu werden: „Nu’, so kauf dir’s“, sah sie ihn mit vorwurfsvollen Blicken an und sagte sehr ernst:

„Biste toll? Meinste, dass ich uns ruinieren will!“

Doch Guustje begann sich bald gewaltig zu langweilen; er wurde ärgerlich und blickte ratlos um sich, wie ein Tier, das in einem Käfig gefangen sitzt, als er plötzlich beim Anblick eines Paares junger Stiere, die mit verbundenen Augen mühsam durch eine belebte Straße gelotst wurden, ganz aufgeregt ausrief: „Aber ’s is wahr auch, heut is ja Viehmarkt, woll’n wir da nich mal hingehn?“

„Ja“, stimmte sie ohne weiteres bei, um ihm Vergnügen zu machen.

Sie verließen die von Lärm und buntem Treiben erfüllte Geschäftsstraße, gingen durch Vorstadtviertel, standen ein Weilchen vor einer Drehbrücke, die geöffnet war, um Schiffe durchzulassen, folgten einem Boulevard und erreichten den Viehmarkt.

Auf dem weiten, von hohen Bäumen überschatteten Platze ging es sehr lebhaft zu. Die schönen bunten Kühe wimmelten unter den grünen Laubgewölben wie große Sonnen- und Schattenflecken, die Rinder und die Ochsen standen unbeweglich da in ihrer stumpfsinnigen Gleichmütigkeit, die frechen Stiere, sämtlich durch vorgebundene Tücher geblendet, wurden kurz am Zaum gehalten und bekamen bei der geringsten Widerspenstigkeit lautschallende Stockhiebe auf den Kopf. Am lautesten benahmen sich die Schweine; sie waren absolut zuchtlos, schrien wie besessen, entschlüpften dem Griff ihrer Wächter und rissen aus, wie nackte Menschen vor einem plötzlich hereinbrechenden Unheil. An dem einen Ende des Viehmarktes lag eine Eisenbahnlinie, wo beständig Vieh ein- und ausgeladen wurde, und an dem anderen das Schlachthaus, in das eben eine lange Herde Schafe blökend und im Trippelschritt hineinlief, wie ein Zug gleichmäßig gekleideter Backfischchen, die von einem kleinen Spaziergang in ihr Pensionat zurückkehren.

Guustje fand es herrlich da auf dem Markt. Er schlenderte neben den in blauen Kitteln stehenden Viehhändlern einher, betastete die Tiere, äußerte seine Bewunderung oder seine Kritik. Und auch Peelzie interessierte sich für dieses Treiben, schob ihr Spitzbäuchlein durch das Gedränge, horchend und schauend, immer wieder auf die Seite gedrängt von den Männern, die keine Notiz von ihr nahmen. Polizeidiener liefen gemütlich hin und her, mühelos die Ordnung handhabend, und ohne Unterlass rasselten Wagen vorüber, die mit Jungvieh, zierlichen Kälbchen mit allerliebsten Milchschnauzen, vollgepfropft waren; auch sie mussten ins Schlachthaus.

Gegen die Mittagszeit, als ihnen der Hunger kam, schienen sie nirgends einen Ort zu finden, wo sie irgendetwas zu sich nehmen könnten. Es gab Gelegenheiten genug, aber sie zauderten, da sie nicht wussten, wohin sie gehen sollten, und in der Furcht lebten, sich zu irren oder angeführt zu werden. Sie streiften wie ein paar Verirrte um den ganzen Viehmarkt herum, Peelzie todmüde und Guustje gereizt, immer wieder vor den Kaffeehäusern stillhaltend und verstimmt wieder weiter ziehend, bis sie schließlich auf gut Glück irgendwo eintraten, wo sie durch die offene Tür eine Anzahl Leute mit Essen beschäftigt sahen.

Es war hier sehr düster, geräuschvoll und beengend; ein unsauberes Mädchen mit schmutziger Schürze wies ihnen eiligst zwei Plätze in der hintersten Ecke an; sie wischte mit ihrer fettigen Hand flüchtig dies Brotkrumen vom Tisch, und die Teller wurden einfach auf das blanke Holz gestellt, ohne Tischtuch oder Serviette.

Sie bekamen grobe, schwere Kost, aber reichlich genug. Doch das war keineswegs nach ihrem Sinn, und sie sprachen mit Wehmut von der „Desandewoasör" und von dem sauberen Tischchen und von dem leckeren Essen, das sie seinerzeit in dem vortrefflichen kleinstädtischen Gasthause bekommen hatten. Das hinderte jedoch nicht, dass sie auch hier tüchtig dreinhieben, und nach der Mahlzeit fühlten sie sich so abgespannt, dass sie alle beide in ihrem düsteren Eckchen einduselten. Das Gesumse und Getöse in der lärmerfüllten Herberge wiegte sie in Schlaf, und es war tatsächlich der wohltuendste Moment des Tages, dieses Nickerchen, aus dem sie erquickt und erfrischt wieder aufwachten. Guustje bestellte Kaffee und Schnaps, dann wurde die Frage aufs Tapet gebracht, was sie nun weiter mit ihrem Tag anfangen würden.

Es war drei Uhr, und auf dem Viehmarkt begann es still zu werden. Hätten sie nur jetzt mit dem Halbvieruhrzuge zurückkehren können! Aber das war unmöglich; das ganze Nest hätte sie ausgelacht. Wieder trändelten und zauderten sie, absolut nicht wissend, mit was sie die endlos langen Stunden in der muffigen, heißen Stadt zubringen sollten, als Peelzie plötzlich mit entzücktem Lächeln ausrief:

„Oh, woll'n wir doch mal nach 'm Biesterhof gehn; das seh ich so gern.“

„Nach 'm Biesterhof!“, sagte Guustje erstaunt. „Und wir stecken doch schon 'n ganzen Tag zwischen den Biestern!“

„Ja, aber das sind andere Biester; ich möcht doch so gern noch mal die Papageien und die Affen sehn; und auch die Elefanten und die Löwen“, schmeichelte sie.

Guustje willigte ein. Er steckte sich eine Zigarre an, bezahlte und dann verließen sie den schmierigen Krug, um ein Stück weiter, auf dem Boulevard, die Trambahn zu besteigen. Nach kurzer Zeit standen sie vor dem Eingang des Tiergartens. Guustje musste zwei Franken Eintritt bezahlen; er fand das sehr teuer und brummte ein wenig, aber er bezahlte doch, weil es nicht anders ging, und ein Bediensteter mit der galonierten Mütze und den messingenen Rockknöpfen ließ sie ein.

Sie befanden sich auf einem schönen Kiesweg zwischen Sträuchern und Blumen, wo sie mit einem ohrenzerreißenden Geschrei und Gekreisch empfangen wurden. Das waren die Papageien, zwanzig, dreißig buntfarbige Papageien, mit kleinen Ketten an Klötzen befestigt. Da waren rote, blaue, grüne, graue, weiße; und sie schrien durcheinander um die Wette. Manche beugten den Kopf mit aufrecht stehender Haube und sprachen menschliche Worte; andere kreischten nur ununterbrochen, wie Narren, die gefoltert werden. Und alle, die aufgeregten sowohl als die gemäßigten, hatten runde, starre, ausdruckslose Augen und einen halb herabgebogenen Schnabel, in dem die graue, dicke Zunge, die von Kautschuk schien, langsam, aber ständig in Bewegung war.

Guustje und Peelzie hielten sich zuerst, lächelnd und interessiert, bei einem grauen mit rosiger Haube auf, der deutlich „Köpfchen krauen" rief, und folgten wiederholt seiner Bitte. Als sie beide genug davon hatten, kamen sie zu einem gelbblauen, der von diesem Spiel gar nichts wissen wollte und grimmig nach ihnen hackte, dann gingen sie zu einem grünen mit roter Haube, der, mit seinen Klauen an seinem Stöckchen festgeklammert, ununterbrochen die wunderlichsten Redensarten wiederholte. Es klang wie die hohle Stimme eines Bauchredners, und immer wieder gingen seine stumpfsinnigen Augen auf und zu, als ob er sagen wollte: „Habt ihr nun das auch richtig verstanden, oder muß ich's noch einmal wiederholen?"

„Was is, Cocotje, was willste sagen, mein Tierle?", sagte Peelzie sich ihm schmeichelnd nähernd.

„Okkelukkelokkokielokelok", wiederholte der Bauchredner mit drohenden Blicken, während er die eine Klaue ein wenig hob.

„Köpfchen krauen?", meinte Peelzie, lächelnd die Hand nach ihm ausstreckend.

Aber kaum hatte sie das rote Häubchen berührt, als das Tier wie besessen zu kreischen anfing und mit den Flügeln schlug, so dass Peelzie mit einem Angstschrei zurückfuhr und ausrief:

„Ha, du garstiges falsches Tier, du wirst auch noch beißen, glaub ich!"

Guustje lachte, aber damit hatten sie vorläufig genug von den Papageien, und sie wanderten hinter anderen Spaziergängern an stillen Käfigen vorbei, wo große Tiere mit Haarschöpfen und Buckeln langsam durch Dreck- und Schlammpfützen liefen. Das interessierte sie nur wenig, und sie sahen mit zerstreuten Blicken zu, bis sie zu den Eisbären kamen, wo sie ein Weilchen stehen blieben. Die großen weißen Tiere mit dem kleinen spitzen Kopf wiegten sich, wie auf weichen Gummipfoten, unaufhörlich hin und her; und ihr Rachen, der sich ab und zu öffnete, ließ zwischen furchtbaren Zähnen eine lehmblaue Zunge sehen, die ebenfalls von Gummi zu sein schien. Sie schoben sich bis an das äußerste Ende des Käfigs, rieben dort schräg ihren Kopf an den dicken Eisenstäben, drehten sich um, wälzten sich zu dem anderen Ende und rieben sich dort abermals. Es war sehr langweilig, und Guustje und Peelzie schlenderten bald weiter, an Adlern und Geiern vorüber, die sie regungslos mit stechenden Funkelaugen anguckten, an den komisch hüpfenden Kängurus und an den langbeinigen und langhalsigen Straußvögeln, an den Hirschen, die einen ganzen Strauch auf ihrem Kopfe zu tragen schienen. Ein Weilchen hielten sie mit großem Interesse vor einem unansehnlichen Käfig, der ganz leer schien. Man sah weiter nichts, als eine Art Felsenhöhle mit einem schlammigen kleinen Bassin, und wie sehr Guustje und Peelzie auch guckten und sich bückten, ein Tier konnten sie nirgends gewahren.

„Ich möcht doch mal wissen, was für'n Viech da drin steckt", sagte Guustje. Aber es nützte nichts; sie schlenderten endlich unzufrieden weiter und kamen bald zu dem großen Affenkäfig, wo sie schon von weitem die lärmenden Gesellen unter gellendem Gekreisch über Strickleitern klettern und hüpfen sahen.

„Ach, das Spiel von die Martekos seh ich doch immer gar zu gern!", juchzte Peelzie mit lachenden Augen.

Sie traten dicht an den Käfig, mitten in eine lebhafte Gruppe anderer Besuchen. Kinder zogen Nüsse und Mandeln aus der Tasche, die ihnen mit erstaunlich flinken Diebsfingern aus den Händen gerissen wurden. Und unaufhörlich stoben die gewandten Burschen hin und her, es herrschte ein ungeheurer Trubel und ein Durcheinander wie in einem flott gehenden Geschäft. Es war wie eine kleine Welt für sich, in der allerlei geschah. Da waren Friseure, Enthaarungskünstler (viel Enthaarungskünstler) und Masseure. Da waren Akrobaten, die augenscheinlich eine Vorstellung gaben; es war ein beständiges Gelaufe mit Auf- und Zuschlagen von Türen, hinaus und herein, herein und hinaus, ein Plappern und Krakeelen, zuweilen auch eine Prügelei, wobei sich gellende Notrufe vernehmen ließen; aber es waren auch stillere Leute da; eine ganze Gruppe abgematteter Tröpfe mitten im Käfig, mit verschlungenen Händen und geschlossenen Augen, wie frierende Klabautermännchen.

„Ach, das seh ich so gern! Ich bin ganz vernarrt in die Martekos!", wiederholte Peelzie aufgeregt. Und sie bedauerte, dass sie nicht ebenfalls Nüsse und Mandeln mitgebracht hatte, wie die kleinen Kinder.

„Sie sind genau wie Menschen", lächelte Guustje mit zwinkernden Triefaugen.

Peelzie wollte dennoch was tun. Sie kam ganz nahe an den Käfig und streckte die Hand nach einem kleinen graugrünen Äffchen mit blauer Brust aus, das dicht bei den Gitterstäben saß und sich mit größtem Eifer den Buckel kratzte. Er hielt sofort inne, griff heftig nach Peelzies Hand, und als er sah, dass sie ihm nichts zu geben hatte, riss er erstaunt den Rachen weit auf und schoss unter seinen rasch auf und nieder fallenden Augenbrauen hervor bösartige Blicke auf sie.

„Ha, ich hab nichts, mein Tierle, ich hab's vergessen", schmeichelte Peelzie. „Komm, gib mir 'n Pfötchen."

Der Affe gab das Pfötchen nicht, sondern senkte den Kopf und gab durch eine deutliche Bewegung zu erkennen, dass er dort gekratzt zu werden wünschte.

Peelzie kratzte ihn mit Hingebung. Und dem Racker kam das herrlich vor. Sein Köpfchen bog sich allmählich weiter herab, dann schief nach links, um sich schließlich wieder aufzurichten und in den Nacken zu werfen, während seine beiden langen Arme sich wie in einer trägen Gebärde schmachtenden Genusses durch das Gitter hindurch an Peelzies Ärmeln entlang ausstreckten.

„'s tut dir gut, Kerlchen, he", lächelte Peelzie, sich noch tiefer zu ihm hinabbeugend.

Plötzlich breitete der Affe leidenschaftlich die Arme aus, packte Peelzie bei ihrer Katze, zog mit aller Kraft daran, riss sie los und rannte damit die Strickleiter hinauf bis in die oberste Ecke des Käfigs.

„Ach, meine Katze! Meine schöne teure Katze!", heulte Peelzie.

Sogleich entstand ein kleiner Auflauf; alle Leute eilten herbei, und Guustje fluchte und schrie nach einem Wächter.

„Ach, meine Katze, meine schöne teure Katze!", wiederholte Peelzie verzweifelt jammernd und mit flehend ausgestreckten Armen.

Oben im Käfig hatte sich der Affe auf ein Brettchen geschlungen. Dort schlang er die Katze um seinen Hals, nahm sie aber gleich wieder ab und roch mit der Schnauze daran. Doch er gehörte offenbar zur Gilde der Enthaarungskünstler, denn er begann eifrig daran zu zupfen, während die anderen Affen sich zu ihm heranmachten, um ihren Anteil an der Beute zu holen.

Zum Glück eilte der Wächter herbei. Im Nu war er im Käfig, nahm eine lange Rute und suchte damit den Affen herabzutreiben. Es gelang ihm nicht sogleich, aber nach einigem Hin- und Herhüpfen mit der Katze sprang der Racker zuletzt auf die Strickleiter, von der ihn der Wächter herabschüttelte, wie eine reife Frucht vom Baum. Er nahm ihm die Katze ab, verabreichte ihm einen Hieb, dass er schreiend davonlief, und brachte Peelzie das kostbare Kleidungsstück zurück, indem er warnte:

„Vor dem muss man aufpassen, Madamchen. Er ist der größte Taugenichts von der ganzen Bande; erst gestern hat er 'nem Fräulein 'n Hut abgenommen."

Nach diesem Abenteuer war Peelzie eine Weile so verstimmt, dass sie sogleich den Tiergarten verlassen wollte. Doch sie wusste nicht, was sie sonst mit ihrer Zeit anfangen sollte, und auf Drängen Guustjes ging sie noch ein bisschen weiter mit durch die Affenabteilung, wo nun die meisten und die schönsten Tiere hinter Glasfenstern verwahrt waren. Sie sahen da den Schimpansen, der wie ein richtiger Mensch in einem Zimmer mit Tisch und Bett wohnte; den Orang-Utan, ebenfalls ganz wie ein Mensch, dem nur die Sprache mangelte; was sie aber am meisten fesselte, war der Pavian, ein grau und grün gesprenkeltes Tier mit langer platter Schnauze; und der glich, wie ein Tropfen Wasser dem andern, aufs Haar Celestien, dem Nachbar in der kleinen Einöde. .

Es war Guustje, der dies zuerst bemerkte, doch es ward ihm nicht die Zeit gelassen, es zu äußern, weil Peelzie schon lachend rief:

„Ganz genau wie Celestien!"

Diese Entdeckung bereitete ihnen unbändige Freude, die ihnen die Lachtränen in die Augen trieb; mit dem Namen Celestien riefen sie den Affen an, der steif wie ein Stock auf einem Brettchen saß und sie anglotzte wie sin stiller Verachtung ihres närrischen Getues und Gekreisches. Aber plötzlich erhob er sich, als sei er durch ihre Ausgelassenheit endlich doch angesteckt, halb von seinem Platz und begann sich mit hochernster Miene derart unanständig auszuführen, dass Peelzie feuerrot ward und mit einem Schrei des Ekels und des Zorns davonlief, während Guustje das Maul weit aufriss und eine Weile stumm und steif wie an den Boden genagelt stehen blieb.

„O du gottverfluchtes Aas!", rief Guustje, mit einem Male wie aus einer Sinnesverwirrung erwachend, und schlug mit der Faust heftig gegen die Stäbe.

Der Affe rannte fort. Guustje lachte, aber Peelzie war ernstlich böse und wollte keinen Augenblick länger in der Affenabteilung bleiben. „Es sind schmierige, lausige Biester!", brummte sie. Guustje wollte noch ein wenig witzeln über Celestien und seine eigentümlichen Manieren, aber Peelzie gebot ihm Schweigen; sie war wirklich böse, sie wollte fort, er konnte sie nicht einmal mehr dazu bringen, mit zu den Tigern und Löwen zu gehen, die eben gefüttert werden sollten. Sie schlenderten noch ein Weilchen planlos durch den Garten und kamen dann wieder auf die Straße, eigentlich das Geld betrauernd, das sie für den Besuch bezahlt hatten.

Es war sechs Uhr, und der Zug ging erst um viertel nach sieben. Nun wussten sie gar nicht mehr, wie sie diese letzte Stunde zubringen sollten, und sie schleppten sich, todmüde und mit wunden schmerzenden Füßen, ohne Ziel weiter. Nach der Hitze des Sommertages wurde die Stadt belebter, viele Leute in heller Kleidung bewegten sich auf der Straße oder saßen still genießend auf den Terrassen der

Kaffeehäuser. Und die abgematteten Brautleute hätten sich gar zu gerne dort ebenfalls niedergelassen, aber sie wagten es nicht, weil sie sich unter diesen feingekleideten Leuten nicht an ihrem Platze fühlen würden. Nach langem Zaudern betraten sie eine muffige Lastträgerkneipe und warteten dort in stumpfer Gelassenheit die Stunde der Abfahrt ab.

Während der sehr kurzen Eisenbahnfahrt ward es Peelzie übel. Guustje musste ihr das Abteilfenster öffnen, und sie bog sich unter krampfhaften Körperzuckungen hinaus, als ob sie sich auf einem Schiffe befände. Ein Glück nur, dass sie allein in dem Abteil waren! Auch die sich anschließende Fahrt mit der holpernden und polternden Postkutsche war nichts weniger als angenehm; sie atmeten erst wieder auf, als sie auf dem Dorfplatze ausstiegen und das letzte Stückchen Wegs nach ihrem Gehöft zu Fuße zurücklegen durften.

Im fernen Westen, hinter der endlosen zartgrünen Fläche der hohen Kornfelder ging die Sonne in einem Meere von orangefarbiger Glut unter. Alles leuchtete glänzend blond und grün unter dieser letzten Strahlenfülle. Die weißen Hütten da und dort standen wie in einem Goldbade, mit glitzernden roten Fensterchen, die von innen zu glühen schienen, als ob sie von Feuer erfüllt seien; und die hohen fernen Bäume erhoben sich wie große Schirme aus Spitzenwerk vor diesem farbenreichen himmlischen Prachtgemälde.

Peelzie und Guustje waren wieder völlig aufgelebt.

„Nich um 'ne Million möcht ich in der Stadt wohnen!“, meinte Peelzie.

Guustje auch nicht. „Die Stadt is grad gut genug, dass man mal 'nen halben Tag hingeht“, sagte er.

Die Sonne war ganz untergegangen, die Bäume umdüsterten sich, die rote Glut in den Fensterscheiben erlosch, über die weiten Fluren ergossen sich wunderbare goldbraune und violette Tinten, während das hohe s Himmelsgewölbe noch ein zartes Hellblau zeigte, mit kleinen orangefarbigen Wolkensegeln, die sich ausnahmen wie unzählige, unermesslich hoch aufgehängte, flatternde Fähnchen. Die letzten Schwalben zogen mit feinem, langgedehntem Geschrei in pfeilschnellem Flug große Kreise, und hier und dort flatterte auch schon eine Fledermaus stumm und geräuschlos wie ein schwankender Schatten auf. Von allen Seiten hörte man die St. Peterpeitschen knallen, und es dauerte nicht lange, als die rote Glut eines Feuers das Dämmerdunkel der anbrechenden Nacht durchbohrte.

„Sie sind schon am Werk“, sagte Guustje.

Peelzie nahm seinen Arm und schmiegte sich an ihn.

„Haste mich noch gern?“, fragte sie schmeichlerisch.

„Aber ja, ja, das weißte doch“, antwortete Guustje ein wenig ungeduldig.

Sie gingen nun geradenwegs auf den Schein des St. Petersfeuers zu. Lauter hörten sie die Peitschen knallen, bald sahen sie auch schwarze Schatten sich um das Feuer bewegen. Sie wurden schon von weitem erkannt, laute Hochrufe erschollen, und einen Augenblick später standen sie lachend mitten in einem Rundtanz und klang es aus voller Kehle:

> *„Und unsere Liebe wird bestehn,*
> *Solang wir den Turm von Heule sehn.“*

Das war ein altes flämisches Liedchen, und da es gerade auf Guustjes Namen passte, sangen und wiederholten sie es in toller Lust, die Brautleute in ihrem Reigen mit sich zu dem großen Feuer schleppend, das auf dem Kreuzweg dicht vor dem „Graf van Halfvasten“ angezündet war. Da

waren sie alle beisammen: Peelzies Eltern, Brüder und
Schwestern, Leo, Angelus, Celestien, Déefiel und die vier
Junggesellen; Meelnie, Siednie, Roozlie, Eemlie, Falderie,
Emerance und Kathelijnsjen; und ferner noch die jungen
Burschen und Mädchen aus der Nachbarschaft, tanzend,
singend, springend, peitschenknallend, in dem weichen,
trockenen Sande rings um das hochauflodernde knis-
ternde Feuer.

Peelzie und Guustje gingen auf eine Weile in den „Graf
van Halfvasten" hinein, von einem Teil der Bande gefolgt.
Dort standen zwei große Schinken bereit nebst zwei riesigen Haufen von Korn- und Weizenbrotschnitten. Aber sie
wollten sich nicht setzen; Peelzie legte nur ihren kostbaren Mantel und ihre Katze ab, während Guustje freigebig
mit Tröppelchen aufwartete. Dann gingen sie wieder hinaus und ließen sich beim Feuer nieder, unmittelbar hinter
ihnen folgten Peelzies Vater und ältester Bruder, die mit
den gewaltigen Tellern die Runde machten.

Sie aßen und tranken und schwätzten und lachten, und
in der linden, stillen Sommernacht war es ein Bild maleri-
scher Geselligkeit, das sich da entfaltete. Die von unten her-
auf rot beschienenen Gesichter hatten einen ganz anderen
Ausdruck als sonst, die Kleider nahmen eine ganz andere
Form und Farbe an, und auch die Bewegungen und Gebärden waren in dieser wie aus einer Traumwelt geschaffenen
Umgebung ganz anders. Die kräftigen Stämme des Eichen-
waldes schienen wie Riesen aus dem Dunkel hervorzutre-
ten; der dichte tintenschwarze Fichtenwald erhob sich wie
eine undurchdringliche Wand, und in dem herrlich fahlen
Kornfeld, das an der anderen Seite des Sandweges lag, zeigten die Klatschrosen und Kornblumen seltsam verblasste
Farben, als ob sie eine Verwandlung erfahren hätten. Nur
die altväterische ländliche Herberge mit ihren kleinen
grünen Fensterläden, ihren weißgetünchten Mauern und

ihrem Strohdach stand in ihrer vollen einsamen Wirklichkeit da. Die großen, auf weißem Grunde hervortretenden
schwarzen Lettern der Aufschrift des Wirtshausschildes
„Zum Graf van Halfvasten" waren deutlich lesbar wie am
helllichten Tage, und in dem darunter prangenden Namen
von Peelzies Vater „Benoni Verplaetse" kräuselte sich das
verkehrt gemalte S in gemütlicher Unbeholfenheit.

Das Feuer loderte rot auf und knisterte, und jedesmal,
wenn es ermattete, standen einige junge Burschen auf und
gingen in den nahen Wald, einen frischen Vorrat Brenn-
holz holen. Andere stellten sich ab und zu einige Schritte
voneinander entfernt in unbewusst athletischer Haltung
seitwärts auf und knallten in rhythmischen Schwingungen
mit ihren langen „Dzjakkers", als ausbündige Antwort auf
das jubelnde Peitschenknallen vieler anderer unsichtbarer
„Dzjakkers", das weit und breit durch die düstere Einsamkeit der Fluren hallte.

Der Schinkenvorrat schien unerschöpflich, und die Kru-
ken mit Bier und Genever wurden nicht leer. Die Freude
stieg immer mehr, wie auflodernd in der zischenden Feuerglut, die eine wunderbar trauliche Anziehungskraft aus-
zuüben schien. Fortgesetzt schlossen sich neue Festteilnehmer der Gesellschaft an. Im tanzenden Feuerschein
tauchten sie still aus der Dunkelheit auf; man sah sie am
Waldrand entlang oder auf dem Sandweg daherkommen,
sie standen eine Weile zaudernd als phantastische Erschei-
nungen mit seltsam leuchtenden Augen und eigentümlich
lachenden Mündern, aber sie wurden herangewinkt oder
kamen von selber herbei und setzten oder legten sich
sogleich zu den anderen.

Es war die Geselligkeit eines Pfadfinderlagers in einer
Wildnis. Jeder hatte etwas zu erzählen; aber am liebsten
hörten sie noch Leo zu und bogen sich vor Lachen über
alles, was er sagte.

Leo, der in alten Büchern viel Weisheit gesammelt hatte, sprach über den Menschen und über die Ehe und behauptete, dass Mann und Weib einst ein einziges Wesen gewesen seien.

„Ein Wesen! Wie ging denn das zu?“, fragte Peelzies Vater.

„Zu jener Zeit war der Mensch ’n runder Ball ohne Arme und Beine“, versicherte Leo mit komischem Ernst. „Da hat mal ’n alter griechischer Weiser gelebt, Plato hat er geheißen, der hat solche Menschen noch gesehn. Sie kugelten durch die Welt.“

Die Zuhörer gierten; die laut aufkreischenden jungen Mädchen wurden von den Burschen in den Lenden gekitzelt.

„Wie aßen sie denn damals?“, erkundigte sich Celestien.

„Das weiß ich nich“, sagte Leo. „Aber was ich weiß, is das, dass Mann und Frau in ihrem Ball vollkommen glücklich lebten, bis sie eines Tages Streit kriegten. Sie fingen an zu keifen und zu raufen, der Ball flog in zwei Stücken auseinander, das eine hierhin, das andere dorthin, und seitdem suchen Mann und Frau nach der Hälfte, die sie verloren hab’n, ohne sie jemals wiederfinden zu können.“

„Und darum heiraten sie?“, fragte ernsthaft Angelus.

„Natürlich!“, erwiderte Leo. „Sie heiraten und denken: nu’ hab ich’s doch gefunden! Aber ’s dauert nich lange, der Ball hält wohl noch ’n bissel zusammen, doch bald is es wieder geschehn. Selbst Adam und Eva im irdischen Paradies hab’n ihn nich beisammen halten können.“

Ein brüllendes Gelächter erhob sich um das tanzende Feuer, selbst Leo lachte, durch seine eigene Schnurre gereizt, mit, indem er die Hand vor den Mund mit den mürben Zähnen hielt. Aber das Lustigste von allem war doch der Anblick Celestiens, der mit feuerrotem Gesicht still in sich hineinlachte, mit kurzen, abgebrochenen Stößen, während die Tränen ohne Unterlass aus seinen halb zugekniffenen, schellfischblauen Augen rannen. In der Rechten hielt er einen roten, halb abgenagten Schinkenknochen, und in dieser Haltung ähnelte er wieder so sehr dem großen Pavian im Tiergarten, dass Guustje, indem er Peelzie in die Seite stieß, Celestien zurief:

„He, Celestien, wir hab'n dich heut Nachmittag auch in der Stadt gesehn, hörste!"

„Ja …", sagte Celestien, plötzlich das Lachen einstellend und Guustje ernsthaft anguckend.

„In dem großen Garten, weißte, nich weit von der Station", scherzte Guustje.

„Ja …", wiederholte langsam und ernst Celestien, ohne Guustjes närrische Behauptung widerlegen zu wollen.

„Hör doch auf!", flüsterte Peelzie, auf ihre Zahnharke beißend, um nicht laut herausplatzen zu müssen.

„Aber, Sakerlotnochmal, Celestien", fuhr Guustje unbeirrt fort, „du musst dich in acht nehmen, hörste! Wenn die Polizei dich so sähe, wie du dort getan hast … alle Wetter!"

„Jaaa, jaa …", wiederholte Celestien stumpfsinnig, doch mit einer unbestimmten Angst, die man aus seinen Augen schimmern sah. Aber plötzlich kniffen sich diese Augen wieder zu, und Celestien begann aufs Neue in kurzen, scharfen Stößen zu lachen über Leo und seine lustige Erzählung von dem Menschenball, der einst durch die Welt rollte und, seit er auseinandergeborsten war, nicht mehr dauerhaft zusammengeleimt werden konnte.

Es ward spät. Peelzie zupfte Guustje am Ärmel und flüsterte ihm etwas vom Heimgehen zu. Schon hatten sich einige Festteilnehmer entfernt, und neue tauchten nicht mehr auf. Die „Dzjakkers" hatten ihre Peitschen zusammengerollt, und das Feuer löschte allmählich aus. Aber sie saßen und lagen so schön und so gemütlich beisammen,

dass doch noch einmal mit Bier und Genever die Runde
gemacht und ein paar tüchtige Arme voll Holz auf das
Feuer geworfen wurden. Wieder lebte alles lohend und
gespenstisch auf. Wieder traten die Stämme des Eichwal-
des wie Riesen hervor, wieder zeigte sich der „Graf van
Halfvasten“ wie bei Tageslicht erhellt, mit seinen grünen
Fensterläden und seinen weißgetünchten Mauern, seinem
verwitterten Strohdach und seinem riesigen Aushänge-
schild, auf dem das S im Namen von Peelzies Vater, Benoni
Verplaetse, possierlich verdreht stand.

Endlich standen alle auf und tanzten Hand in Hand
einen letzten Reigen um Peelzie und Guustje, während sie
noch einmal aus voller Kehle sangen:

„Und unsere Liebe wird bestehn,
Solang wir den Turm von Heule sehn.“

Dann gingen sie auseinander. Gewaltig knallten wieder
die „Dzjakken“, aus der Ferne von anderen „Dzjakken“
beantwortet, und das Gekreisch der umfassten und gekit-
zelten Mädchen hallte still durch die Dunkelheit. Aber
die letzte Flasche war noch nicht ganz leer, Leo nahm
sie in die Hand und hielt, etwas unsicher auf den Beinen,
Celestien, Angelus und Déefiel noch eine philosophische
Schlussrede:

„Unser Herrgott is ’n gescheites Männchen“, sagte er.
„Versteht mich mal gut, Celestien, Angelus und Déefiel,
meine besten Freunde, was für ’n Fall dies hier is. Angenommen, der nächtliche Überfall bei Van Heules wäre
nich vorgekommen, und die Fniezes hätten nich das Geld
gestohlen. Was wär dann passiert; Ivo wär nich vor Kummer gestorben, Guustje wär in seiner Dummheit von Zeit
zu Zeit weiter hinter der Mie Spriet ihrer Tochter herge-
laufen, und die schöne Masse Geld wär tot wie ’n Stein im

Keller liegen geblieben. Und nu', schaut nur mal, wie schön und wie klug sich nu' das alles von selber gefügt hat: Die Fniezes hab'n die Hälfte vom Geld und sind wohl dabei, Guustje hat die andere Hälfte und is damit auch zufrieden; und das Schönste von allem: 's Geld weiß nu' wenigstens, wohin. Peelzie und Guustje hab'n, nach der Lehre des weisen Plato, nach der andern Hälfte ihres Wesens gesucht; und wenn sie's auch nich gefunden hab'n, so wird doch wenigstens eins dabei rauskommen: In 'ner Monate viere wird Guustje Papa, und die schönen Silberlinge, die er noch hat, brauchen nich in die Fremde zu gehn. Ich sag euch, meine Freunde, ich sag's euch nochmal: Unser lieber Herrgott, der alles auf der Welt schickt und regelt, is 'n gescheites Männchen. Kommt, lasst uns die Flasche gar austrinken."

Sie tranken sie vollends leer, und Leo warf Flasche und Glas in das verlöschende Holzfeuer.

„Amen!", sagte Leo und humpelte heimwärts.

Die anderen folgten ihm. Angelus und Déefiel leise kichernd, Celestien aufs Neue in kurzen Stößen über Leos spaßige Reden lachend.

In der lauen und stillen Luft ging plötzlich ein feiner und zarter Gesang auf. Verwundert sahen sie alle vier zum Himmel. Es war der erwachende Jubelgesang einer Lerche, und im fernen Nordosten sahen sie am dunklen Horizont schon einen schwachen grauen Lichtstreifen dämmern.

„Guten Morgen allesamt", scherzte Leo zu seinen Kameraden, die ebenfalls lachten.

Und plötzlich wieder ernst:

„Is das nich ärgerlich, dass wir mal sterben müssen?"

„Ah bah, wir leben doch noch", meinte Déefiel.

Leo schien dies nicht bestreiten zu können. Es schien, als ob er noch etwas darauf sagen wollte, aber er fand offenbar das passende Wort nicht. Er machte eine breite

Gebärde und ging dann, den Kopf gesenkt, die Schultern hochgezogen, die beiden Arme mit gespreizten Fingern weit von seinem Körper weg schlenkernd, mit plumpem Tritt seinen Baumgarten hinauf.

Die anderen verschwanden wankend in der Dunkelheit.

Ein sanftes Säuseln strich flüchtig durch die hohen Baumkronen und erstarb wieder wie in einem Seufzer.

In den Lüften stimmte eine zweite Lerche einen feinen, zarten Jubelgesang an …

Frühling

Tante Zeunia lag im Sterben ...

Belzemien und Standje hatten sie in aller Eile noch einmal besucht und sie sehr schwach gefunden. Sie atmete nur noch schwer, und ihre Beine waren vom Wasser dick angeschwollen. Nur der Geist war ziemlich klar geblieben. Die Tante machte sich keine Illusionen mehr über ihren Zustand.

„Mit mir ist's aus", hatte sie kopfschüttelnd und seufzend gestöhnt. Und dann hatte sie sich noch einmal nach Leontientje erkundigt mit der Klage, dass sie das Kind jahrelang nicht gesehen habe, und mit dem Ausdruck der Furcht, dass sie sterben werde, ohne es noch einmal gesehen zu haben.

„Sollen wir ihr schreiben, dass sie kommen soll, Tante?", hatte Belzemien vorgeschlagen, stets besorgt, der sterbenskranken reichen Erbtante in ihren Launen entgegenzukommen.

„Ha ... ihr könntet's vielleicht mal probieren", hatte die Tante geseufzt.

Und Belzemien und auch Standje hatten versprochen, noch am gleichen Tage zu schreiben.

Leontientje war Tante Zeunias einzige Großnichte. Ihre Mutter, zu Paris mit einem Flamen verheiratet und dort gestorben, war Belzemiens und Standjes Schwester gewesen. Auch sie hatten das Kind seit vielen Jahren nicht gesehen. Es war zum letzten Male zu ihnen gekommen zur Zeit seiner ersten Kommunion, die auf dem Dorfe stattgefunden hatte, und das war bald ein Dutzend Jahre her. Bald darauf war ihre Mutter gestorben, und die Familienbeziehungen, durch Zeit und Entfernung ohnehin sehr gelockert, hatten damit so gut wie aufgehört.

Belzemien und Standje drückten leise tröstend, ohne Überzeugung, der Tante schlaffe, glänzende, wie ein kleines Kissen geschwollene Hand und verließen, von der als Pflegerin fungierenden Nonne bis an die Haustür begleitet, das düstere und dumpfe Miethäuschen, wo Tante Zeunia, seit sie ihre Meierei verlassen, die letzten dreißig Jahre ihres Lebens in trostloser Eintönigkeit mit einer Dienstmagd verbracht hatte. Sie atmeten wieder freier, als sie draußen waren, und eilten heimwärts.

„Was dünkt dir davon?", fragte Standje.

„Dass es aus ist, aus!", antwortete Belzemien.

„Ja, aber, ich meine die Sache mit dem Leontientje", sagte Standje.

„Ooo! …", versetzte Belzemien plötzlich sehr wichtig. „Ha … wir werden schreiben müssen, nich wahr?"

Beide gingen ein Weilchen schweigend über die stille Dorfstraße, jeder in seine eigenen Gedanken vertieft. Eine unbestimmte, unausgesprochene Besorgnis lastete auf ihren Gemütern. Ja, es war wirklich langweilig, dass die Tante immer wieder darauf zurückkam. Was hatte sie denn eigentlich mit dieser Großnichte, die sie nur zwei- oder dreimal in ihrem Leben gesehen hatte! Am Ende bevorzugte sie sie gar in ihrem Testamente! Belzemien schüttelte den Kopf und sagte, auf eine unausgesprochene Frage seines jüngsten Bruders antwortend:

„Alte Leute haben wunderliche Gedanken, aber es lässt sich nichts dagegen machen, wir müssen schreiben. Wenn wir's nicht täten, würde sie uns vielleicht enterben."

„Wollen wir mal zu Hause die Sache mit Coben und Kerdule ordentlich besprechen", riet Standje.

Sie hatten das Dorf verlassen und folgten nun mit flinken Tritten dem sandigen Fuhrweg, der sich in gelben Windungen ohne eine Einfassung von Gräben oder Bäumen wie ein langes, verblasstes, achtlos über die üppigen Frühlingsfelder hingeworfenes Band erstreckte. Der zarte Maihimmel war dunstigblau und zeigte einen sanften Goldschimmer im Westen, wo die Sonne hinter fernen Bäumen versank, und überall jubelten die Lerchen den vielen noch zu erwartenden frohen und schönen Tagen entgegen.

Belzemien zog eine messingene Dose aus der Tasche und nahm ein Prischen. Er war ungefähr fünfzig Jahre alt, lang und mager, aber schon ein wenig gebeugt, mit schmalen, in die Höhe gezogenen Schultern und etwas hohler Brust. Sein fein geschnittenes, längliches Gesicht mit den stark geröteten Wangen war frisch rasiert, seine lange, feine weiße Nase war wie ein Vogelschnabel gekrümmt, und seine hellblauen kleinen Augen hatten einen scharfen, verschmitzten Ausdruck, der Schläue und Misstrauen verriet. Kein Stäubchen haftete an seinem weißen Hemde und an seinen dunklen Kleidern, und auf seinen dünnen, schlichten, gesprenkelten Haaren trug er eine schwarzseidene Mütze, die so genau und straff mitten auf den Kopf gepasst war, dass man nicht das geringste Fältchen an ihr bemerken konnte. Belzemien, der älteste von den vier Geschwistern Goetgebuer, die, unverheiratet, gemeinsam ihr kleines Bauerngut führten, war auch das Haupt der Familie, der „Bauer" der Hofstätte; und seine Klugheit und Gewandtheit in vielen Dingen hatten ihm überdies die Ehre eines Sitzes im dörflichen Gemeinderat verschafft.

Standje, zehn Jahre jünger, glich seinem älteren Bruder, aber es fehlte ihm dessen Ausdruck von Feinheit, Schläue, Sauberkeit und Schliff. Auch er war lang und mager, mit gebogener Nase, hohen Schultern und hohlem Brustkasten; aber ein spärlicher brauner Bart bedeckte und beschmutzte gewissermaßen die grellroten Backen, und seine blauen Augen hatten etwas komisch-schläfriges an sich, als ob er fortgesetzt ein Gläschen zu viel getrunken hätte. Zwar trank er nicht übermäßig, aber er liebte einen guten Trunk und nahm eifrig jede Gelegenheit wahr, um einmal über die Stränge zu schlagen und sich auf Kirchweihen und Festlichkeiten zu amüsieren. Belzemien und auch seine Schwester Cordula, die den Haushalt führte und sehr streng war, müssten Standje fortwährend ein wenig am Zügel halten. Jeden Sonntag wurde ihm ein bestimmtes Taschengeld überreicht, mit dem er sich auch zufrieden gab, und hübsche Dienstmägde wurden auf dem kleinen Hofe am liebsten nicht gehalten.

Die beiden Brüder waren an einen links abzweigenden, sanft ansteigenden Seitenweg gekommen, an dem vereinzelte Hofstätten standen, deren weiße Giebelchen und spitzige graue Strohdächer halb hinter der weißen und rosigen Pracht der blühenden Obstgärten verborgen waren. Diesen Weg schlugen sie ein. Dort schlängelte ein klares Bächlein sich durch prächtige, schwellend grüne Wiesen, die stellenweise durch die üppig wuchernden Butterblumen und Maßliebchen wie gelb und weiß bepudert erschienen; und selbst das Wasser war da und dort nahezu verhüllt durch eine dichte Decke von entzückenden sternförmigen Blümchen mit orangefarbigen Herzchen, darüber schwebten fein und graziös und licht wie durchsichtige Federchen azurblaue Wasserjungfern hin und her. Belzemien und Standje, nur mit ihren Gedanken beschäftigt, schritten über die kleine Bogenbrücke mit den weißen Seitenmäuerchen, folgten eine Strecke weit dem Schlingerpfad am Bachufer, stießen ein niedriges graues Zauntürchen auf und kamen in den leise ansteigenden Baumgarten ihres kleinen Gutes.

Dort stand das Wohnhaus, dessen weiße Giebelfront in der Glut der sinkenden Sonne goldig glänzte, mit ganz hellblauen Fensterläden und glänzend rotem Ziegeldach unter den weiß und rosig blühenden Baumkronen; und ein wenig weiter zurück, hinter den rauen, knorrigen Schutzbalken und schief gewachsenen Baumstämmen schimmerten die braunrot-gestrichenen Scheuern und Stallungen mit ihren weißlich-grauen, unter dem Reichtum der frischen Lenzesblüten verschwindenden Strohdächern. Eben kam Coben, der dritte Bruder, mit Karren und Pferden vom Acker zurück, und unter der gewölbten Tür des Wohnhauses erschien plötzlich Cordula, die Schwester, die begierig auf Neuigkeiten war.

Sobald Coben seiner Brüder ansichtig ward, übergab er die Zügel seiner Pferde Bruuntje, dem Knecht, der aus der Scheuer gelaufen kam, und eilte nach dem Wohnhaus, in dem Cordula schon verschwunden war, von Belzemien und Standje gefolgt.

„Nu'?", fragten mit neugierig forschenden Augen die zu Hause gebliebenen Geschwister zu gleicher Zeit.

„Nu', ich will's euch mal erzählen", sagte Belzemien mit einem Lächeln seiner feinen Lippen, indem er seinen Platz als Familienhaupt im Lehnstuhl einnahm. Und er begann eine langatmige und verwickelte Berichterstattung über ihren Besuch bei der Tante.

Coben und Cordula hörten, starr und regungslos am erloschenen Herd stehend, mit größter Aufmerksamkeit und innerer Bewegung zu und fingen, ohne die geringste Ungeduld über seine Weitschweifigkeit zu zeigen, jedes Wort auf, das von den dünnen Lippen ihres klugen älteren Bruders kam. Cordula, vier Jahre jünger als Belzemien, hatte ein knochiges, gefurchtes Gesicht mit großem, halb offenstehendem Mund, große dunkle Augen und glatt gekämmtes dunkles Haar, das glänzte, als ob es mit Öl bestrichen sei. Ihre einmal schwarz gewesenen Kleider waren verfärbt und voll Flecken, und über ihren schma-

len Schultern trug sie einen schwarzwollenen, gekreuzten
Schal und auf dem Kopfe eine schwarze, platt gedrückte
Wollhaube, deren Schwarz an der oberen Seite in ein fahles
Braun übergegangen war. Cordula, mager und gebeugt, mit
schmaler, eingefallener Brust, wie ihre Brüder, sah mürrisch, plump und hässlich aus. Coben, der im Alter auf sie
folgte, bildete einen starken Gegensatz zu ihr und seinen
Brüdern. Er war klein, vierschrötig, von schwerem Ober-
körper und mit dünnen Beinen. Sein gesprenkeltes Haar
quoll in dichten kleinen Löckchen unter dem Mützenrand
hervor, und in seinem ziegelroten Gesicht zeichnete nur
die lange, knochige, gebogene Nase scharf den Familien-
zug ab. Er war ein Stotterer, und mit seinem Stottern hatten
auch alle seine Gebärden und Bewegungen etwas Holperiges und Stoßendes angenommen, als ob er sich ständig
in einem Zustande der Aufregung befände. Seine Stellung
in der Familie und auf dem Hofe war mehr oder weniger
untergeordnet, so etwas wie halb Meister, halb Knecht.
Anstatt der Stiefel und einer Jacke, wie Belzemien und
Standje, trug er Holzschuhe und einen blauen Kittel. Als
Knecht arbeitete er mit Pflug und Pferden auf dem Acker;
als Meister beaufsichtigte er Bruuntje bei der Arbeit, der
außer Pierken, dem Hirtenbuben, der einzige Dienstbote
auf dem Hofe war.

„O Sapperlot! Und das junge Ding soll hierher zu uns
kommen!“, rief Cordula mit gerunzelten Brauen, als Belzemien es am Schluss noch einmal wiederholt und das aus-
drückliche Verlangen der Tante bekannt gegeben hatte.

„Ha, das wird wohl so sein müssen, nich wahr?“, meinten Belzemien und Standje.

Coben stand stumm und nervös zitternd da, als hätte er
die ganze Sache noch nicht recht verstanden.

„Ja, aber für wie lang?“, forschte die Schwester in ärgerli-
chem, beinahe aggressivem Ton.

Für wie lang? ... Ja, wer konnte das im Voraus sagen? –
Alles würde davon abhängen, wie es mit der Tante weiter
ging, natürlich auch die Frage, wie lange das Nichtchen
hier verweilen würde. Wer weiß, vielleicht musste sie bald
wieder fort. Ihr Vater wird sie wahrscheinlich nicht lang
entbehren können. Und übrigens, wie es auch sein mochte,
auf keinen Fall durfte man sie bei der Tante ihren Einzug
nehmen lassen. Erstens ging das im Hause einer Sterbenskranken nicht an; und zweitens verbot es die Sorge um die
Erbschaft. Nein, nein, sie mussten sie bei sich behalten, sie
bewachen, sie keinen Augenblick mit der Tante allein lassen. Ihren Anteil – den ihrer verstorbenen Mutter – durfte
und sollte sie haben, aber auch nichts darüber, keinen Vor-
zug vor ihnen allen!

„Ha, da- da- das sind aber Sachen! Da- da- das sind
aber Sachen!", stotterte nun endlich auch Coben, durch
die unerwartete Mitteilung ganz erschüttert. Und auch er
brummte ein Weilchen über die Tante und über ihr unge-
reimtes Verlangen, unter allen Umständen dieses beinahe
unbekannte Bäschen sehen zu wollen.

Aber es war nichts daran zu machen; wie sehr es ihnen
auch wider den Strich gehen mochte, sie waren sich alle
wohlbewusst, dass der Wunsch der Tante erfüllt werden
musste. Und Belzemien stand kopfschüttelnd auf, ging
zum Speisekasten, in dessen oberer Schublade Feder, Tinte
und Papier verwahrt waren, und setzte sich damit ans Fenster, an Cordulas grüngestrichenes Arbeitstischchen.

„Wie lang is es nu' her, dass Leontine bei ihrer ersten
Kommunion hier gewesen is?", fragte er, zum Schreiben
bereit. „Meint ihr, sie wird's noch verstehn, wenn ich ihr
auf Flämisch schreibe?"

Wie lang ...? Cordula zählte schnell an ihren Fingern
nach und wusste es sogleich genau zu sagen. Es war neun
Jahre her, und damals sprach die Kleine das Flämische so

gut wie eine flämische Bäuerin. Ihr Vater war doch auch ein Flame und verkehrte in Paris viel mit Flamen. Es verstand sich also von selber, dass das Mädchen ihre Muttersprache noch verstehen musste.

Ja, ja, das war sehr wahrscheinlich, meinte auch Belzemien; aber dennoch: Neun Jahre, das war lang, Leontientje war inzwischen ein großes Fräulein geworden, das vielleicht hie und da noch einmal Flämisch sprach, sicherlich aber niemals etwas anderes als Französisch las und in Anbetracht dessen, dass er selber das Französische doch gut genug kannte, um einen Brief in dieser Sprache aufzusetzen, wäre es dann nicht besser, he? … wie dachten sie darüber …? … den Brief auf Französisch zu schreiben?

Er lächelte sie mit seinen dünnen Lippen und seinen listigen Äuglein flüchtig an; und ohne von Cordulas verdrossenem Gebrumm und Cobens nervösem Gestotter Notiz zu nehmen, tauschte er einen Blick mit Standje, der zustimmend nickte, und begann:

„Ma chère nièce Leontine. J'ai l'honneur de vous informé que …"

Er hielt ein wenig inne, um zu überlegen, wie er „Großtante" auf Französisch auszudrücken habe; aber in dem Gefühl, dass die anderen ihm auf die Finger sahen und er sein Prestige als Alleswisser ihnen gegenüber zu wahren hatte, setzte er kühn über diese Schwierigkeit hinweg:

„ …que tante Zeunia est trè malade en danger de mort et quel ma charger de vous écrire quel désir de vous voir avant de mourir. Venez donc directement comme possible et écrivez par quel train. Oncle …"

Wieder unterbrach er sein Geschreibsel, um zu fragen:

„Wenn sie kommt, wird sie jemand vom Bahnhof abholen müssen. Wer von euch hat …"

„Ich! … Schreib ihr nur, dass ich am Bahnhof sein werd", sagte Standje mit einer gewissen Eile.

Und Belzemien, der verschmitzt mit den Augen zwinkert, kritzelt bei dem letzten Tageslicht, das durch das Fenster scheint und sein Papier goldig und rosa färbt, weiter:

„ …Oncle Constant seront avec le tilbury et cheval à la station pour vous atandre."

„Mit dem Tieprie auch noch! Warum denn, zum Kuckuck! Hat sie denn keine Beine, um zu gehen, so 'n junges Ding! Werd denn ich mit dem Wagen abgeholt, wenn ich mit der Bahn komme!", fiel Cordula grimmig ein.

Coben, der eigentlich die Aufsicht über die Pferde hatte, versuchte jetzt auch seinen Senf dazu zu geben, aber er verrannte sich in seinem nervösen, zitternden Gestotter, und Belzemien widerlegte beide, indem er mit einem leisen Lächeln überlegen sagte:

„Es ist nur das eine Mal, Schwester, wir müssen doch höflich sein. Und sie wird sicherlich auch ein Köfferchen oder dergleichen dabei haben, nich wahr?"

Als der Brief verschlossen, gesiegelt und von Pierken, dem jungen Hirtenbuben, zur dörflichen Poststelle gebracht worden war, besprachen die drei Brüder und die Schwester gründlich die Frage, was sie mit dem jungen Bäschen auf ihrem Hofe anfangen würden. Cordulas Meinung lautete kurz und bündig: „Nichts besonderes. Sie wird's hier haben, wie wir selber, und wenn sie nich zufrieden is, so kann sie ihren Kopf dazu legen!"

Coben nickte beistimmend, aber Belzemien und Standje blickten einander zögernd und fragend an. Sie fürchteten sich alle ein bisschen vor Cordula und hatten nicht den Mut, ihrer Autorität im Hause zu trotzen.

„Jawoll, jawoll … aber wie verstehst du das … mit dem Essen zum Beispiel?", fragte endlich Belzemien mit einem scharfen Funkeln seiner kleinen Äuglein.

„Mit 'm Essen? Nu', sehr einfach: 'n Teller mehr", lautete die kurze entschiedene Antwort.

Belzemien zog eine Grimasse und kratzte sich hinterm Ohr, und Standje kehrte sich einen Augenblick kopfschüttelnd um. Sie nahmen gewöhnlich nach altflämischem ländlichem Gebrauch ihre Mahlzeiten am gemeinsamen Tische ein, Herrschaften und Dienstboten zusammen. Wie würde Leontientje, die doch sicherlich ganz anderes gewöhnt war, dies aufnehmen?

„Ha! … Das muss sie wissen, die Jungfer!", rief Cordula herausfordernd. „So und nich anders, verstanden! Und ich sag's noch einmal: wenn sie nich zufrieden is, so soll sie ihren Kopf dazu legen, dann wird's Hutsepot[3] sein!"

Die Brüder drängten nicht weiter, machten aber ein bedenkliches Gesicht. Cordula war in einer ihrer bekannten Launen, die sie unzugänglich machten. Nur Standje fand noch den Mut zu der Frage:

„Und wo soll sie schlafen?"

„Neben mir auf'm Boden, in der Mutter altem Bett."

„Oh, nich in der guten Stube?"

Cordula sah ihren jüngeren Bruder flüchtig an mit offenem Mund und runden Augen, als fragte sie sich, ob er nicht närrisch geworden sei. Und plötzlich fuhr sie wild gegen alle drei los:

„Ha, ihr meint wohl, dass sie 'ne Prinzessin sei! Auf'm Boden wird sie schlafen, sag ich euch, neben mir, in der Mutter altem Bett. Ist sie vielleicht zu gut dazu?"

Die Brüder trollten sich wortlos aus der Stube. Wenn Cordula ihre bösen Launen bekam, war es besser, sie in Ruhe zu lassen und vor allem ihr nicht zu widersprechen. Später regelten sich dann manchmal die Dinge ganz von selber.

Drei Tage später, am frühen Morgen, brachte der Postbote einen Brief mit einer französischen Marke: Leontientjes Antwort.

---

3   Ein aus Kartoffeln, Rüben und Zwiebeln mit Fleisch gekochtes Gericht.

Belzemien schnitt den Umschlag mit einem Messer vorsichtig auf, zog den kleinen Papierbogen heraus, faltete ihn auseinander und las:

„Geliebte Onkels und Tante, Ihr schreibt mir auf Französisch, und ich will Euch auf Flämisch antworten, zum Beweis, dass ich das Flämische nicht vergessen habe. Es tut mir unendlich leid, dass Tante Zeunia so krank ist und dass sie nach mir verlangt und ich werde kommen übermorgen 4. Mai mit dem Zug, der um sechs Uhr auf Eurem Bahnhof ankommt. Ich werde den Onkel Constant noch sehr gut erkennen und hoffe Euch alle zu finden in guter Gesundheit. Eure liebe Nichte Leontine."

„Ei, ei! Kurios! Kurios! Die kennt wahrhaftig noch 'n bisschen Flämisch", lächelte Belzemien, indem er das eigenartige Brieflein starr anguckte. Aber Cordula lächelte höhnisch über das unbeholfene Geschreibsel, und auch Coben schüttelte ein wenig verächtlich den Kopf.

Nur Standje war völlig bezaubert. Er schob sich mit strahlenden Blicken neben Belzemien, und plötzlich rief er, während er seine Nase schnüffelnd über das Brieflein neigte:

„Oh, und wie fein das riecht! Riecht doch auch mal! Genau wie feine Seife!"

Belzemien drückte das Papier an seine Habichtsnase.

„'s is wahr, 's is wahr", lächelte er, „ganz wie feine, wohlriechende Seife."

Auch Coben wollte riechen und reckte mit einem nervösen Zittern seine rote krumme Nase nach dem Brieflein. Aber als sie auch Cordula riechen lassen wollten, zog diese sich mit einer Gebärde des Ekels und Abscheus zurück, indem sie wütend auffuhr:

„Oh, ihr drei alten Böcke, die ihr seid! Schämt ihr euch nich! Ihr meint also, dass ihr hier in 'nem schlechten Haus seid? Und die Pariser Schlumpe soll mir nur nich mit ihrem stinkigen Zeug ins Haus kommen. Sonst werd ich's in den Bach schmeißen!"

Die Brüder verhielten sich still, mäuschenstill, wagten kaum einen schalkhaften Blick miteinander zu tauschen. Cordula konnte in ihren Anfällen gefährlich werden.

***

Am nächsten Morgen schon sehr früh schlich Standje nach den Ställen und rief durch einen leisen Wink Pierken, den Hirtenbuben, zu sich heran.

„He, Pierken, hilf mir mal den Tieprie aus dem Schuppen ziehen."

Pierken, der mit Wassereimern herumging, ließ seine Arbeit gehen und folgte Standje nach dem Schuppen.

Dort stand hinter Wagen und Karren, unter einem grauleinenen Deckensegel verborgen, das altmodische Tilbury.

„Hilf mir erst die Wagen nach vorn schieben", sagte Standje.

Standje zog und Pierken schob, und der Wagen rollte mit einem lauten Rasseln seiner Räder ein wenig voran. Baron, der alte Wacht- und Karrenhund, der neben den Schuppen lag, begann heiser zu kläffen.

„Willste schweigen, Luder!", brummte Standje drohend.

Der Hund kroch. kettenklirrend, mit hängendem Schwanz und zurückgelegten Ohren, in seine Hütte zurück.

„Und nu' den Karren", sagte Standje.

Er sprach halblaut, als sei er bang, gehört zu werden, und zuweilen schielte er misstrauisch rückwärts nach den hellen Fensterscheiben des Wohnhauses.

Der Karten wurde still auf die Seite gerückt.

Belzemien, der in der herrlichen Frische des schönen Frühlingsmorgens schon einen Gang um die Felder gemacht hatte, kam von hinten über das steinerne Brücklein auf das Erbe zu. Er sah außerordentlich nett und aufgeräumt aus, frisch rasiert, mit sauber gebürsteten Kleidern und in einem frischen Hemde.

„Ha, was für schönes Wetter heut für die Jahreszeit!“, lächelte er, indem er entzückt zu dem dunstigblauen, sonnigen Himmel emporschaute.

„Wo is Coben?“, fragte Standje. „Er soll mal nachsehn, ob das Geschirr am Tieprie in Ordnung is.“

„Er is schon beim Putzen“, antwortete Belzemien.

„Er will auch den Pferden die Mähnen kämmen und das Haar an ihren Beinen ein wenig stutzen, sagt er.“

„Ah, c’est ça, c’est ça“, lächelte Standje befriedigt.

Belzemien schlenderte weiter herum, und Standje sagte, nach einem abermaligen misstrauischen Hinüberschielen zu den Fenstern des Wohnhauses, beinahe im Flüstertone zu Pierken:„Holla, nun den Tieprie. Er muss auf den ersten Schuh hinaus und dann sofort hinter den Schuppen.“

In einem kleinen Trabe, mit Standje an der Deichsel, während Pierken von hinten schob, rasselte das Ding schnell hinaus. Aber … o weh! … was Standje die ganze Zeit gefürchtet, trat jetzt ein: Im gleichen Augenblick erschien Cordula auf der Schwelle des Wohnhauses.

„Verflucht nochmal!“, brummte Standje halblaut.

Und plötzlich wurde er zornig und war nötigenfalls zum schärfsten Widerstand bereit.

Aber das erwies sich als überflüssig. Zu Standjes größtem Erstaunen machte Cordula nicht die geringste Bemerkung, warum er schon so früh den Wagen aus der Remise zöge. Sie tat sogar, als ob sie es überhaupt nicht sähe, und indem sie beide Hände trichterförmig vor den Mund hielt, rief sie laut zu den Ställen hinüber:

„He, Leenie! Leenie!“

Eine dicke Magd trat in die offene Stalltür, das Gesicht erhitzt, die Haare unordentlich in wirren Strähnen über die Stirne und die Schläfen hängend, mit aufgeschürzten schmutzigen Röcken und dicken roten Armen unter den aufgestülpten Ärmeln.

„Was is, Meisterin?“, rief sie.

„Biste noch nich bald fertig mit’m Melken?“, fragte Cordula.

„In zehn Minuten!“, antwortete die Magd.

„Ha, wenn du fertig bist, kommste ins Haus und hilfst mir scheuern!“

Standje wusste nicht, wie ihm geschah. Ganz einfältig schaute er drein. Was? Scheuern an einem Mittwoch! He! … Sollte auch Cordula zum feierlichen Empfang des Bäschens …! Standje verschwand ohne weiteres Zögern mit dem Tieprie um die Ecke des Schuppens und befahl Pierken, es von oben bis unten zu bürsten, zu waschen und zu putzen.

***

Kurz vor sechs Uhr abends war Standje mit dem Tieprie an der kleinen Bahnstation. Bello, die schöne braune Stute, stand eingespannt davor, und Standje hatte ein wenig Mühe mit ihr, denn das Tier war etwas scheu, nicht an den Lärm gewöhnt und namentlich nicht an das donnernde Rollen der Züge. Zwei ratterten vorüber, während das Gespann dort wartete, und jedesmal musste Standje nach den Zügeln rennen und das wild schnaubende und trippelnde Tier mit sanften Worten und schmeichelnden Klappsen auf den Hals besänftigen. „Ho ho, Belleken, ho ho, Belleken!“, sagte Standje unter den ein wenig spöttischen Blicken und lustigen Bemerkungen einiger Zuschauer; und es begann ihn beinahe zu reuen, dass er anstatt der hitzigen Stute nicht den ruhigen, grauen Wallach genommen, wie Belzemien und Coben ihm geraten hatten. Aber der Wallach ging so träge und die Stute so flink, und Standje wollte mit Leontientje gerne ein wenig lebhaft fahren.

Endlich wurde der Zug von Frankreich angekündigt. Zu beiden Seiten der Bahn sanken die Schlagbäum herab wie zwei lange, dünne Arme ohne Hände, ein Horn tutete, eine elektrische Klingel ertönte, ein Mann stellte sich mit einem schmutzigroten Fähnchen neben dem Wärterhäuschen auf.

„Ho ho, Belleken! Ho ho, Belleken!", tröstete Standje, indem er die Stute kräftig am Zügel festhielt.

Da kam der Zug! Rauschend, dampfend, pustend, mit einer ungeheuer hohen und schweren Lokomotive bespannt, wurde er vor einer Biegung sichtbar und fuhr langsam in die Station ein.

„Ho ho, Belleken! Ho ho, Belleken!", wiederholte Standje immer dringender, indem er, beruhigend auf die zitternden Mähnen klatschend, den Kopf mit gierigen Augen dem langen schwarzen Zug zuwendete.

Die Bremsen knirschten, Türen flogen auf, Reisende stürzten heraus, liefen hastig auseinander.

„Ho ho! Ho ho! Ho ho!", machte Standje weiter, von Angst erfüllt, dass er sie vielleicht in dem Gewühl nicht erkennen würde. Aber plötzlich gewahrte er, aus einer noch geschlossenen Abteiltür geneigt, eine schlanke Büste in weißer Bluse und hellbrauner Mantille, ein graublaues Hütchen und darunter ein jugendlich frisches, rosiges, von blonden Haaren umrahmtes Gesicht mit suchend umherblickenden Augen: Augen, die Standje plötzlich entdeckten und lächelnd glänzten, während ein Arm geschwungen wurde und ein fröhliches Stimmchen von weitem rief:

„Ah, voilà! Bonjour, mon oncle! Bonjourl Ich, komme!"

„Ho ho! Beschur! Beschur!"[4], antwortete Standje, mit der einen Hand zurückwinkend, mit der anderen das Pferd

---

4   Bonjour.

zügelnd. Ein Pfeifchen gellte, ein Puffen des Dampfes ließ sich vernehmen, der Zug setzte sich langsam wieder in Bewegung, und einen Augenblick später wurde Standje überrumpelt und beinahe betäubt unter einer ausgiebigen Umarmung, mit zwei klatschenden Küssen auf seine behaarten Wangen, während das helle Stimmchen wieder jubelnd ertönte:

„Bonjour, mon oncle Constant. Bonjour, bonjour. Wie geht's dir?"

„Hahaha! Leontine! Leontine!", rief Standje, in seiner verdatterten Begeisterung unwillkürlich das Pferd loslassend, das zu trippeln und zu tänzeln begann. Und er guckte das junge Mädchen mit strahlenden Augen an, entzückt und verblüfft, sie so erwachsen und so schön zu finden, erschüttert durch diese unerwartete Umarmung, bezaubert und gerührt durch ihre ganze Erscheinung.

„Wie geht's dir? Wie groß und schön du geworden bist! Und was macht der Vater daheim?", fragte er verwirrt durcheinander. – Und dann wendete er sich wieder ängstlich dem Pferde zu, das ungeduldig stampfte und weiter wollte: „Ho ho, Bello, ho ho …! Willste nur einsteigen, Leontientje; mein Pferd is den Zug nich gewöhnt. Is das dein Köfferchen? Gib nur her, ich will's unter die Bank stecken."

Er schob das Köfferchen unter den Sitz, half ihr in den Wagen und schwang sich schnell neben sie, und fort ging es im vollen Trabe durch die stillen Gassen des kleinen Ortes.

„Und wie geht's mit Tante Zeunia?", war die nächste Frage.

„Oh, gut, gut", antwortete mechanisch Standje, der in seiner Aufregung nicht wusste, was er sagte.

„Comment donc? Ich meinte doch, sie läge im Sterben?", guckte das Mädchen ihn hocherstaunt an.

„Ha, ja, freilich, es is ja richtig; natürlich, natürlich!", verbesserte Standje mit einem Kopfschütteln seine wunderliche Rede. „Wie's ihr geht? Oh, immer das gleiche; jede Stunde kann's aus sein, nich wahr?"

„Pauvre tante Zeunia", sagte das Mädchen teilnahmsvoll. „Werd ich sie heut noch sehen können, Onkel!"

„Ja, ja, ich mein schon. Heut oder morgen. Wir werden mit dir hingehn."

Dann musste Leontine auch wissen, wie es mit Tante Cordula ging und mit Onkel Belzemien und Onkel Coben, und Standje antwortete in einem fort: „Oh, gut, gut, sehr gut", während er mit strahlenden Augen und entzücktem Lächeln das junge Bäschen anguckte; noch ganz unter dem Eindruck ihrer reizenden Erscheinung und der begrüßenden Umarmung, hielt er mit zitternden Händen die Zügel fest und wurde es ihm ganz wunderlich im Kopfe, weil ein so feiner Duft sie umschwebte, derselbe süße, betäubende Duft, den er tags zuvor mit einem noch nie gekannten Wollustgefühl aus ihrem Brieflein aufgeschnaubt hatte.

Sie hatten bald den kleinen Bahnhofsort hinter sich, fuhren über die hölzerne Zugbrücke eines Kanals, wo Bello der Vorsicht halber im Schritt gehalten wurde, und kamen ins freie Feld. Weithin dehnten sich ringsum die üppigen Frühlingsgefilde aus. Das Korn, erst ein paar Fuß hoch, stand schon in den Ähren, die hellgrünen Flachsfelder nahmen sich mit ihrem flaumigen Wachstum aus, als sei der sanft gewellte Boden mit feinen Teppichen belegt, und in der Ferne leuchteten da und dort zwischen dem erst entsprossenen, frisch-durchsichtigen Grün der Sträucher und Bäume die langen, feinen, goldglänzenden Streifen und Flecken der blühenden Kohlsaat. Wie kleine Inseln mitten aus einem grüngoldenen Meere erhoben sich auf allen Seiten die alten großen Hofstätten mit ihren blühenden Apfelbaumgärten, und an dem zartblauen, mit kleinen, rosig-weißen Wölkchen geschmückten Himmel erklangen endlos die süßen Stimmlein der Lerchen.

„Oh, mon oncle, hier ist es doch immer still und schön!“, jauchzte das junge Mädchen, sich mit lebhaft geröteten Wangen und strahlenden Augen überall umsehend.

„Nich wahr?“, sagte Standje, durch ihre bewundernden Ausrufe geschmeichelt. „Ein großer Unterschied gegen Paris, he?“

„Ach ja, aber weißte, Paris is doch eigentlich auch sehr schön“, antwortete sie lächelnd.

Das Tieprie hatte einen gewundenen Sandweg eingeschlagen, wo die Fahrt langsamer ging, weil Bello durch die weichen tiefen Wagenspuren schwerer zu ziehen hatte. Immer größer wurde die ländliche Einsamkeit. Leontientje deutete erstaunt auf eine ganze Reihe Frauen, die sich dort mitten auf einem Acker wie eine Schar großer Vögel singend niedergehockt hatten.

„Oh! qu’est-ce que c’est que ça, mon oncle?“, rief sie mit einem so aufgeregten schrillen Stimmchen, dass die Stute ein wenig scheute und Standje, die Zügel anziehend, wieder sein beruhigendes „ho ho, Bello!“ vernehmen lassen musste.

„Ça … ce sont des … Jäterinnen“, lachte er, als er das französische Wort nicht gleich fand.

„Oh! Et que font-elles?“

„Arracher … arracher … l’Unkraut“, legte Standje wieder los, von neuem über seine wunderliche Sprache lachend.

Und so ging es weiter im lustigen Kauderwelsch.

Hinter einem großen, düsteren Hofe mit hohen Gebäuden und ausgedehnten Baumgarten stieß sie wieder einen so gellenden Jubelruf aus, dass Bello erschreckt auf die Seite sprang und das leichte Fuhrwerk in einer Wagenspur beinahe umkippte.

„O mon oncle! Mon Oncle! Was ist denn das!“

Seitwärts von dem gelben Sandwege hob es sich plötzlich wie eine weite flache Goldwoge. Es lebte und strahlte und funkelte; es duftete unsagbar wundersüß, und es wimmelte und bebte von Tausenden und Abertausenden summender Bienen.

„Das ... ho ho, Bello, ho ho! Das is ein Stück Kohlsaat“, sagte Standje, mühsam die Stute im Zaume haltend. „Oh, mon Oncle, bitte, halte ein bisschen und lasse mich einen Strauß davon pflücken!“

„Von Kohlsaatblüten!“, rief Standje verwundert. „Aber sie werden gleich verwelkt sein ... und auch ... der Bauer wird’s vielleicht nich gern sehn, wenn er’s sieht ...“

„Ach, Onkel, bitte, bitte, bitte“, schmeichelte sie.

Sie war unwiderstehlich! Standje hielt, und sie hüpfte aus dem Tieprie, während er besorgt und misstrauisch, in der Furcht vor dem Bauer, sich nach dem großen Hof umguckte.

„Hmmm, hmm! comme ça sent bon!“, jauchzte sie, fleißig pflückend. „Mais que de mouches, mon Dieu!“ Und sie wehrte sich lebhaft mit beiden Händen gegen die schwärmenden Bienen.

„Gib acht!“, warnte Standje. „Es sind Bienen, sie werden dich stechen!“

Doch sie raffte schon wieder weiter, mit hastigen, gierigen Griffen, bis sie schwerbeladen wieder in das Tieprie hüpfte, während sie ihr frisches Gesichtchen in wollüstigem Entzücken ganz in dem herrlich duftenden Schatz vergrub; und sie fuhren durch das prächtige Frühlingsfeld nach dem Hofe, dessen graue Strohdächer schon in der Ferne zwischen dem grünen und rosigen Blütenreichtum des Baumgartens auftauchten.

„Siehste drüben den Hof? Erkennst du das Haus noch?“, fragte Standje.

„Ein bisschen, doch nicht mehr ganz genau“, zögerte sie. Aber plötzlich jubelte sie laut auf.

„O ja, ja, jetzt erkenn ich's ... dort ... dort ... zwischen den Bäumen! La maison blanche aux volets bleus et au toit rouge, n'est-ce pas? Oh! comme elle est gentille!"

"Wui ... wui ... cé ça!", jubelte Standje zurück, stolz und glücklich, dass sie es noch erkannte und das Haus so schön fand.

„Und wo ist das Haus der Tante Zeunia? C'est plus loin encore?"

„Wui ... wui ... dans la vilasse, n'is pas. Weit da drüben, siehste wohl, das Türmchen dort?"

„Ah, oui, oui!", rief sie plötzlich wieder mit kindlicher Freude. „A présent je me rappelle tout à fait et je reconnais encore le petit clocher. C'est là que fait ma première communion!"

„Wui ... wui ... wui ... ganz recht ... ganz recht", bestätigte Standje.

Sie waren an Ort und Stelle. Das Pferd schwenkte im Schritt um eine Biegung, schritt über das steinerne Brückchen, ging quer durch den Baumgarten und hielt endlich vor dem gewölbten Hauseingang.

„Bonjour, ma tante!", rief Leontientje, aus dem Wagen hüpfend. Und sie fiel in die Arme der verdatterten Cordula, die auf der Schwelle erschienen war. – „Bonjour, mon oncle Belzemien!" Damit lag sie in den Armen des verblüfften Belzemien. – „Bon jour, mon oncle Coben!" ... Und so landete sie schließlich in den Armen des zitternden, stotternden Coben.

Da standen sie alle erstarrt und verblüfft über das fröhliche und rosige Nichtchen, das da, blühend von Jugend und Gesundheit, unter sie hereingeschneit war; und ein Weilchen wusste keines von ihnen, was es tun oder sagen sollte: die beiden Brüder, wie Standje, völlig verblüfft und hingerissen durch die unerwartete Umarmung, die alte Jungfer, nicht minder aus der Fassung gebracht, alle ihre Vorsätze, sie kühl und gemessen zu empfangen, über den Haufen geworfen, wider Willen besiegt und entwaffnet durch das so natürlich-freundliche und triumphierend-freimütige Auftreten des entzückenden jungen Mädchens. Auch Standje war aus dem Tieprie gestiegen, das Bruuntje nebst dem Pferde zum Schuppen zurückbrachte; und mit Leontientjes Koffer in der Hand sah er zaudernd und schüchtern und beinahe flehend auf Cordula, als wollte er sie schweigend fragen, ob sie nun wirklich den harten, traurigen Mut habe, dieses frische, liebe Kind in der alten, muffigen, unbehaglichen Rumpelkammer neben ihr schlafen zu lassen.

„Oh, wartet!", rief Leontientje, als sie ihren Koffer sah. Und nachdem sie ihn hastig geöffnet, holte sie eine schönglänzende Kartonschachtel mit goldener Aufschrift heraus und bot sie Cordula an.

„Bitte, Tante, ich hab dir aus Paris was mitgebracht."

„Ha, aber Kind, was is ’n das?", rief Cordula, deren graue Wangen plötzlich eine tiefe Röte überzog, als sie die Schachtel öffnete. – „Oooh! ... Es is Schokolad’, und dazu noch so viel!"

„Magst du gern Schokolade, Tante?", fragte mit einem reizenden Lächeln Leontientje.

„Ja, ich, weißte, ich mag ihn schon", sagte Cordula, während sie gierig kostete.

Es war eine große Schachtel Pralinees, und Cordula bot jetzt auch Leontine und den Brüdern davon an, die, schamhaft lächelnd, sich mit zögernden Fingern bedienten.

Standjes Augen glänzten. Er sah Cordula erweicht und fand, noch immer den Koffer in der Hand, plötzlich den Mut zu der Frage:

„Wir werden Leontine ihre Kammer zeigen müssen, nich wahr, Schwester; Hier, nich wahr?" Und er stapfte entschlossen auf die „gute Stube" zu.

Cordula schien einen Augenblick heftig mit sich zu kämpfen. Ihre großen schwarzen Augen nahmen einen bösartigen Ausdruck an, ihr breiter Mund wollte sich schon zu einer Absage öffnen ... aber da kam etwas Stärkeres über sie: der Kopf nickte unwillkürlich „ja", und sie wies selber den Weg und stotterte schnell in ihrer Verlegenheit:

„Ja, ja ... 's is gut ... aber wart mal ... ich werd erst mal sehn müssen, ob nichts fehlt."

Standje ließ es sich kein zweites Mal sagen. Er ging mit dem Koffer nach der schönen Gaststube, stellte ihn auf den runden Tisch nieder, kam wieder heraus, während Cordula mit dem Nichtchen eintrat, und tanzte vor Freude um Belzemien und Coben in der Küche herum, wobei er leise jubelte:

„Alles in Ordnung! Die Schwester is wieder vernünftig! Grad, als ob es so sein müsst!"

Belzemien, der die kleinen verschmitzten Äuglein beinahe ganz geschlossen hatte, winkte in der Küche Coben und Standje zu sich heran und flüsterte seinerseits aufgeregt:

„Ja, aber, und mit dem Essen, wie wird's da sein! Ich mein, es geht doch nich an, sie mit dem Knecht und der Magd und dem Hütbuben an einem Tisch essen zu lassen."

„Natürlich nich, natürlich nich!", jubelte Standje.

„Aber Kerdule is vernünftig geworden, sag ich euch. Sie wird wohl selber einsehn, dass das nich möglich is."

„Ja, ja, ja, aber ... wa ... was werden Bruuntje und Leenie dazu sagen!", stotterte Coben, der an den alten Gebräuchen hing und fürchtete, der Knecht und die Magd würden sich beleidigt fühlen.

„Bah, die mögen sagen, was sie wollen; wir sind doch wohl die Herren auf unserm Hof!", rief Standje.

„Psst! ... sachte, sachte", mahnte Belzemien. „Wir müssen mal ruhig mit der Schwester drüber sprechen."

Cordula und Leontine erschienen jetzt auch in der Küche.

„Was willste essen, Leontine? Du bist sicherlich sehr hungrig nach dieser langen Reises“, fragte Belzemien lächelnd.

„Na, Onkel, ich werde essen, was ihr esst“, sagte Leontientje.

Besorgt sahen die Brüder zu Cordula auf. Fast jeden Abend aßen sie mit Knecht und Magd und Hütbuben zusammen Buttermilchbrei mit Butterbrot und danach gestampfte Kartoffeln mit Grieben. Für sie waren das Leckerbissen. Aber ob auch Leontientje so sehr darauf erpicht sein mochte?

„Was isst du gewöhnlich abends?“, fragte Standje nach einigem Zaudern, ängstlich, weil Cordula nicht gleich auf die Frage einging.

„Oh, was es gerade gibt, Onkel, ein Ei, ein bisschen Fleisch oder Käse mit Butterbrot und ein Glas Wein, aber wahrhaftig: hier in Flandern gibt's Bier statt Wein, nich wahr?“, lächelte Leontine.

„Ja, ja, gewiss, gewiss, gewiss“, sagte Belzemien, ganz entsetzt bei dem Gedanken, dass hier nur bei außerordentlichen Gelegenheiten Bier bei den Mahlzeiten erschien. Und indem er plötzlich Mut fasste, sagte er mit einem scheuen seitlichen Blick auf Cordula, die immerfort stumm und finster und regungslos zuhörte:

„Ha, Schwester, willst du ein Ei kochen, ich werd mal in den Keller um Bier gehen?“

Plötzlich stieß Leontine einen Schrei aus.

„Oh, mon oncle Constant, meine Blumen, meine Blumen, wo sind denn meine schönen Blumen!“

„Deine Blumen?“, rief Standje, der anfänglich nicht recht begriff. „Ach ja, 's is ja wahr! Sie sind sicher im Tieprie geblieben. Wart, ich werd sie dir holen.“

Aber Leontientje war schon draußen und rannte wie ein wildes junges Füllen nach dem Schuppen.

Die Brüder benutzten eiligst die Gelegenheit.

„Hör mal, Schwester", sagte Belzemien in einem Tone ungewöhnlicher Entschiedenheit, „wir können das Kind hier nich mit dem Knecht und der Magd an einem Tisch sitzen und Buttermilchbrei und Erdäpfel essen lassen. Sie is das von zu Haus nich gewöhnt. Sie wird da drüben in Paris zu ihren Verwandten und Bekannten davon sprechen, und es wird uns zur Unehr gereichen."

„Ha, Dunner nochmal! Is sie vielleicht was Besseres als wir!", rief Cordula entrüstet.

„Das is gleich", eilte nun auch Standje zu Hilfe. „Wir müssen vor allem auf unsere Reputation halten."

Coben stand nervös zitternd da, ohne etwas zu sagen.

„Auf unsere Reputation halten! Auf unsere Reputation halten! Wohl dreimal im Tag Fleisch und Eier? Und wer wird's, bitte, bezahlen? Ist's noch nich genug, dass sie im besten Zimmer schlafen darf, die Prinzessin!", kreischte Cordula.

„Ich werd's bezahlen! Du kannst mir's jeden Sonntag von meinem Taschengeld abziehn!", erklärte Standje großmütig.

„Ha, ich zieh dir's ganz sicher ab!", drohte Cordula, plötzlich kapitulierend. „Haste das noch nich gewusst! Sollt man nich glauben, man hätt 'ne Königstochter im Haus!"

Die Brüder fühlten, dass sie wiederum das Feld behauptet hatten, und ließen sie jetzt ruhig austoben. Cordula prophezeite ärgerlich schlimmen Streit mit den Dienstboten, gegenseitige Verstimmung, Uneinigkeit und finanziellen Zusammenbruch, aber das schien sie gar nicht anzufechten; sie sahen durchaus nicht so schwarz wie sie; und Standje, der in seiner Begeisterung leichtsinnig wurde, hatte sogar den Mut, noch hinzuzufügen:

„Papperlapapp, Schwester, man wird nich gleich arm. Wir werden nur mal ein paar Tage zusammen gut leben und dann wieder tüchtig sparen, wenn das Geld alle is."

Leontientje hüpfte ins Haus zurück, das frische rosige Gesicht halb unter einem duftigen Blütenstrauß verborgen.

„Ach, die schönen Blumen, Tante! Wir haben sie unterwegs gepflückt!", jubelte das Mädchen.

„Ha! … 's is … 's is … 's is verdammich Kohlsaat!", stotterte Coben verblüfft. Und plötzlich hub er ein ungeheures Lachen an, weil Leontientje in ihrer Unwissenheit blühende Kohlsaatstängel als Zierblumen gepflückt hatte. Sein ziegelrotes knochiges Gesicht strahlte vor Vergnügen, und auch Belzemien lächelte fein mit seinen verschmitzt zwinkernden Äuglein, während er, die Blumen näher betrachtend, mit gelehrter Miene bestätigte: „Wui, with cè du colsa, ma nièce."

Standje konnte den entzückten Blick nicht von dem frischen, reizenden Bäschen abwenden, und nur Cordula behauptete brummig, dass diese Blumen nichts wert seien und dass es überdies unrecht und unerlaubt sei, sie zu pflücken, und dass die Bauern, wenn sie es sähen, riesig wild darüber sein würden. Dennoch gab sie dem Mädchen einen Krug mit frischem Wasser, um die Blumen darin frisch zu halten, und als sie dann in der besten Stube auf dem Tischchen prunkten, fragte Leontientje, ob vor dem Essen noch Zeit sei, einmal um das Gut herumzugehen.

Der Abend senkte sich mit zartem, dunstigem Purpurglanz auf die stille, fruchtbare, grüne Frühlingswelt hernieder. Cordula blieb brummig im Hause, um das Abendessen herzurichten, und ab und zu naschte sie, als wollte sie sich dadurch trösten, gierig aus der Schachtel mit den Leckereien. Die Brüder liefen inzwischen alle drei mit dem Mädchen durch den Baumgarten. Sie hatte Hut und Mantel abgelegt und wandelte nun barhäuptig mit ihrem schönen, üppigen Blondhaar, in hellbraunem Kleid und weißer Sommerbluse, über das weiche, goldig schillernde Gras unter den hohen, frischen Baumgewölben einher. Kirschen, Pflaumen und Birnen hatten schon abgeblüht, und der vergängliche Reichtum ihrer einmal schneeweiß gewesenen Blüte hing jetzt wie in braunen, verschrumpelten Läppchen an den dünnen, kahlen Zweiglein; aber die Apfelbäume standen noch alle in ihrem reichsten Prachtschmuck und nahmen sich aus wie große weiße und rosige Zauberpilze, wie Bäume aus einem Paradiestraum, die durch ein Wunder auf irdischen Boden verpflanzt sind.

„Oh, wie schön, wie schön!", jubelte Leontientje. Sie zog die langen, niederhängenden Blütenzweige zu sich herab, strich mit ihren weichen Wangen über die sanften, zarten Knospen; und plötzlich wurde sie völlig hingerissen; sie brach ein Zweiglein nach dem andern ab und sammelte sie zu einem prächtigen Strauß, während sie im kindlichen Schmeicheltone neckisch fragte: „Je puis, n'est-ce pas? Tante Cordula ne sera pas fâchée, n'est-ce pas?", während die drei alten Junggesellen gezwungen lächelten und dennoch „ja" nickten und jeden Augenblick nach dem Wohnhause zurückschielten in der ständigen Furcht, ihre Schwester plötzlich wütend herausstürzen zu sehen, um dieser unnützen Schändung, die auch sie in ihrem bäuerlichen Sparsamkeitsbegriff innerlich verurteilten, Einhalt zu gebieten. Zum Glück merkte Cordula noch nichts davon, und Standje war bei sich schon fest entschlossen, Leontine unter irgendeinem Vorwand die Blütenzweige abzunehmen, ehe sie damit ins Haus gelangen konnte. Sie führten sie weiter herum, an den Weiden des Bächleins vorbei zum sogenannten „Sonnenpfuhl", der durch eine Verbreiterung des schmalen Flüsschens gebildet wurde, und an dem sie wieder lange stehen blieb im höchsten Entzücken über die Tausende von dicht zusam-

mengewachsenen weißen Wasserblümlein mit orangefarbigen Herzchen, die stellenweise die ganze Wasserfläche mit ihrem wuchernden Reichtum bedeckt hatten.
Sie gingen mit ihr in die Ställe, zeigten ihr die Kühe, die
Pferde, die Schweine, was sie indessen etwas weniger zu
interessieren schien; sie ließen sie Bekanntschaft machen
mit Baron, dem alten, ein wenig gleichgültigen Wacht-
und Zughund, der von ihren zärtlichen Lockungen keine
Notiz nahm; und endlich kamen sie, von Cordula zum
Abendessen gerufen, von hinten wieder ins Haus, wo
Standje ihr schnell die blühenden Apfelbaumzweige aus
der Hand nahm unter dem Vorwand, dass sie gleich ins
Wasser kommen und die ganze Nacht an einem kühlen
Orts stehen müssten.

***

Sie speisten in der dämmerigen, altmodischen, geräumigen
Küche, wo viel blinkendes Zinn und Kupfer rings an den
gelben Wänden unter den schwarzgeräucherten Decken-
balken hing; die drei Brüder und das junge Bäschen saßen
an einem niedrigen grünen Tischchen neben dem Herde.
Es gab gekochte Eier, Käse und geräucherte Wurst mit
Weizenbutterbroten und Bier. Die Schwester war schließlich nicht geizig gewesen, sie hatte tatsächlich auf ihre
„Reputation" gehalten, und die drei Brüder waren darüber
sehr zufrieden. Cordula selber speiste nicht mit am Tische.
Sie zog, wie sie behauptete, einen Teller Buttermilchbrei
mit Kartoffeln und Griebenfett, wie es sogleich die Dienstboten bekommen würden, vor. Inzwischen fuhr sie von
Zeit zu Zeit mit der Hand unter ihre Schürze und zog dort
etwas hervor, das sie mit heimlichem Genuss während des
Hin- und Hergehens aufknabberte. Diese leckere „Schokolad'" Leontines schien wirklich ihr ganzes Wesen erweicht
zu haben.

Während dem schwatzten unter dem Essen die drei Onkel und das Bäslein von Leontientjes Leben in Paris. Sie erzählte ihnen, dass ihr Vater noch immer in einem großen Magazin tätig sei, wo er schon über zwanzig Jahre seine Stellung hatte, und dass sie den Haushalt führe und in ihren freien Stunden zu Hause für ein großes Korsettgeschäft arbeite.

„So, so, gar noch für ein Corsagegeschäft!", sagte Standje mit einem etwas verschmitzten Interesse in seinen lachend funkelnden Augen.

„Bah, ja, 'n Luxusartikel, nich wahr? Hier auf dem Lande hat das Weibervolk so was nich nötig", meinte Belzemien.

Coben schüttelte den Kopf und machte eine aufgeregte Bewegung mit seinen zitternden Händen, als wollte er bedeuten, dass er von solchen Dingen nich viel verstehe.

„Und für einen Wäscheladen arbeite ich auch zuweilen", erzählte Leontientje weiter. „Oh, schöne Dinge, hört ihr! Schönes feines Unterzeug für reiche Damen mit Stickereien und Spitzen. Erst vorige Woche hab ich wieder so ein kleines Päckchen nach Haus gebracht; das könnt ihr bequem am kleinen Finger tragen, und doch stecken mehr als siebenhundert Franken drin."

„I wo! I wo! Das is aber komisch, he!", riefen di drei Onkel verwundert aus.

„Ha, das is verrückt!", fiel Cordula barsch ein. „Das is das Geld hinausgeschmissen! Wozu soll denn das? Es sieht doch kein Mensch, ob eins feines oder grobes Unterzeug trägt?"

„Ja, aber Schwester, wie kannst du das sagen? Weißt du denn, ob es nich manchmal doch gesehn wird?", rief Standje mit einem Schwerenöterlächeln.

„Oh, das sind sicher schlechte Weibsbilder!", schmähte Cordula, die Lippen verächtlich verziehend. „Die schämen sich nich!"

Leontientje schlug die Augen nieder und sagte ein Weilchen nichts mehr. Sie schälte ein Ei mit sanften, von guter gesellschaftlicher Erziehung zeugenden Bewegungen. Ihre frischen Wangen glänzten in der letzten Abendglut, die durch die Scheiben drang, in einem süßen Rosenrot, und ihr schönes blondes Haar schlangs sich goldig schimmernd um ihre reine Stirne. Erst nach einer Weile sah sie wieder auf. Ihre hellen blauen Augen kreuzten sich mit dem spöttischen Blick Standjes und sahen den ein wenig verdatterten Ausdruck auf den Gesichtern Belzemiens und Cobens. Und sie fing leise zu lachen an, in kleinen, kurzen, unterdrückten Stößchen, während sie mit einer noch tieferen Röte auf den Wangen, den Blick wieder auf das Ei richtend, schamhaft stammelte:

„Mais mon oncle tout de même … comme vous êtes drôle …!"

Misstrauisch schielte Cordula zu ihnen hinüber; aber sie sagte nichts mehr, sie brummte nur etwas in sich hinein, was die anderen nicht recht verstanden …

Plum … plum … plum … Träge, plumpe Holzpantinentritte draußen vor der Tür auf dem Holztritt, und herein traten Bruuntje, der Knecht, und Leenie, die Magd, gefolgt von Pierken, dem Hütbuben. Die wussten wohl, dass Leontientje angekommen war, hatten sie aber nicht richtig gesehen. Bruuntje, ein freundliches, fünfzigjähriges Männlein mit einem feingeschnittenen, regelmäßigen Gesicht, dunklen Augen und dichtem, gesprenkeltem Schnurrbart, lüftete leicht seine Kappe, grüßte mit einem „gu'n Abend allesamt", während er seinen gewohnten Platz an dem langen Tisch bei einem der Fenster einnahm. Leenie, die dicke Leenie mit ihrem groben Gesicht und dem zahnlosen Mund, schob sich kaum aufschauend und ohne zu grüßen, an der Wand hin und ließ sich Bruuntje gegenüber nieder, mit dem Rücken gegen das Tischlein, an dem die drei Brüder und das Bäschen saßen; aber Pierken blieb ein Weilchen regungslos mitten in der Küche stehen, wie durch einen Zauber an die Stelle gebannt. Seine Äuglein, von denen das eine so furchtbar schielte, dass der Augapfel sich zur Hälfte, wie eine Schnecke in ihrem Häuschen, in dem Winkel neben der Nase verkrochen hatte, starrten verblüfft auf das schöne Bäschen, sein Mund stand halb offen, und langsam trat eine tiefe Röte auf seine blassen, mit Sommersprossen übersäten Backen, als stünde er vor einem Feuer.

„He, Pier, du bist wohl angewachsen!", rief Bruuntje ihm mit einem spöttischen Lächeln zu. Und erst jetzt kam der Kleine zur Besinnung und ging sehr still und verlegen zu seinem Plätzchen zur Rechten Bruuntjes. Cordula brachte ihnen sogleich eine große Schüssel mit dampfendem Brei, sie falteten die Hände, und nach einem kurzen Gebet und einem hastigen Kreuzzeichen begannen sie der Reihe nach mit ihren großen Holzlöffeln aus der Schüssel zu schöpfen und zu schlürfen.

„Oh! mon Dieu!", rief Leontientje, verwundert aufschauend. „Ils mangent donc à même la terrine, sans assiettes!"

„Wui, wui, ils ne demandement pas ça. Ça est comme ça dans le vieux temps", flüsterte Belzemien hastig mit einem verlegenen Lächeln.

„Ils ne voudraient pas autrement", klärte Standje ohne sonderliche Überzeugung auf.

Coben, der wohl begriff, wovon die Rede war, aber nicht Französisch sprechen konnte, drehte sich ein wenig auf seinem Stuhl und nickte Leontientje zu, um zu bezeugen, dass es wirklich so sei, wie Belzemien und Standje sagten.

„Pauvre gens", seufzte Leontientje mitleidig.

Und wie von selber, unter einer nach und nach ernster werdenden Stimmung, kamen sie schließlich wieder auf Tante Zeunia zu sprechen.

Die letzten Berichte, die Belzemien heute Mittag nach Standjes Abfahrt zum Bahnhof im Hause der Tante von der Pflegerin erhalten hatte, lauteten gar nicht günstig. Die Tante hatte eine sehr unruhige Nacht gehabt und war dann einen großen Teil des Tages bewusstlos gewesen. Belzemien hatte daher nur sehr kurze Zeit an ihrem Bette bleiben dürfen, denn der Doktor erklärte die vielen Besuche für schädlich, und es war Belzemien vorgekommen, als ob es mit der Tante immer mehr rückwärts gehe. Er glaubte nicht einmal, dass sie ihn erkannt habe, und nach Leontientje habe sie gar nicht mehr gefragt.

„Aber ich werde sie doch noch einmal sehen dürfen, nicht wahr? Pauvre grand-tante!", fragte Leontientje bewegt.

„Natürlich, natürlich", sagten die Onkel. Und nach einigem Hin- und Herreden wurde beschlossen, dass Cordula am nächsten Morgen mit Leontientje hinübergehen sollte. Die Brüder und die Schwester waren viel weniger bang vor diesem Besuch, nachdem die Tante ja nunmehr so schwach geworden war, dass sie keine Möglichkeit mehr hatte, noch etwas an ihrem Testament zu ändern.

Sie waren fertig mit dem Essen, und in der altmodischen Bauernküche, wo jetzt die Dienstboten aus einer großen flachen Schüssel Kartoffeln, mit Griebenfett übergossen, löffelten, war es allmählich ganz dunkel geworden. Ihre gebeugten Gestalten hoben sich unklar von den kaum noch erhellten Fenstern ab, in dem schwarzen Schornstein züngelte die Herdflamme rötlich auf, und Cordulas langer, magerer, dunkler Schatten bewegte sich wie ein missgestaltetes Gespenst hin und her. Aber draußen dämmerte noch ein unklares, zartes Silberlicht, und die Onkel fragten das Mädchen, was sie tun wolle: zu Bett gehen oder noch ein wenig Abendluft schnappen.

„Oh, hinaus, nochmal hinaus!", rief Leontientje, indem sie jubelnd aufsprang „Das Wetter ist ja so mild und so schön, und in Paris sitze ich fast stets zwischen vier Mauern. Tante Cordula, gehst du nicht auch ein bisschen mit?“

„Aber nein, ich muss das Geschirr noch abspülen!“, entgegnete sie in einem etwas spitzigen Tone. Und zu den Dienstboten gewendet fuhr sie fort: „Schnell, Leenie, wenn du fertig bist, wollen wir uns drüber machen.“

Draußen war ein herrlicher Abend. Eine sanfte tauige Frische durchdrang mit ihren linden, gesunden Düften das ganze Wesen, und Leontientje atmete wollüstig die unbekannte Herrlichkeit des Landlebens ein. Still stieg der Mond am dunkelblauen, wolkenlosen Sternenhimmel hinter den grauen Strohdächern der Ställe empor. Sein klares Licht glänzte mit silbernem Schimmer in den feenhaft durchsichtigen Wipfeln der blühenden Apfelbäume und strahlte von dem Sonnenpfuhl zurück, wo es lange, feine, wimmelnde Fädchen in die Tiefe senkte zwischen den von einer sanften Strömung leicht bewegten weißen Wasserblümlein mit den orangefarbigen Herzchen. Träumerisch summten ihnen Maikäfer um die Ohren, graue Fledermäuse flatterten geräuschlos wie gehetzte Schatten hin und her, und aus der weiten Fläche des in bleichen Dunst gehüllten, sanft schlummernden Feldes erhob sich ein undeutliches, dumpfes Summen tief und geheimnisvoll wirkenden Lebens. Aus der lauen, fruchtbaren Erde ringsumher hörte und fühlte man gewissermaßen den Saft in die zur Höhe strebenden Gewächse steigen. Ganz in der Ferne, hinter dem Dorfe, wo große, dunkle Gärten lagen, erklang der feierliche Gesang der Nachtigallen.

„Ach, wie ruhig und schön ist es hier! Hier möchte man immer bleiben“, seufzte Leontientje.

„Ha, wenn du magst, kannste immer hier bleiben“, scherzte Standje.

„Hier is ’n großer Unterschied gegen Paris, nich wahr?“ meinte Belzemien.

„Ja, gewiss!“, sagte Leontientje leise.

„Mei ... mei ... meinste, dass du hier eingewöhnen könnt’st?“, stotterte Coben.

Diese Stotterfrage Cobens war wie ein nüchterner Missklang in der sanften Harmonie der ganzen poetischen Stimmung, und Leontientje, zur Wirklichkeit zurückgerufen, rief:

„Vielleicht, wer weiß, ist es doch ganz anders, nicht?“

Von ferne hallte der tiefe Ton einer Glocke, der Glocke des benachbarten Dörfleins. Zehn Uhr! Melancholisch hallten die Schläge über die totenstille Landschaft, und andere Glocken antworteten aus der Ferne, die einen in trägem, die anderen in schnellerem Tempo, aber alle mit einem schwermütigen, ergreifenden Ton in ihrer weiten Einsamkeit. Jetzt antworteten auch auf den schon im Finstern liegenden Höfen die Wachthunde auf die Glockentöne mit dumpfem Gebell. Sie bellten nur ein Weilchen, dann schwiegen sie wieder. Ein einziger lärmte noch eine Zeitlang fort mit einem langgedehntem klagenden Geheul. Dann ward auch er still. Ganz in der Ferne rasselte in der lichten dufterfüllten Frühlingsnacht irgendwo auf einer einsamen gepflasterten Straße mit übermäßig lautem Geräusch ein verspäteter Karren einher.

„Oh, und in Paris geht um diese Zeit das Leben und das Vergnügen erst richtig an!“, sagte Leontientje mit leiser Stimme und wie mit einem Anflug von Bedauern. „Überall Lichter und Wagen und prächtige Toiletten[5]! Und hier ist es so einsam und so still, nicht?“

„Ja gewiss ... ja gewiss ... ’n großer Unterschied, nich wahr?“, meinte einer der Brüder.

Hinter den hellen Fenstern des Bauernhauses glänzte der gelbe Schein einer angezündeten Lampe. Langsam

---

5   Festliche Damenkleider.

kehrte Leontientje mit ihren Onkeln durch die träumerische Abendluft zurück. Sie fühlte sich müde und wollte schlafen. Bruuntje, Leenie und das Hütbüblein waren schon zur Ruhe gegangen. Cordula zündete eine Kerze an und öffnete die Tür der „guten Stube".

„Bonne nuit, ma tante", sagte Leontientje; und sie küsste Cordula, die sich ein wenig überrascht halb zurückbeugte.

„Bonne nuit, mon oncle, et mon oncle, et mon oncle … !" Und der Reihe nach wurden auch die drei verblüfften Junggesellen von dem jugendlich frischen Mädchen geküsst.

„Verdammich, was sind das für Manieren, alle abzuschmatzen!", brummte halblaut und entrüstet Cordula, als sie zu den drei erschütterten Junggesellen in die Küche zurückkehrte. „'s is hier wahrhaftig wie in 'nem schlechten Hause!"

„Ha, aber, das is französische Mode, Schwester, du darfst das nich übelnehmen", kicherte Standje, noch ganz entzückt und aufgeregt.

Belzemien lächelte kopfschüttelnd und ein wenig schamhaft mit seinen fein zwinkernden Äuglein. Coben stand verdattert und zitternd da und stotterte unverständliche Klänge.

„Schlechte Manieren sind's", brummte Cordula böse. „Und ihr alten dummen Luder fühlt euch dadurch geschmeichelt. Oh, die Mannsleut, die Mannsleut! 's gibt nichts auf der Welt, das so dumm is wie 'n Mannsbild! Marsch jetzt, ins Bett. Mir wächst die Geschichte zum Hals raus!"

Mit hohen Schultern, wie drei Missetäter, trollten sich die drei Brüder, Cordula gute Nacht wünschend, und stiegen die Bodentreppe hinauf.

***

Als Cordula am nächsten Morgen schon sehr früh mit Leontientje im Dorfe vor Tantes Tür anklingelte, berichtete die Nonne mit besorgter Miene, dass es der Tante sehr schlecht ginge und dass der Doktor vorläufig alle Besuche strengstens verboten habe.

„Auch für ihr Großnichtchen aus Paris, nach dem sie so sehr verlangt hat?", fragte Cordula, ohne indessen sonderlich zu drängen. „Darf sie auch nicht zu ihr?"

„Niemand, niemand, hat der Doktor gesagt", bestätigte die Nonne mit leisem Nachdruck ihre Worte.

Cordula sah mit ernsten Blicken auf Leontientje, die ein sehr betrübtes Gesicht machte.

„Müssen is Zwang, daran lässt sich nichts machen", sprach sie beruhigend. Und langsam zog sie sich mit Leontientje zurück, nachdem sie der Nonne gesagt hatte, dass sie den Hütbuben mittags noch einmal um Nachrichten schicken werde.

„So, so, es steht also schlecht mit ihr!", sagte mit bedeutsamem Kopfschütteln Belzemien, als Cordula mit Leontientje wieder zu Hause angekommen war und ihm die schlimme Kunde mitteilte.

„Das ist doch ärgerlich, nicht wahr?", seufzte Leontientje. „Und ich bin express so weit hergekommen, um die Tante noch einmal zu sehen!"

„Daran lässt sich nichts machen", sagte jetzt auch der älteste Bruder. „Du wirst einige Tage hier bleiben müssen, Leontientje, und abwarten müssen, wie es weiter geht."

„Ich hab so wenig Zeit", sagte Leontientje besorgt, „Papa kann mich nicht lange entbehren."

Coben und Standje traten ein, hörten die schlimme Nachricht und bestätigten, dass nichts daran zu ändern sei und dass Leontientje das weitere abwarten müsse.

„'s is schönes Wetter", sagte Standje verführerisch, „und für dich gibt's hier allerlei Neues zu sehen und zu hören. Wir werden unser Möglichstes tun, um dich ein paar Tage zu amüsieren."

„Ja, es wird wohl nicht anders gehen“, dachte nun auch Leontientje; und sie erbat sich Feder und Papier, um an ihren Vater zu schreiben.

Während das Mädchen mit ihrem Brief beschäftigt war, ging Belzemien mit Coben und Standje hinaus.

„Was können wir nun alles tun, um sie zu amüsieren?“, fragte der ältere Bruder augenzwinkernd.

Standje, der schon darüber nachgedacht hatte, kratzte sich verlegen hinterm Ohr, während Coben, ohne das geringste Verständnis für solche Dinge, ratlos auf den Boden starrte. Diese einfache Frage hörte sich wie ein sehr schwieriges, beinahe unlösbares Problem an.

„Ich weiß es wahrhaftig auch nich“, sagte Standje endlich. „Ja, was könnten wir da machen? ’n bisschen spazieren gehen? Nochmal mit ihr ausfahren?“ – Standje wusste in Wirklichkeit dieses und jenes, er hatte verschiedene Pläne im Kopfe, aber Belzemien und Coben sollten es gutheißen und ihn nötigenfalls gegen etwaige Quertreibereien Cordulas verteidigen. Stumm und forschend blickte er ein Weilchen zu seinen Brüdern auf, die ihn gleichfalls einen Augenblick mit einem gewissen Misstrauen fragend ansahen.

„’s wird jedenfalls nich für lang sein“, begann Standje vorsichtig. „Soll zum Beispiel heut ich mit ihr ausgehn und morgen einer von euch?“

„Hm, hm, das könnten wir vielleicht mal probieren“, meinte Belzemien ohne sonderliche Überzeugung. „Was meinst du dazu, Coben?“

„Hm, hm, hm, hm, hm, mich dünkt, dass es so recht is“, begann der Stotterer plötzlich entsetzlich aufgeregt zu plappern.

„Jawoll, wisst ihr was“, sagte Standje, der sogleich rasch bei der Hand war, „gebt mir heut nach’m Mittagessen nochmal Bello, wir wollen ’n bisschen ausfahren.“

„Ja, ja, ja, ja, aber verdammich! Ich wollt' selber schon ...“, begann Coben wieder zu stammeln. Aber Standje stellte sich, als ob er nichts hörte, und rief von weitem in aufgeregter Freude nach Leontientje, die eben mit ihrem Brieflein aus dem Hause kam.

„Leontientje, mach dich gleich fertig, hörste! Wir werden nach dem Essen nochmal ausfahren!“

„Wirklich, Onkel Constant!“, jubelte das Mädchen, indem es ihm freudig errötend entgegeneilte.

Aber zuerst gab es für sie noch etwas anderes zu sehn.

Da kam Bruuntje über den Hof, in gebückter Haltung neben Baron hergehend, den er kräftig am Halsband festhielt. Der alte Hund sollte in die Buttermaschine gespannt werden, und die Onkel nahmen Leontientje mit, um ihr zu zeigen, wie das vor sich ging.

Das große runde Rad der Buttermaschine mit Bretterboden stand an der Außenwand des Hinterhauses, durch ein niedriges Holzgitter vom Baumgarten getrennt. Das Gitter wurde geöffnet und, nachdem Baron durch Bruuntje in das Rad geschoben war, wieder geschlossen, und unter den mechanischen Beinbewegungen des Hundes auf dem runden Bretterboden begann sich das Rad langsam zu drehen, während drinnen im Hinterhaus der Butterstößel glucksend in Bewegung kam.

„Oh! comme c'est curieux!“, rief Leontientje, durch das Eigenartig-Komische der Erfindung überrascht.

„N'is pas?“, lächelten Belzemien und Standje, ganz glücklich über die gelungene Überraschung.

Allmählich drehte sich das Rad schneller und zwang den Hund, der schon zu keuchen begann, ebenfalls zu schnellerem Treten, während der Stößel im Hinterhaus lauter gluckste. Aber plötzlich winselte der Hund und hüpfte wie unter einem Peitschenschlag in die Höhe.

„Oh, warum heult er?“, fragte Leontientje mitleidig.

Die Brüder mussten lachen, und Standje erklärte ihr:

„Das tut er, weil er die Hechel im Steiß spürt! Siehste dort das Brett mit den eisernen Spitzen hinter seinem Schwanz? Wenn er faul wird, bleibt er zurück, und die Spitzen stechen ihn ins Fell."

„Oh, comme c'est cruel!", klagte Leontientje beinahe vorwurfsvoll.

„Mé non, mé non, er braucht nur 'n bisschen aufzumerken", sagte Belzemien. „Wenn er erst mal gut im Trampeln is, berühren ihn die Spitzen nich mehr."

„Aber warum ist denn das notwendig?", fragte Leontientje.

„Weil er sonst nich weiter arbeiten tät. Er tät immer langsamer treten, und zuletzt tät die Buttermaschine still stehn."

„Ach, und wie lang muss er so trampeln?", fragte Leontientje noch immer teilnahmsvoll.

„Je nachdem die Butter früher oder später fertig is: fünfviertel Stunden, manchmal anderthalb Stunden."

„Ach! … und ohne einmal auszuruhen?"

„Natürlich; wenn er mal nachlässt, kriegt er wieder die Hechel ins Fell."

„Ach …!"

„Ja, aber 's is nich so schlimm, als Sie wohl meinen, Fräulein", lächelte jetzt auch Bruuntje, der noch ein Weilchen bei dem Rade stehen geblieben war. „Wenn er mal einen Nachmittag in der Scheuer dreschen müsst', tät er ganz anders pfeifen."

„Pauvre bête", jammerte Leontientje trotzdem, den Blick unablässig auf den immerfort trampelnden Hund gerichtet.

Aber es schien wirklich etwas weniger unheimlich zu sein, als sie anfänglich dachte. Ganz gleichmäßig drehte sich jetzt das große Rad unter seinen trippelnden Beinen, und

die Spitzen der Hechel berührten sein Hinterteil nicht mehr.
Baron hatte offenbar seinen gewöhnlichen „guten Trampel"
gefunden. Nur sein roter Rachen voll scharfer weißer Zähne
stand ängstlich keuchend, mit flatternder, trockener Zunge,
offen, seine hervorquellenden, blutunterlaufenen Augen in
dem halb nach den Zuschauern gewendeten Kopfe starrten
diese mit einem grimmigen Funkeln an.

„Ach, ich finde es dennoch zu grausam", seufzte Leontientje, sich von dem Anblick abwendend.

„Wirklich?", sagten die Brüder verwundert, und ein
wenig enttäuscht gingen sie weiter, um mit ihr unter den
zartblühenden Apfelbäumen zu lustwandeln.

***

Es kamen ungewohnte, wunderliche Tage auf dem altväterischen, sonst so friedlichen, stattlichen Hofe. Das
gewohnte tägliche Leben war abgerissen, es gab keine Regel
und keine Ruhe mehr, alles stand und lag und lief durcheinander. Belzemien schlenderte, wie ein netter Landstutzer
gekleidet, schon am frühen Morgen über das Erbe, Coben
hatte seinen blauen Kittel abgelegt, trug Schuhe statt der
Holzpantinen und ließ halbe Tage lang Bruuntje mit den
Pferden die Arbeit auf dem Acker verrichten, die er sonst
eifersüchtig für sich beanspruchte. Es gab weder Zucht
noch Aufsicht mehr: Bruuntje wurde nicht nachgegangen;
Pierken trieb sich manchmal stundenlang müßig und gaf-
fend herum ; die dicke schlumpige Magd nahm beinahe
eine aufrührerische Art an, wenn sie ihre Zuber und Eimer
gewaltig durcheinanderwarf; und Standje, allen Pflichtbe-
wusstseins ledig, lebte und webte nur für Leontientje und
befand sich ständig in einem rauschähnlichen Zustande
der Aufregung.
Solange das Mädchen morgens ihr Zimmer noch
nicht verlassen hatte, war keiner von den dreien aus dem

167

Baumgarten fortzubringen; sie schlenderten herum oder standen beisammen, ungeheuer wichtigtuend, als ob sie Gott weiß was für ernste Dinge zu besprechen hätten; aber beständig schielten ihre Augen rückwärts nach den geschlossenen Fenstern der „guten Stube", und es war wie eine Erleichterung, wenn die grauen Rollvorhänge endlich aufgezogen und die Fenster weit aufgestoßen wurden. Sie steckte ihr frisches, rosiges, fröhliches Köpfchen heraus und rief: „Bonjour, mon oncle Belzemien! Bonjour, mon oncle Cobenl Bonjour, mon oncle Constant!", und wenn Cordula nicht gar zu nahe war, rannten sie eiligst hin, und jeder bekam durch das Fenster einen frischen Morgenkuss, der ihnen prickelnd durch den ganzen Körper ging. Plötzlich hüpfte sie leicht wie ein Vöglein heraus, schnaubte wie trunken die herrliche, erquickende Frühlingsluft ein, tollte wie ein Kind unter den blühenden Bäumen und am blütenumsäumten Bächlein herum, bis sie endlich rot und keuchend bei Cordula in der Küche erschien, um zu frühstücken.

Aber Cordula sah hell und behielt ihren kühlen Kopf dabei; und nach der verblüffenden Überrumpelung des ersten Tages war sie allmählich wieder griesgrämig und mürrisch geworden, voll Bedauern über ihre nachgiebige Schwäche, entrüstet über die Torheiten ihrer drei Brüder, innerlich rasend, aber ohne den Mut, es öffentlich zu zeigen, über diese völlige Umwälzung, die durch die bloße Ankunft des jungen Nichtleins in dem sonst so stillen und gleichmäßigen Lebensgang der Familie hervorgerufen worden war.

Aus der Absicht, der Reihe nach mit Leontientje auszugehen, war nichts geworden. Belzemien und Coben schienen instinktiv zu fühlen, dass sie eigentlich weniger geeignet dazu waren, und so war es nur Standje, mit dem das junge Mädchen täglich einen Vergnügungsausflug unternahm.

„Wird's denn jetzt nich bald aufhören mit der Narretei!", brach dann Cordula jedes Mal nach ihrem Abzug wütend gegen die zwei daheimgebliebenen Brüder los. „Was werden die Leut' davon denken? Jch schäme mich schon so, dass ich mir beinahe meine Nase nich mehr aus der Tür zu stecken trau! Mach doch 'n End, Belzemien! Was müssen unsere Arbeitsleut' davon denken! Siehste denn nich, dass nich die halbe Arbeit mehr getan wird? Zeig doch verdammich einmal, dass du hier der Älteste und der Klügste bist! Zeig, dass du hier der Herr bist und deinen Verstand noch hast!"

Aber Belzemien zeigte nichts und zauderte und zögerte weiter. Wie sollte er denn auch zu Werke gehen? Was sollte er tun? Was sollte er sagen? Leontientje war ganz versessen auf diese kleinen Ausflüge. Sie fand alles so herrlich hier, und es kam doch nichts Unrechtes vor. Es würde von selber ein Ende nehmen, sobald es mit der Tante … ja … Tante … die war ja die eigentliche Ursache von allem! – Und überhaupt, Belzemien wachte, oh, was das anbelangte, da konnte Cordula ruhig sein: Er behielt Standje im Auge, er war ihm schon wiederholt verstohlen in einiger Entfernung gefolgt, während er mit Leontientje im Felde spazieren ging; aber siehste, das Mädel ging nun einmal so gern spazieren, und da musste doch jemand mit ihr gehen, und er, Belzemien, tat das doch lieber nicht, wie jedermann sehen konnte, in Rücksicht auf seine Stellung als Haupt der Familie und als Mitglied des Gemeinderats. Cordula musste sich jetzt nur noch ein ganz, ganz klein wenig gedulden, und alles würde wieder in Ordnung kommen.

Cordula, die ihre Geduld bis zum Äußersten angestrengt hatte, beschloss, wenn es möglich sei, ein Ende zu machen. Eines Mittags zog sie ihren schwarzen Kapuzenmantel an und ging, ohne eines von den anderen mitnehmen zu wollen, entschlossen nach dem Dorfe, um selber noch einmal zu hören und, wenn möglich, zu sehen, wie es nun eigentlich mit der Tante stünde.

Leontientje blieb an diesem Nachmittag auch am liebsten zu Hause. Das Wetter war schön und warm, beinahe zu warm für die Jahreszeit; und nach Cordulas Weggehen hatte sie sich im Grase, im Schatten eines entzückend blühenden Apfelbaums, dicht am Ufer des Sonnenpfuhls, ausgestreckt. Standje saß neben ihr auf dem üppig grünen Rasen und erzählte ihr lustige Geschichten. Belzemien strich lächelnd mit leise zwinkernden Äuglein um sie herum, und Coben war damit beschäftigt, sich aus einem langen, dünnen Weidenast eine neue Peitsche zu schneiden.

„Oh! comme il fait lourd et chaud, aujourd'hui", seufzte Leontientje.

„Wui, wui, très chaud, nous aurons peut-être de l'orage", bestätigten Belzemien und Standje.

Die funkelnden Sonnenstrahlen bohrten sich durch die blühenden Wipfel in den Sonnenpfuhl und riefen auf den freien Stellen des sanft dahinfließenden Wassers, zwischen den glänzenden, dicht verwachsenen Sternblümlein mit den Orangeherzen, ein lebhaftes Gewimmel hervor. Kleine, rundliche, kohlschwarze Tierchen schossen blitzschnell in allerlei launigen Wendungen auf der glitzernden Wasserfläche hin und her, und es war, als ob jedes bei seinen tollen Sätzen auf seinem funkelnden runden Rücken einen kleinen Sonnenstrahl mit sich führte, der sich wie ein durchsichtiger Goldfadem endlos weiterspann und mit zahllosen anderen zu einem zitternden Feuernetz über dem klaren Wasser verwehre.

Es lockte verführerisch, und plötzlich richtete Leontientje sich halb auf und rief:

„Oh, wie gern möcht ich doch mal hineingehn! Onkel Constant, willst du mich das Schwimmen lehren?"

„Was sagste da?", rief Standje verblüfft.

„Oh, ins Wasser gehn, bei dieser Hitze! Kannst du schwimmen, Onkel Constant, und willst du es mich lehren?"

Standje konnte wohl ein wenig schwimmen und hatte auch in seiner Jugend oft mit den Buben aus der Nachbarschaft im Sonnenpfuhl herumgeplantscht, aber das war schon so lange her, und seit fünfundzwanzig Jahren hatte er nicht mehr ans Baden gedacht. Er hatte denn auch schon die Worte auf den Lippen, um Leontientjes Vorschlag als zu töricht abzuweisen, aber plötzlich entstand in ihm neben dem Gefühl der Sicherheit infolge Cordulas zeitweiser Abwesenheit die verführerische Erkenntnis einer großen, aufregenden Lustbarkeit, und er antwortete mit strahlenden Augen:

„Ja, aber is es dir Ernst? Haste wirklich Lust, ins Wasser zu gehen?"

„O ja, ja, ja!", jauchzte Leontientje, indem sie plötzlich aufsprang und vor Freude hüpfte und tanzte.

„Ja, aber haste auch Kleider dazu?"

„Ja, ja, überlass das nur mir, ich werde das schon arrangieren!"

Belzemien und Coben, die das Gespräch angehört hatten, eilten hastig herbei.

„Ja, aber, verdammich, verdammich", meinte Belzemien schüchtern, als fände er es doch ein bisschen zu krass. Coben stand verdattert da und stotterte, mit dem, teilweise abgeschälten, halb grünen, halb weißen Weidenast wie eine Festkerze in der zitternden Hand.

„Oh, bitte, Onkel Belzemien, bitte, Onkel Coben!", schmeichelte Leontientje.

Und die beiden älteren Brüder, durch eine ähnliches Erwartung wie Standje verlockt und bezaubert, stimmten zuletzt auch lachend und kopfschüttelnd bei.

Leontientje eilte auf ihr Zimmer und Standje auf den Dachboden, um sich entsprechend zu kleiden.

Nach einigen Minuten kamen sie zu den in nervöser Bewegung wartenden Brüdern als zwei unbekannte vermummte Wesen zurück. Leontientje in einem um die Taille mit einer Schnur zusammengebundenen weißen Nachthemd, Standje in einer alten schmutzigen Hofe und einer kurzen blauen Schürze von Coben. Sie kamen lachend und ein wenig schamhaft wegen ihres wunderlichen Kostüms barfuß über das weiche Gras auf den Sonnenpfuhl zu. Standje sah aus wie ein verschrumpeltes Karikaturmännchen mit seiner mageren hölzernen Figur, seiner schmalen Hennenbrust und seinem dünnen braunen Bart; aber Leontientje war zum Tollwerden in ihrer entzückenden frischen Schönheit. Ihre kleinen bloßen Füßchen hüpften wie zwei wunderliche, rosige, nackte, nie gesehene Tierchen durch das grüne Gras, wo sie wimmelnde Licht- und Schattenfleckchen, goldene Butterblumen, weiße Maßliebchen und rosige Apfelblütenblättchen durcheinander zu wirbeln schienen; ihre Augen glänzten, und ihre blonden Haare umgaben wie ein funkelnder Lichtkranz ihr rosiges Gesicht; und die vollkommenen Formen ihres schlanken und elastischen Körpers ließen sich bezaubernd erraten und verrieten sich unter den langen, steifen Falten des um ihre Taille festgebundenen weißen Nachthemdes.

„Ei, ei, ei! Ei, ei, ei!“, rief Belzemien, der keine anderen Worte zu finden schien, um seine stürmischen Gefühle zu äußern. Coben stand stumm und wie an den Boden genagelt da, den halbgeschälten Weidenast noch immer in der nervös zitternden Hand.

„Komm“, sagte Standje. Und mit einem plötzlich erwachenden Mut ließ er sich vom Ufer gleiten; – „Brr!“ schauerte er, obwohl das Wasser beinahe lauwarm war. Seine Zähne klapperten ein wenig, und zwei bläuliche Flecken erschienen über seinen mageren Backenknochen. Er plantschte mit den Händen, und all die flinken, glänzen-

den, schwarzen Tierchen fuhren wie der Blitz nach allen
Seiten auseinander und verschwanden unter der weißen
Blütendecke.

„Ist es kalt, Onkel?", fragte Leontientje, die mit ver-
schränkten Armen am Ufer saß.

„Oh, nee, nee, nee, nee", schluckte Standje zähneklappernd. „Komm, gib mir deine Hand, ich will dir helfen."

„Oh, ich traue mich beinahe nicht", schauerte nun auch
Leontientje. Aber mit einem Male fühlte sie das Wasser an
einem ihrer bloßen, rosigen Füßchen, steckte es ein wenig
tiefer hinein, setzte sich auf den Grasrand, wagte nun auch
das zweite Füßchen, streckte beide Hände nach Standje
aus – und plötzlich stand sie mit einem gewaltigen Plumps
im Sonnenpfuhl!

„Oh, Onkel, Onkel! Brr! Brr!", rief sie.

Aber es dauerte nur eine kurze Weile. Die erste starke
Abkühlung war gleich vorüber, und kichernd, mit hochgeröteten Wangen, sich an Standjes Händen festklammernd,
ließ sie sich zur Mitte des Baches ziehen.

Dort hatte sie einen Augenblick großen Schreckens zu
überstehen. Ihr weißer Nachtrock bauschte sich wie eine
Glocke über dem Wasser, und sie stand mit bloßen Beinen
in dem klaren Bach.

„Oh! mon Dieu! mon Dieu!", kreischte sie, indem sie
mit beiden Händen das widerspenstige Zeug niederzudrü-
cken versuchte. Aber das ging nicht so schnell, und sie fand
kein anderes Mittel, als sich plötzlich niederzukauern und
bis an den Hals unterzutauchen. In ihrer Angst ging ihr der
Atem einen Augenblick aus, sie schnaufte und pustete, und
als sie sich wieder aufrichtete, klebte ihr das durchnässte
Gewand straff am Leibe, die zierlichen Rundungen der
weichen Schultern und der üppigen Hüften den Blicken
darbietend und so deutlich wie in einer Gipsform die kräftige jungfräuliche Brust umschmiegend.

„Oooh!“, stöhnten Belzemien und Coben, die sich mit gierigen Blicken bis zum Uferrand herangepirscht hatten, während Standje wie betäubt im Wasser stand und vor Bewegung zitterte.

„Schnell, Onkel, lehre mich jetzt das Schwimmen“, bat Leontientje.

„Gut, leg dich vornüber“, keuchte Standje. „So, mit deinem Kinn in meiner Hand. Du brauchst keine Angst zu haben, ich werd dich schon festhalten.“ Und er schlang seinen rechten Arm um ihre Mitte. „Jetzt fang nur an, mit Armen und Beinen zugleich. Aber nich zu heftig, nich zu heftig! Sachte, ganz nach deiner Bequemlichkeit. Du brauchst’s nur zu machen wie ’n Frosch.“

Leontientje pluderte und plantschte, das Wasser spritzte und schäumte auf, sie bekam einen Guss in den Mund, sie schluckte, spuckte, richtete sich abermals auf, umgossen von dem indiskret anklebenden Nachthemd. Standje, ganz verrückt vor Entzücken, konnte seine Blicke nicht abwenden, Coben und Belzemien klammerten sich keuchend an den Ästen einer Weide an, um nicht ins Wasser zu stürzen, und bemerkten sogar die Anwesenheit Bruuntjes, Leenies und Pierkens nicht, die ebenfalls herbeigekommen waren und zuguckten. Bruuntjes feines Gesicht mit den dunklen Augen und dem dichten Schnurrbart zeigte ein unbeschreiblich verklärtes Lächeln, als wäre er von dem Anblick hypnotisiert, Leenie starrte mit einem Ausdruck des Abscheus und zorniger Verachtung auf das Bild, und Pierken stand regungslos, wie im Boden festgewachsen, seine blonden, beinahe weißen Borstenhaare waren gesträubt, seine kleinen Lippen geöffnet, das eine Auge war rund und weit auf Leontientje gerichtet, das andere hatte sich wie eine kleine, weißbraune Schnecke halb in der Höhlung des Nasenknochens verkrochen. Plötzlich kehrte Belzemien sich um, sah die drei da stehen, hielt vorsichtig Umschau in der Runde, um zu sehen, ob noch weitere Zuschauer kämen, und plötzlich zum Bewusstsein der Gefahr zurückkehrend, rief er dringend und beinahe gebieterisch:

„Es is nu' genug, Stand! Es is nu' genug, Leontientje! Kommt nu' wieder raus, Kerdule kann jeden Augenblick wieder zurück sein!"

Leontientje gehorchte. Lachend vor Freude tanzte und drehte sie sich noch ein letztes Mal mit Standje in dem allmählich gelb und trübe gewordenen Sonnenpfuhl und watete dann wieder ans Ufer. Standje eilte hinzu, um ihr herauszuhelfen, aber die beiden älteren Brüder kamen ihm diesmal zuvor. Indem sich beide krampfhaft an den Weidenzweigen festhielten, reichten sie Leontientje die andere zitternde Hand und zogen sie aus dem Wasser, wobei sie für einen Augenblick Dinge sahen, die sie vor Betäubung die Augen verdrehen ließen. Aber sobald sie wieder festen Boden unter den Füßen hatte, entwischte Leontientje ihnen lachend; und ihre bloßen, rosigen Füßchen, die jetzt glitzernde Perlen durch das blühende Gras zu streuen schienen, flüchteten dem Wohnhause zu.

Standje, ermattet und vor Aufregung keuchend, folgte ihr in seinen triefenden und am Körper klebenden Kleidern wie ein großer, magerer, schmutzbedeckter Hund mit gesträubtem Fell.

Belzemien und Coben hatten sich von ihrer Bewegung einigermaßen wieder erholt; Bruuntje, Leenie und Pierken waren unten dem Einfluss verschiedener und wechselnder Gefühle wieder an ihre Arbeit gegangen; und Leontientje und Standje erschienen wieder wie gewöhnliche Leute in ihrer alltäglichen Kleidung im Baumgarten, als plötzlich durch die warme, stille Luft ein fernes, langsames Glockengebimmel hallte und die Ruhe der üppigen Frühlingslandschaft unterbrach.

Aufmerksam lauschend blickten die Brüder auf. War das nicht die Totenglocke? Sie standen einen Augenblick regungslos im Grase unter den blühenden Wipfeln, und mit einem Male wussten sie es: Ja, es war die Totenglocke, und zwar die Totenglocke für eine vermögende Verstorbene, für „eine mit 'ner Seele", wie die Leute sagten. – Oh, sollte vielleicht plötzlich die Tante …

Sie hatten keine Zeit, ihre Betrachtungen darüber auszusprechen. Plötzlich kam Cordula schnaufend und mit flatternden Mantelzipfeln um die Hausecke gerannt und rief schon von weitem mit hohler Stimme und starren, düsteren Augen:

„Die Tante is tot! … Sputet euch; kleidet euch an und kommt mit mir zum Notar, um der Vorlesung des Testaments anzuwohnen!" Es war eine heftige, unerwartete Erschütterung. Wann war sie gestorben? Wie war sie gestorben? Die erschreckten Fragen kreuzten sich, alles übrige war mit einem Male vergessen, die Dienstboten ließen ihre Arbeit liegen, um zuzuhören; die Brüder, Leontientje, Cordula gingen aufgeregt, wie verirrt, herum; und der Fall wurde ihnen in seinen Einzelheiten nicht klarer; klar erfassten sie nur das wichtige Ereignis, die Tatsache an sich, dass die Tante plötzlich gestorben war und dass sie als Erben sofort beim Notar erscheinen sollten, um der Tante letzte Verfügungen zu hören.

„Marsch, sputet euch, sputet euch, wir müssen direkt hin!", wiederholte Cordula beständig nervös und aufgeregt.

Sie stoben auseinander, Leontientje nach der „guten Stube" die Brüder nach dem Dachboden.

„Was is das hier? Wer is hier mit nassen Füßen über den Fußboden gelaufen?", rief Cordula brummig, als sie in die Küche kam. – „Schaut nur mal, hier nach der guten Stube zu, und hier nach dem Dachboden!"

Aber niemand gab ihr Antwort. Sie dachten schon nicht mehr an das eben Geschehene; und selbst Cordula drängte nicht weiter, da sie von dem anderen ganz in Anspruch genommen war. Sie stand ein Weilchen unbeweglich zögernd in der Küche, wie in tiefem Nachdenken, und dann eilte sie plötzlich leise nach oben zu den sich hastig umkleidenden Brüdern.

„Ich bin so aufgeregt und ängstlich", schnaufte sie mit einer furchtsamen Gebärde nach dem Zimmer unter ihr weisend, wo sich Leontientje befand, „ich bin so ängstlich, dass das ,Ding' im Testament bevorzugt sein könnt."

„Oh, das denk ich nich, das denk ich nich, die Tante war schon zu krank, als Leontine gekommen is; und übrigens: sie hat sie ja gar nich gesehn", suchten die drei Brüder sie zu beruhigen. Aber sie selber fühlten sich bereits nicht ruhiger als Cordula; es tobte ein scharfer Kampf in ihnen zwischen ihrem Entzücken über das reizende Bäslein und ihrer Furcht vor finanziellem Schaden; und ebenso ängstlich wie Cordula selbst waren sie auf den Inhalt des Testamentes gespannt.

„Wahrhaftig, ich könnt's nich aushalten, es wär mein Tod!", bebte Cordula mit weit aufgerissenen Augen. – Aber plötzlich sah sie Standjes nasse Kleider auf einem Häufchen in der Ecke liegen, und zum zweiten Male fragte sie spitzig und dringend:

„Aber was, zum Kuckuck, habt ihr denn hier angestellt, solang ich weg war? Wie kommt diese Nässe und dieser Schmutz ins Haus?"

„Ach Gott, ich bin 'n bisschen geschwommen. Is denn das so schrecklich?", antwortete Standje, der ein wenig zänkisch wurde.

„Geschwommen?", rief Cordula mit offenem Mund und verstörtem Blick. „Geschwommen! ... mit ihr ... im Bach?"

„Nu' ja, nu' ja, im Sonnenpfuhl! Was is denn da dabei! Was is denn da dran so schlimm", erwiderte Standje bissig.

„Oh, die Schlumpe!", kreischte Cordula ganz heiser vor Entrüstung. „Oh, die Schlumpe! Und was für dreckige Schweinigel seid ihr, weil ihr daran Gefallen habt! Und hat es das Arbeitsvolk auch gesehen? Es is 'ne Schande! 'ne Schande! Ich muss mich nur wundern, wie ihr euch da noch auf eurem Hof sehen lassen mögt!"

Sie bebte vor Wut, und ihre großen, hässlichen, dunklen Augen in dem gelblich blassen, knochigen, verstörten Gesicht schossen Blitze. „Oh, ihr abscheulichen Dreckfinken!", wiederholte sie, indem sie vor Wut beinahe erstickte. Und mit einem Ausruf des Ekels rannte sie die Treppe wieder hinab.

Schwer und melancholisch hallte ununterbrochen von dem fernen Kirchturm das träge, dumpf abgemessene Gebimmel der Totenglocke weit über die leise wogenden grünen und gelben, im warmen Sonnenschein sich badenden Frühlingsauen …

***

Zum Glück hatte die Tante niemand benachteiligt …

In dem dumpfen, dämmerigen Kontor des Dorfnotars hörten die Brüder und Cordula in ängstlicher Beklommenheit und Aufregung die Vorlesung des Testamentes an, das jedem Verwandten sein Recht widerfahren ließ und nur für das Begräbnis, für eine Anzahl Messen und jährliche Gedächtnisfeiern, sowie für eine Schenkung zugunsten der Magd und des Klosters der Nonne, die die Tante gepflegt hatte, eine bestimmte, von den Erben als zu hoch befundene Summe absonderte. Alles übrige durfte in fünf Teile geteilt werden, und nach Abzug der Kosten würde für jeden Erben noch eine Summe von zwölf- bis dreizehntausend Franken übrig bleiben.

Cordula fühlte sich befriedigt, versöhnt, besänftigt, umso mehr noch, als nun der Besuch Leontines von selber ein Ende nehmen würde. Man hatte schon an ihren Vater telegraphiert, damit er dem Begräbnis beiwohne und Leontines Erbteil in Empfang nehme. Auch Belzemien und Coben schienen plötzlich beruhigt, durch die eine Aufregung von der andern befreit; und nur Standje befand sich noch immer in einem hitzigen, erregten Zustand. Es schien, als ob in seinem Gemüt plötzlich eine völlige Umwälzung vor sich gegangen wäre. Er lachte und scherzte nicht mehr; er ging ernst und bekümmert mit gerunzelten Brauen und gesenktem Kopf umher, wie in tiefes, schweres Nachdenken versunken. Endlich schien er mutig einen festen Entschluss zu fassen; und abends, vor dem Begräbnis und vor der Ankunft von Leontientjes Vater, lud er das Mädchen zu einem Spaziergang beim Mondschein im stillen Baumgarten ein und fragte sie dort plötzlich mit ängstlich verdrehten Augen und vor Aufregung erstickter Stimme:

„Leontientje ... Leontientje ... ich finde dich sehr schön ... ich bin ganz vernarrt in dich ... willste mich heiraten?“

Leontientje meinte, dass er wie immer scherzen wolle, und brach in ein schmetterndes Gelächter aus.

„Oh, Onkel, Onkel, Onkel!“, kicherte sie. – Aber beim blauen Mondlicht sah sie den wilden Glanz in seinen Augen und hörte sie sein mühsames schluckendes Atmen; und plötzlich ward sie ernst und beinahe furchtsam.

„Aber Onkel, Onkel!“, wiederholte sie leiser.

„Ich bin ganz vernarrt in dich und würd' mein Leben für dich lassen! Wenn du willst, wird hier alles einmal dein!“, wiederholte er. „Sag, Leontientje, willste? Willste?“ – Und leidenschaftlich erfasste er ihre Hand.

Sie entwand sie ihm langsam und trat ein paar Schritte zurück:

„Aber, Onkel, was denkst du denn! Ich bin nur ein Kind und du …“

„Ja, ja, ich weiß es wohl, ich bin alt!“, fiel er ihr heftig in die Rede. „Aber ’s is gleich, ich hab dich gern, seit jenem Mittag im Sonnenpfuhl bin ich ganz versessen in dich! Oh, Leontientje, bitte, bitte, mach mich glücklich! Mein Leben hier is so traurig! Ich hab noch keine Stunde in meinem Leben eine richtige Freude gehabt!“

Er schluchzte wie ein kleines Kind. All das jahrelang hinuntergewürgte Weh seines farblosen Junggesellenlebens stürmte wie eine wilde Flut in ihm auf, er vergaß den Abstand und die Jahre, seine unverbrauchten Jugendkräfte heischten Befriedigung, er klagte und stöhnte und seufzte und flehte in dem unzähmbaren, tragisch-ohnmächtigen, qualvollen Drang, endlich zu genießen und glücklich zu sein. Er fasste wiederum ihre Hand und presste sie ungestüm in der seinen, indem er das Mädchen zu sich heranzog; und plötzlich schlang er seinen Arm um ihre Mitte, drückte sie wild an sich und suchte ihr auf den frischen Mund einen gierigen, zitternden Kuss zu drücken.

„Das darfst du nicht, Onkel! Das darfst du nicht! Das darfst du nicht! Wenn du mich nicht los lässt, werde ich schreien!“, stieß sie erschauernd hervor, indem sie den Kopf abwendete und sich kräftig seiner Umarmung entwand.

Plötzlich beruhigte er sich und kehrte zur kühlen nüchternen Wirklichkeit zurück. Wie gelähmt sanken seine Arme am Körper herab, und ein Schauer durchschüttelte seinen ganzen Körper.

„Verzeih, Leontientje“, seufzte er mit gebrochener Stimme. „Verzeih, du hast recht, ich bin nicht gescheit gewesen. Willste verzeihn und vergessen? Ich werd fortan vernünftig sein und dich nich mehr belästigen. Ich versprech es dir.“ Und mit stillen, traurigen Blicken sah er sie im Mondschein wieder an.

Sie lächelte und reichte ihm ohne Groll die Hand zur Versöhnung.

Stumm kehrten sie, er noch bewegt und zitternd, ins Haus zurück.

***

Es war vorüber. Die Tante lag tief in der Erde gebettet, das Geld war verteilt, und das Tieprie, das reichlich eine Woche zuvor Leontientje von der kleinen Station abgeholt, stand, mit Bruuntje neben dem Pferde, vor dem Hause, um sie und ihren Vater wieder fortzubringen.

Das Köfferchen wurde aufgeladen, Leontientjes Vater – ein für sein Alter noch auffallend jung und rüstig aussehender Mann von frischer Gesichtsfarbe und mit blonden Haaren – nahm von den Onkeln und von Cordula Abschied.

„Allons, merci encore, et au revoir, au revoir; et permettez-moi tous de venir un beau jour à Paris, n'est-ce past?", sagte er, indem er der Reihe nach Coben, Cordula und Belzemien umarmte.

„Wui, wui, peud-edre", lächelte Belzemien mit fein zwinkernden Äuglein.

„Ma tante, mon oncle Belzemien, mon onlce Coben, merci bien, mille fois merci, et à plus tard, n'est-ce pas, à Paris?", wiederholte auch Leontientje, während sie ebenfalls der Reihe nach Cordula und ihre Onkel zum letzten Mal umarmte.

„Wui, wui, wui", stammelten die Brüder, beinahe unfähig, das frische Mädchen in diesem letzten Augenblick loszulassen.

Endlich kamen sie ins Tieprie, in dem schon Standje mit den Zügeln in der Hand wartete, und unter immer wiederholten Grüßen und Abschiedswinken fuhren sie davon.

Wie tot und still war es in Standjes Herzen, so tot und still, wie jetzt auf der flachen eintönigen Landschaft, die

181

nach den letzten hellen, sonnigen Tagen plötzlich grau und dumpf und trübe geworden war unter dem schwer bewölkten, grauen Himmel! In der Luft schien keine Farbe und keine Freude mehr zu herrschen, und es war sogar empfindlich kühl geworden, als ob der eben vergangene strenge Winter von neuem im Anzuge wäre. Standje, der zwischen Leontientje und ihrem Vater auf dem schmalen Bänkchen zusammengedrückt saß, bibberte ...

Da kamen sie an die kleine Station, und Standje hatte sogleich wieder lebhaft mit Bello zu tun, die vor dem Rollen der Züge und vor dem Tuten der Signalhörner scheute.

„Ho ho, Bello! Ho ho, Bello!", ging es in einem fort bei jedem ungewohnten Geräusch, das das Tier in Unruhe versetzte. Und während der Zug schon schnaubend heranrollte, ging das letzte Abschiednehmen mitten in einem ärgerlichen Wirrwarr vor sich: Standje konnte, die eine Hand am Zügel, mit der anderen kaum Leontientje umfassen, und sein Ab chiedskuss, zu dessen Empfang sie selber, wie in einer plötzlichen Aufwallung gütiger Teilnahme, ihre frischen Lippen ihm entgegenreckte, ging unter einem schnarrenden und komischen „ho ho, Belleken, ho ho!" halb auf ihren Mund, halb auf ihre Wange.

Es war vorüber ... vorüber ... wie ein schöner, verblühter Frühling! Der Zug fuhr brausend mit ihr weg – ho ho, Belleken, ho ho! – und durch die unbezwinglich aufwallenden Tränen, die plötzlich seinen Blick verdüsterten, sah Standje sie ein allerletztes Mal in ihrer entzückenden Jugend und frischen Schönheit lächelnd durch das niedergelassene Kupeefenster mit ihrem Taschentuch ihm zuwinken ... winken ... winken ... bis das flatternde weiße Tüchlein ein kleines, wirbelndes Pünktchen wurde ... das letzte Flattern eines weißen Vögelchens ... ein erlöschendes Sternlein ... das plötzlich an einer Biegung der Eisenbahnlinie für immer seinem entzückten Auge verschwand ...

Die Heimkehr

Plötzlich machte im Dorf das Gerücht die Runde: Free Vervaet kehrt aus Amerika zurück!

Es war an einem kühlen, frischen, windigen Februarmorgen.

Wer die aufregende Neuigkeit gebracht hatte, wusste niemand, sie flog plötzlich durch die lange, breite, buchtige, gewöhnlich so stille Gasse, mitten in das Geräusch und den Trubel aufgerissener Türen, neugierig zusammenlaufender Menschen, mit Holzschuhgeklapper über die holperigen Pflastersteine rennender Buben, die in dem weit offenstehenden Tore des Schulhauses verschwanden. Es wurde darüber disputiert und gestritten; die einen behaupteten heftig nein, die anderen nicht minder leidenschaftlich ja; und ein kleines Häuflein Männer und Weiber ging alsbald im Zuge nach dem Hause der Meisterin Vervaet, um zu hören, wer eigentlich recht habe.

Fast am Ende des Dorfes bewohnte Meisterin Vervaet ein niedriges, einstöckiges, weißgetünchtes Miethaus mit grünen Fensterläden und drei Steinstufen vor der Tür. Als die neugierige Menge dort anklopfte und von Mrie, der dicken, blonden, kurzatmigen Magd, eingelassen wurde, saß die Meisterin Vervaet tiefbewegt, mit einem offenen Briefe in den zitternden Händen, in ihrem breiten Lehnstuhl am Feuer. Neben ihr stand ihr ältester Sohn, Soarelke Meule, kurz und dick, mit breiten Schultern, finster blickenden, schielenden, blutunterlaufenen Augen; und in einem dunklen Eckchen, auf der untersten Stufe des hölzernen Bodentreppchens, kauerte Lizzie, ihre Enkelin, und weinte vor Bewegung.

„Ist's wahr, Meisterin Vervaet", begann, als Wortführer der Schar, Jantje Van De Wiele, der kleine, schwarze Schuhflicker mit buschigem dunklem Schnurrbart und großen, neugierigen, schwarzen Augen, „ist's wahr, Meisterin, dass Euer Free aus Amerika wiederkommt?"

„Ja!", antwortete kurzweg Soarelke Meule an der Mutter Stelle, indem er mit einer schroffen Bewegung auf der Meisterin Vervaet zitternde Hände wies, „eben hat sie die Nachricht bekommen."

„Ei, ei, ei!", ging es durch die bewegte Menge. „Und wann kommt er?"

„Er schifft sich übermorgen ein", klang wiederum Soarelkes kurze, mürrische Stimme. Und er starrte die Gesellschaft an mit seinen grässlichen Schielaugen, die einen herausfordernden Ausdruck hatten.

Meisterin Vervaet, seit Jahren infolge eines Schlaganfalls halb gelähmt, stieß einen tiefen Seufzer aus, und ihre großen Augen in dem traurigen, breiten Gesicht mit den groben, beinahe männlichen Zügen blickten ängstlich und verstört.

„Es greift mich so sehr an! Ich bin ganz alteriert", stöhnte sie.

„Papperlapapp!", brummte Soarelke mit einem schiefen Achselzucken.

Lizzie, die auf der Treppenstufe noch mehr zusammengesunken war, fing wieder heftig an zu schluchzen, und die dicke Magd lief atemlos schnaufend auf das Mädchen zu, ohne zu wissen, wie sie es besänftigen sollte.

„Ja, aber Meisterin Vervaet und Fräulein Lizzie, was denkt ihr, ihr dürft nich weinen! Das is 'ne gute Neuigkeit: ein Sohn, ein Vater, der nach so vielen Jahren wiederkommt! Ihr müsst euch freuen!", meinte Jantje Van De Wiele unter beifälligem Gemurmel der anderen.

„Ach, das Weibsvolk is närrisch!", murrte Soarelke Meule.

Langsam und zögernd begannen die Neugierigen nach der Tür zurückzuweichen. Auf der Schwelle und draußen vor der Tür warteten andere und blickten mit offenen Mäulern und weiten Augen auf das Haus, als ob da etwas Schreckliches geschehen wäre.

„Gute Neuigkeit, gute Neuigkeit", wiederholte Jantje Van De Wiele mit Überzeugung, während auch er langsam zurückwich; und draußen auf der Straße hörten Meisterin Vervaet und Soarelke und Lizzie und Mrie ihn immer wiederholen:

„Die Meisterin ist alteriert und Lizzie greint, aber 's is gute Neuigkeit, 's is gute Neuigkeit! 'n Sohn, 'n Vater, der nach so vielen Jahren zurückkehrt, da is doch kein Grund zu greinen!"

Zweiundzwanzig Jahre war Free fort gewesen! ...

Free Vervaet! Welche Menge von Erinnerungen weckte im Dorf der bloße Name! Für die jungen Leute von zwanzig bis dreißig Jahren war er nur eine Legende, aber für die Leute um sein Alter herum bedeutete er eine Welt von Ereignissen. Zu seiner Zeit war er ein hübscher, kräftiger, junger Mann gewesen, von schlanker Gestalt, mit blitzenden, begeisterten Augen. Eine wilde, unbändige Lebenslust erfüllte ihn, und es gab kein halsbrecherisches Unternehmen, bei dem er nicht hervorragend beteiligt war. Das ganze Dorf war noch voll davon. Noch immer erzählten die Leute einander, wie er manchmal durch die Straßen ritt, aufrecht auf dem Rücken des Pferdes stehend, ohne Sattel, mit den Zügeln zwischen den Zähnen, wie ein Zirkuskünstler; wie er Schlittschuh laufen konnte, immer der erste auf dem Eise, das sich unter seinen Füßen wiegte und krachte; wie er einmal über das Wasser der Leie laufen wollte mit langen Blechbüchsen an den Füßen, wobei er bald umfiel und beinahe ertrank; und wie er auch eine Flugmaschine erfunden hatte, ein überaus närrisches Werkzeug, mit dem er auf einen Baum kletterte und sich fallen ließ, wie ein Riesenstorch im Zickzack durch die Luft schwebend und plötzlich unter einem gewaltigen Krachen von Holz und Metall herabstürzend, als ob er sich Hals und Beine gebrochen hätte. Alle diese Ereignisse standen allen noch lebhaft in Erinnerung, und es konnte im Dorfe kein Wagestück geschehen, ohne dass die Alten geringschätzig sagten:

„Ho, was soll das sein! Da hättet ihr seinerzeit Free Vervaet sehen sollen!"

Doch alles nimmt einmal ein Ende, und Free, der neben seiner Waghalserei ein fleißiger Wirtshausgast und ein großer Mädchenjäger war, verliebte sich schließlich ernsthaft in eine junge hübsche Bäuerin und wollte sie heiraten.

Opposition von Seite der Eltern! Meisterin Vervaet, Witwe des reichen Müllers Meule – Soarelkes Vater – und wiederverheiratet mit Pier Vervaet – Frees Vater – verweigerte, wie auch ihr Mann, ihre Zustimmung zu einer Heirat, die sie als eine Missheirat betrachteten. Aber Free war nicht der Kerl, der sich durch Hindernisse von einer Absicht abbringen ließ. Nach einigen Monaten der Uneinigkeit, die in der Familie vielen Verdruss verursachte, lief er eines schönen Morgens mit dem Mädchen davon, schiffte sich mit ihr nach Amerika ein, heiratete dort und ließ sich drüben nieder, ohne noch jemals etwas von sich hören zu lassen.

Seit diesem Tage hatte Meisterin Vervaet keinen wirklich glücklichen Augenblick mehr gekannt. Ihrem zweiten Mann, bis jetzt ordentlich und tüchtig, stiegen diese Verdrießlichkeiten plötzlich in den Kopf, er fing zu trinken und zu schlampampen an, gab sich mit liederlichen Weibsbildern ab, ruinierte sich halb und machte seiner

Frau das Leben sauer. Sie bekam einen Schlaganfall, die Folge seiner Misshandlungen, saß jahrelang gelähmt in ihrem Sessel, sah ihn endlich selber, durch sein liederliches Leben erschöpft, krank werden und sterben, überließ die Mühle ihrem ältesten Sohne, der sich inzwischen verheiratet hatte, und ließ sich mit ihrer Magd – der dicken blonden Mrie – im Dorfe nieder, um von ihren Renten zu leben.

Von Free hörte sie nichts mehr. Ob er lebendig oder tot war, blieb ihr unbekannt, und den Tod seines Vaters hatte sie ihm nicht melden können. Sein Erbteil wurde von ihr verwahrt, aber sie hatte schon längst alle Hoffnung aufgegeben, jemals noch etwas von ihm zu hören, als sie plötzlich aus Amerika einen Brief erhielt, in dem er sie wissen ließ, dass seine junge Frau an Typhus gestorben sei und er ihr einziges Kind, ihre zwölfjährige Lizzie, nach Europa senden werde.

„Von Flämen, die hier wohnen", so schrieb er, „habe ich vernommen, dass du noch lebst, Mutter, und auch, dass der Vater gestorben ist, und ich zweifle nicht, du wirst das Kind, das doch dein Enkelkind ist, gut aufnehmen. Ich kann mich nicht um sie bekümmern, ich habe hier mein Geschäft verkauft und gehe nach dem Norden, siebenhundert Meilen von hier, um ein anderes Geschäft zu errichten. Das Geld von meinem Erbteil brauche ich nicht, verwahre es für später und brauche davon, was du für Lizzie für nötig hältst. Wann ich selber einmal zurückkommen werde, weiß ich nicht. Es wird von dem neuen Geschäft abhängen, das ich da oben errichten will, aber wahrscheinlich nicht vor einigen Jahren. Grüße an Charles und an alle im Dorf, die noch nicht tot sind und sich meiner noch erinnern.

Dein geneigter Sohn
Frederik Vervaet"

Das war alles. Wo er steckte, was er tat, wohin er ging, davon kein Wort. Meisterin Vervaet ließ kopfschüttelnd und seufzend in ihrem Hause ein Kämmerchen für die Kleine herrichten und wartete. Bald bekam sie aus Antwerpen die telegraphische Nachricht, dass das Schiff in allernächster Zeit ankommen werde und dass das Kind dort abgeholt werden müsse. Soarelke reiste hin, und noch am Abend des gleichen Tages hielt Lizzie ihren Einzug in dem altväterischen ländlichen Rentnerhause.

Es war ein sehr schönes Mädchen, mit langen, goldblonden Locken und Augen so sanftblau wie die azurfarbigen Fittiche der kleinen Schmetterlinge, die im Sommer über den blühenden Flachsfeldern flatterten. Sie hatte ein ebenmäßiges ovales Gesichtchen und feine, lange, schmale, weiße Händchen. Es lag ein schwermütiger, Heimweh verratender Zug über ihrem ganzen zarten Wesen, und ihre Stimme klang wie gedämpfte Trauermusik und bebte wie unter zurückgedrängten Tränen. Wunderlich und exotisch stand sie da vor ihrer alten, unbekannten Großmutter und vor ihrem sonderlichen, unbekannten Onkel mit seiner vierschrötigen Gestalt, seinen schiefen Achseln und seinen grauen, blutunterlaufenen Schielaugen. Sie sprach nur ganz mangelhaft Flämisch und mengte beständig englische Worte dazwischen, die die anderen nicht verstanden. Das Gespräch kam nicht in Gang. Meisterin Vervaet fragte sie, wie es ihrem Vater ginge und wie der Ort heiße, wo er wohne, und der Ort, wohin er sich begeben wollte. Und Lizzie nannte Namen, die für die Frau bedeutungslos waren und kein einziges Bild der Wirklichkeit vor ihrem im Landleben erstarrten Geiste wachzurufen vermochten. Seufzend bedeutete sie Mrie durch einen Wink, dass die das Mädchen speisen und es dann auf ihr Kämmerchen führen sollte. Über die jung gestorbene Mutter des Kindes wurde nicht gesprochen.

Und wieder vergingen Jahre, in denen Free nichts oder
nur sehr wenig von sich hören ließ. Lizzie ging im Dorf
zur Schule, vergaß nach und nach ihre erste amerikani-
sche Erziehung und wurde mit der Zeit ein flämisches
Bürgermädchen vom Lande, wie es ihrer viele gibt. Nur
ihren Typus, ihren feinen, exotischen Typus behielt sie
und auch den träumerischen, den schwermütigen Zug in
ihrem schlanken und zarten Wesen. Doch konnte sie auch
hin und wieder plötzlich gereizt ausfahren. Das hatte sie
von ihrem Vater. Als sie achtzehn Jahre alt war, verliebte
sich der junge Dorfschulmeister in sie und sie sich in ihn.
Meisterin Vervaet hatte nichts dagegen, und es war eben
die Rede davon gewesen, dass sie ihren Vater, der ihr jetzt
auch allmählich ein Fremder geworden war, unterrichten
und seine Einwilligung erbitten wolle, als sie so unerwartet diesen Brief erhielten, in dem er sie wissen ließ, dass er
abermals seine ganze „Business" verkauft habe und nun für
immer nach Flandern zurückkehren werde.

Einige Tage vergingen. Das Dörflein lebte in der Erwartung großer Dinge. Alle, die Free früher gekannt hatten,
erkundigten sich bei Meisterin Vervaet nach Neuigkeiten;
und die jüngeren, die ihn nur aus den aufregenden Erzählungen kannten, befanden sich in einem Rausche der Aufregung und ausgelassenen Freude. Waghalsigkeiten wurden von der Jugend unternommen, Raufpartien wurden
veranstaltet aus reinem Übermut, als wollte man es dem
legendarischen Wildfang, der im Anzuge war, gleichtun.
Die kurze Zeit erschien der aufgepeitschten Ungeduld der
Dorfbewohner endlos lang; es war, als ob nun plötzlich
wieder nichts draus werden sollte, bis es endlich da war:
ein Telegramm aus Antwerpen, dass er den Fuß ans Land
gesetzt und mittags im Dorfe ankommen werde.

Einzelne seiner einstigen Bekannten hatten nicht die
Geduld, ihn da zu erwarten. Es war ja doch unmöglich,

an diesem Tage zu arbeiten, und so beschlossen ihrer ein Dutzend, ihn an der dreiviertel Stunde entfernten kleinen Bahnstation abzuholen.

Nach dem Mittagessen zogen sie fort, Soarelke Meule und Jantje Van De Wiele an ihrer Spitze. Meisterin Vervaet hatte zuerst bei dem Poststallhalter einen geschlossenen Wagen bestellen und an die Station schicken wollen; weil jetzt aber so viele zum fröhlichen Empfang ausziehen wollten, hatte sie davon Abstand genommen und die Sache ihrem Sohn Soarelke und seinem Freund Jantje überlassen, die etwas Besseres ausgesonnen hatten. Sie hatten sich den langen, schmalen Bierwagen des Brauers ausgeliehen, auf dem sie jetzt die Plätze der Biertonnen einnahmen und mit dem sie über das holperige Pflaster rumpelten, während sie die Beine zu beiden Seiten herabbaumeln ließen. In ihrer Mitte zwischen den hohen knarrenden Rädern stand auch eine volle Biertonne, die unterwegs irgendwo abgeliefert werden sollte.

Es war ein überaus komischer Anblick, und die Leute standen lachend auf der Straße und sahen das seltsam beladene Gefährt vorüberziehen. Es stieß und tanzte und schüttelte alles durcheinander, als das Pferd einen kleinen Trab anschlug; man erkannte kaum die Gesichter, die ständig aufgeregt dem sich vor Lachen krümmenden Volk zuzunicken schienen. Die Ohren des Pferdes hatten sie mit Papierblumen geschmückt, und an der Biertonne war ein Stecken mit einer kleinen Nationalflagge befestigt, die lustig im kühlen Februarwind flatterte. Eine ganze Herde von Buben lief johlend und lachend neben dem Wagen her, und auf dem einsamen Felde sahen die wenigen Bauern, die dort arbeiteten, auf ihre Dunggabeln gestützt, verwundert das tolle Gefährt vorbeirasen.

Als sie die kleine Station bald erreicht hatten, stieß der Bierfuhrmann einen Fluch aus. Verdammich! Bei dem ganzen Trubel hatte er vergessen, unterwegs seine Tonne Bier abzuliefern.

„Das macht nichts!“, rief Soarelke Meule. „Wir trinken sie selber aus!“

„I, aber verflucht nochmal!“, protestierte der Fuhrmann, dem vor einem Rüffel seines Herrn bange war.

„Auf meine Verantwortung!“, schrie Soarelke. „Ich werd sie deinem Baas bezahlen!“

Und sofort ließen sie sich in einem benachbarten Häuschen einen Hammer, einen Bierhahn und ein Glas geben, steckten das Fass an und fingen an zu trinken, indem sie brüllten:

„Wo kann es uns auch besser gehn,
Als bei guten Freunden!“

So kamen sie an den Bahnhof. Ohne Unterlass ging das schäumende Glas von Hand zu Hand, und die unteren Bahnhofsbeamten und wer sonst noch in der Nähe war, wurden herangerufen und bewirtet. Von allen Seiten kamen Burschen über das Feld dahergerannt. Sie drängten sich lachend, schreiend und trampelnd um die große Tonne, die unaufhörlich, wie ein hochgespannter Riesenbauch, sich ihrer braunen, schäumenden Flüssigkeit entlud. Der Stationschef, der ein Unglück befürchtete, ließ die Schlagbäume des Geleises schließen, noch ehe der Zug signalisiert war.

Da kam er! Ein kleines schwarzes Dinglein, das kleine, weiße Dampfwellen über das Feld hinwegpuffte. Es wuchs, es wurde ein großes, schwarzes, rauschendes Ungetüm, das unter seinen schnurrenden Rädern Feuer spuckte; es schleifte zischend und rollend wie der Donner, unter einem Geruch von verbranntem Eisen, heran, und noch ehe es hielt, noch ehe sie jemanden sahen, ließen sie den wilden Jubelruf erschallen:

„Hoch Free! Hoch Free! Hoch Free!"

Da erschien in einem der niedergelassenen Wagenfenster ein langer, grauer Bart unter einem breitrandigen Schlapphut und wurde ein langer dünner Arm geschwungen! Die Männer zauderten und zweifelten einen Augenblick; aber Soarelke erkannte ihn sofort, eilte auf ihn zu, riss die Wagentür auf, und die beiden Brüder, die sich zweiundzwanzig Jahre nicht gesehen hatten, lagen sich in den Armen.

„Old chap! Old chapl How do you do?", jubelte Free, indem er Soarelke, dessen hervorquellende Schielaugen ein wenig tränten, auf die Schulter klopfte. Und sogleich standen sie mitten in der Schar der Freunde, die den Amerikaner zuerst stumm und mit vor Bewegung und Verwunderung gaffenden Mäulern anglotzten.

Er war grau geworden, aber sonst sah er noch sehr hübsch und rüstig aus! Seine scharfen Augen blitzten gerade noch wie früher, er hatte ein sonnverbranntes Gesicht, und sein magerer und zäher Körper hatte nichts von seiner einstigen Eleganz und Gelenkigkeit verloren. Mit freundlichen Händedrücken begrüßte er der Reihe nach die alten Freunde, die er schnell wiedererkannte, sogleich wieder zu Hause in seinem Flämisch, in das auch er, wie einst Lizzie, ab und zu englische Brocken mengte, die die anderen nicht verstanden. Und vor der Riesentonne auf dem langen Bierwagen, mit dem sie ihn abholten, flackerte sofort der alte Übermut wieder in ihm auf; er nahm das Glas, ließ es volllaufen, trank es auf einen Zug leer, dann schwang er es über seinem Kopf und schleuderte es gegen die Pflastersteine, dass es in tausend Trümmer zerschellte, während er unter lautem Lachen und mit einem wilden Jauchzen schrie:

„Hoch Belzeland! Hoch die Lust wie in der alten Zeit!"

Nun umstanden ihn ihrer zwanzig, die ihn einst gekannt oder von ihm gehört hatten, und eine Art Trunkenheit kam

über ihn bei diesen neuerweckten Erinnerungen, während
die dicke Tonne unaufhörlich von ihrem Inhalt in zwei, drei
neue Gläser sprudelte. Er trank und schwatzte und lachte
und jauchzte mit; er fragte nach alten Bekannten, ob der
noch lebe und ob jener noch lebe; wie in dichten Scharen
kamen die Erinnerungen auf ihn eingestürmt, und immer
mehr regte er sich auf, er musste sie alle sehen, ihnen allen
die Hand drücken, das wollte gar kein Ende nehmen, es
war ein Fieber, ein hitziges Fieber, das ihm mit dem Bier in
den Kopf stieg und ihn halb verrückt machte.

Die alte Unbändigkeit wallte unbezähmbar wieder
in ihm auf, mit einem Male griff er mit beiden Händen
nach der Tonne, die endlich leer getrunken war, hob sie
in die Höhe und ließ sie auf das Pflaster plumps en, auf
dem sie polternd weiter hüpfte; und dann sprang er mit
seinen Freunden auf den Wagen, ohne sich um seine Koffer zu bekümmern, die nachgeschickt werden sollten, und
fort waren sie wieder; unter Rumpeln und Schreien und
Armeschwingen und Beineschlingern ging es dem Dorfe
zu.

Es versteht sich von selbst, dass sie direkt nach Hause, zu
der ängstlich wartenden alten Mutter und der tiefbewegten
Tochter fahren würden. Free wusste, wie sehnlich sie seine
Ankunft erwarteten, und auch er zitterte vor Bewegung,
sie nach all diesen langen Jahren endlich wiederzusehen;
aber nun stürmten auch wieder so viele andere alte Erinnerungen, während sie durch die bekannten Orte holperten,
wo er den größten Teil seiner Jugend zugebracht hatte, auf
seine wildaufgeregte Seele ein; und noch ehe sie den Eingang des Heimatdorfes erreicht hatten, wurde er schon von
einer Bande empfangen, die bei einem kleinen Wirtshaus
einen Strick über die ganze Breite der Straße gespannt und
dem Bierwagen so den Weg versperrt hatte. Dort wohnte
ein Vetter – Guustje Meule, jubelnd die Arme schwingend,

stand er mit weit voneinander gespreizten Beinen mitten in der Straße, und Free musste absteigen und trinken, während die Buben und die Mädchen aus der Nachbarschaft in ehrfurchtsvoller Bewunderung den Amerikaner umdrängten und sich glücklich schätzten, den legendarischen Wagehals endlich aus der Nähe sehen zu können.

Und es wurde ein endloser Triumphzug, der jeden Augenblick durch einen Aufenthalt bei früheren Bekannten und Freunden unterbrochen wurde. Die alte gelähmte Mutter mit ihren großen traurigen Augen wartete, keuchend vor Aufregung, in ihrem Lehnstuhl, Lizzie und Mrie liefen ohne Unterlass zur Treppe und wieder zurück, um zu sehen, ob er denn noch nicht käme; aber jedes Mal hörten sie durch die Straße den Bericht hallen: Er sitzt bei Tjiepke Boart! Er geht zu Blende Piers! Er kommt aus den „Vierzehn Hinterbacken"! Und in der nervösen Aufregung verging die Zeit, so dass es schon zu dämmern begann, aber immer noch war er nicht zu sehen.

Die alte Mutter wartete mit Tränen in den Augen, Lizzie, ganz rot vor Erregung, schickte jeden Augenblick ihren Liebsten – den Schulmeister – auf die Straße, um nachzusehen, und Mrie hatte völlig den Kopf verloren, sie ging seufzend und stöhnend, schnaufend und mit feuerroten Backen herum und murmelte ständig in sich hinein, dass er jetzt doch bald kommen möge. Schließlich zündete sie in der „guten Stube" die Kerzen vor dem Muttergottesbilde an und sank betend auf die Knie.

Endlich war er da! Zu Fuß, umringt von seiner johlenden Bande, sahen sie ihn in der dämmerigen Straße daherkommen. Seine hohe schlanke Gestalt ragte über alle anderen hinaus; sein großer Schlapphut mit dem breiten Rande saß ihm flott auf dem linken Ohr. Mit lautem Jubelruf und breitem Armeschwingen begrüßte er von weitem das Haus. Lizzie, die eben wieder hineingegangen war, rannte auf die Treppe heraus, blieb einen Augenblick unbeweglich stehen, erkannte ihn und flog ihm plötzlich, während ihr Groll in Tränen zerschmolz, mit ausgebreiteten Armen entgegen. Es war eine wilde, stürmische Umarmung; schluchzend hing sie an seinem Halse, und auch er umschloss sie mit zitternden Armen und fing, plötzlich von seinen väterlichen Gefühlen überwältigt und alles andere vergessend, an zu weinen.

Sie traten ein; und die Bande folgte ihm in unüberwindlicher Neugierde, um der ersten Begegnung zwischen Mutter und Sohn nach zweiundzwanzigjähriger Abwesenheit beizuwohnen.

„Mutter! Mutter !“, rief er, indem er mit vorgestreckten Armen und tränenden Augen einen Augenblick auf der Schwelle stehen blieb. Sie sagte kein Wort, sondern stützte zitternd beide Hände auf die Arme des Lehnstuhls, als ob sie aufstehen wollte.

„Ich kann nicht“, seufzte sie nur, während sie ihn mit ihren großen Augen ängstlich anstarrte.

Er war schon bei ihr, von seinem Bruder Soarelke gefolgt. Er presste sie in seine Arme und küsste sie, die alte Mutter, in wahrer, inniger Liebe. Alle frühere Uneinigkeit war vergessen, und vergessen waren auch die langen, langen Trennungsjahre. Er war plötzlich weich geworden, eine stille Wehmut war in ihm eingezogen, wie eine labende Entspannung. Lizzie weinte ohne Aufhören; Soarelkes Schielaugen blickten schauerlich umher, und Mrie stand mit zusammengekrampften Händen schnaufend in einer Ecke. Die Bande der Begleiter stand regungslos in einiger Entfernung und wohnte dem Schauspiel bei, in ihren Erwartungen ein wenig enttäuscht.

Doch das währte nur einen Augenblick; lachend reckte er sich von dem Stuhl in die Höhe, spreizte die Beine, schob den Schlapphut ins Genick und lachte:

„Well, my Lord! Was sind die Flämen doch für Kerle!"

„Wie bist du gekommen, Jung?", fragte Meisterin Vervaet, noch ganz verwirrt und verstört.

Das erweckte sofort wieder allgemeine Heiterkeit.

„Mit der Flugmaschine!", rief Soarelke Meule lachend und die ganze Bande lachte mit.

Meisterin Vervaet schüttelte den Kopf und seufzte.

„Mit dem Schiff, Mutter, und dann mit dem Zug, und zu guter Letzt mit dem Bierkarren!", scherzte Free.

„Ja, aber, wo sind denn deine Koffer?", fragte die Alte besorgt.

„Die kommen nach, Mutter."

„Du hast wohl großen Hunger?"

„Ja, Mutter, ich könnt' einem Pferd den Rücken abnagen."

„Mrie!", wendete Meisterin Vervaet sich mahnend an die Magd.

Free kehrte sich um und sah zum ersten Male die dicke, blonde Dirne.

„Wer ist die Schönheit, Mutter?", rief er mit lustigem Erstaunen. „Well! My Lord! Sapperment, wie ist die dick!"

Die Bande lachte. Jantje Van De Wiele kam auf ihn zu, klopfte ihm auf die Schulter und kicherte mit seiner rauen, stotternden Bierstimme:

„Das is 'n artiges Puffelchen, nich wahr, Free? Nimm sie nur mal in die Arme. Alles wackelt an ihr!"

„Wirklich!", rief Free, plötzlich aufspringend und im Scherz der Magd nachrennend, die mit einem Schreckensruf in die Küche flüchtete.

„ Aber Pa'!", brummte Lizzie, indem sie ihm ärgerlich den Weg verlegte.

Er blickte sie belustigt an, und dabei gewahrte er zum ersten Male an ihrer Seite das blasse und schüchterne Brillengesicht des jungen Schulmeisterleins.

„Who is that?", fragte er mit plötzlichem Ernst. Aber an der heißen Röte, die plötzlich Lizzies Wangen bedeckte, sah er gleich, wie der Hase lief, und er wieherte:

„A lover! Is that your lover, Lizzie? ... Do you speak English, sir?"

Der Jüngling schüttelte beklemmt den Kopf und stammelte, während sein bleiches Gesicht ebenfalls von einer tiefen Röte überzogen wurde:

„Pardon, Herr Vervaet, Englisch kann ich nich reden."

„Und Sie wollen meine Tochter heiraten!", platzte Free mit einem ohrenbetäubenden Gelächter heraus. „Never, sir, never!"

„Ach, Pa', bist du nich recht gescheit!", rief Lizzie böse, während ihr junges Schulmeisterchen nicht mehr wusste, wie es sich halten sollte.

Die alte Frau saß seufzend in ihrem Lehnstuhl, entsetzt und erregt, verwirrt durch das ungewohnte lebhafte Treiben um sie her und nur halb begreifend, wovon die Rede sei. Sie hätte mit ihrem Jungen allein sein und ruhig mit ihm über vielerlei plaudern und ihn erzählen hören mögen, aber da stand er schon wieder mit Soarelke mitten in der neugierigen, geräuschvollen Bande, und immer wieder erschienen neue Gäste, die ihn sehen wollten und einen Höllenspektakel machten. Es wurde unerträglich, die geräumige, altväterische Wohnstube war vollgepfropft, man konnte sich beinahe nicht mehr bewegen. Mitten in dem Getümmel erschien Mrie mit einer flachen Schüssel, auf der ein halber Schinken lag, und die sie mit ausgestreckten Armen hoch über die Köpfe hob; bei diesem Anblick flog Free plötzlich wie toll auf sie zu und grapschte und kitzelte sie, so dass die dicke Magd plötzlich einen Angstschrei ausstieß und mit einem Plumps, der die Schüssel beinahe zerspringen ließ, ihre Last auf den Tisch stellte.

„Ach Gott! Ach Gott! Das darfst du nich! Mein schöner Schinken! Meine schöne Schüssel!", schrie Meisterin Vervaet entsetzt. Und sie rief Lizzie zu Hilfe, die entrüstet herbeieilte und dringend, in gebieterischem Tone, die lachend herandrängende Menge ersuchte, sie jetzt doch endlich um Gottes willen allein zu lassen.

Es half wenigstens etwas. Die meisten entfernten sich unter lautem Lachen und Gekicher, und es blieben auf ausdrückliches Verlangen Frees nur Soarelke Meule und einige frühere Freunde, die zum Mitessen eingeladen wurden. Die Lampe wurde angezündet, die Haustür verriegelt, und Mrie erhielt den Befehl, niemanden mehr einzulassen.

Nun saßen sie verhältnismäßig ruhig zu achten am Tische und aßen große Stücke Schinken mit Roggenbrot. Bier wollte Free nicht mehr trinken, er verlangte Wein, und Mrie holte drei schwarze Flaschen aus dem Keller.

Jetzt konnte er endlich erzählen! ...

Er sprach von Amerika, von dem Leben da drüben, von allem, was er in diesen langen Jahren gesehen und erfahren hatte. Andachtsvolle Stille entstand um ihn, die Kerle wurden gefesselt durch all dieses Fremde und Unbekannte, die Mäuler gafften und die Köpfe glänzten und die Stirnen runzelten sich in der Anstrengung, alles gut zu begreifen; und nur die Augen kniffen sich misstrauisch halb zu, wie in unbestimmtem Zweifel, ob Free sie nicht manchmal zum besten hielte. Aber schließlich triumphierte er doch wieder durch seine Geschichten, wie er vor Jahren triumphierte und regierte durch die Macht seiner unbändigen Waghalsigkeiten; der legendarische Nimbus umleuchtete ihn noch mit vollem Glanze, und sie fühlten sich alle als nichtige, in Beschränktheit eingerostete Dorfbewohner gegenüber diesem mit allen Wassern gewaschenen Kerl, der so viele wunderbare Abenteuer durchgemacht hatte.

Er erzählte endlos weiter, trank ohne Unterlass Wein und rauchte dabei. Niemand sonst gab einen anderen Ton von sich als ab und zu ein kurzes Lachen oder einen kurzen Ausruf, und nur die alte Uhr begleitete mit ihrem trägen und dumpfen Ticken den ununterbrochenen Gang seiner Schilderungen. Es war eine wunderbare Uhr, ein hoher, schwerer, viereckiger, brauner Schrein auf langen dünnen Holzbeinen, die sich wie Stelzen ausnahmen. Und das graue, zinnene Zifferblatt war ringsum mit einer seltsamen, barbarischen Allegorie bemalt, die einen Mord vorstellte, der nachts bei Mondschein mitten in einem Walde verübt wurde. Der Mörder umklammerte mit der Linken die Kehle des am Boden liegenden Opfers, und in der erhobenen Rechten hielt er einen scharfen Dolch, mit dem er in eine blutende Brustwunde stach, einmal, zweimal, dreimal, wenn die Uhr die Viertelstunden schlug, während er nach Umlauf jeder vollen Stunde so oft zustach, als die Uhrglocke Schläge vernehmen ließ. Ein düsterer „Ululululu“-Gesang, der tief und hohl aus dem mechanischen Eingeweide drang, begleitete die Missetat, und dann kam noch ein schnelles und dumpf schnurrendes Rasseln, das plötzlich mit einem kurzen „Kliktik“ endete. Es lenkte jedes Mal für einen Augenblick die starkgefesselte Aufmerksamkeit der Zuhörer ab, und auch Free sah sich jedes Mal mit grimmigem Gesicht nach dem alten Ding um, als ob dort ein spottsüchtiger Plaggeist versteckt wäre, dem es eine innerliche Lust bereitete, seine Erzählungen zu stören.

Unter dem Einfluss des Trinkens und seines endlosen Redens geriet er übrigens nach und nach wieder in einen sehr aufgeregten Zustand, der vom Prahlerischen ins Tolle umschlug. Gegenüber seiner Mutter, die unruhig auf ihrem Stuhl herumrutschte und vorschlug, jetzt zu Bett zu gehen, behauptete er, dass er noch tagelang so erzählen könnte, und jedes Mal, wenn die dicke Magd in seine Nähe kam,

griff und haschte er nach ihr, nur um des Vergnügens willen, sie vor Angst kreischen zu hören.

„Heut Nacht werd ich in deinem Bett deine Fußzehen
zählen!", drohte er lachend. Und wenn die Magd mit wilden Angstgebärden entfloh, lachte auch die ganze Bande,
außer Lizzie, die übellaunig und reizbar war, und dem blassen Schulmeisterlein, das, nervös die Hände ringend und
verstört, still in seinem Eckchen saß und nicht wusste, was
es von der ganzen Sache denken sollte.

Durch die nur angelehnte Küchentür kam die graue
Hauskatze hereingeschlichen, machte einen Buckel, rich-
tete den zitternden Schwanz auf und strich leise an Frees
Knie an.

„Mina! Minal", rief Mrie, als witterte sie Unrat.

Aber es war schon zu spät; mit einem raschen Griff hob
Free das Tier am Schwanz vom Boden auf und hielt mit
unbändigem Gelächter die pfauchende und wild mit den
Pfoten herumfahrende Katze wie eine eroberte Beute in
die Höhe.

„Unsere Katze! Unsere schöne Katze!", schrie die Magd,
indem sie heulend herbeieilte.

Meisterin Vervaet rang verzweifelt die Hände, und Lizzie schalt heftig auf ihren Vater.

Free ließ die Katze los, die wie der Blitz aus seiner Nähe
floh, aber der lustige Zwischenfall hatte wieder eine Erinnerung in ihm erweckt: eine aufregende Jagd auf wilde
Katzen in den amerikanischen Wäldern, die er jetzt auch
mit allen Einzelheiten zu erzählen begann.

Als er eben bei dem spannendsten Moment seiner
Geschichte angekommen war, fing die Uhr schnarrend an
elf zu schlagen.

„Goddamn!", fluchte Free, indem er sich ungeduldig
umkehrte. Und plötzlich, ehe jemand ahnen konnte, was er
tun wollte, hatte er mit einem schnellen Ruck einen seiner

langen Stiefel ausgezogen und schleuderte ihn fluchend gegen die alte Uhr.

Das tragische „Ululululu" erstickte in einem rasselnj den Geräusch und der blitzende Mörderdolch blieb zitternd über der roten Wunde des Opfers stehen. Meisterin Vervaet stieß einen heiseren Angstschrei aus, Mrie flüchtete in die Küche, Lizzie flog wutschreiend auf ihren Vater zu, und alle anderen saßen eine Weile wie versteinert da, als hätte der Wurf sie selber getroffen.

„Oh, meine Uhr! Meine schöne Uhr!", jammerte die Alte. „Oh, du Taugenichts! Schämst du dich nich!"

„Sie macht zu viel Lärm", rief er rau, aber doch ein wenig durch seine eigene Gewalttat verblüfft.

„Marsch, das muss jetzt mal zu End' sein! Marsch, ins Bett!", trat Lizzie gebieterisch auf.

Verlegen erhoben sich die Gäste.

„Aber meine Uhr! Meine schöne Uhr! Jetzt is sie zerbrochen!", klagte die Alte untröstlich.

Der blasse Schulmeister, der einige Kenntnis von dem Uhrmechanismus hatte, fragte schüchtern, ob er sie nicht mal nachsehen dürfe.

„Ach Gott, ja, Herr Lehrer, bitte, schauen Sie mal nach!", flehte Meisterin Vervaet.

Er stieg auf einen Stuhl, öffnete mit einiger Mühe den oberen Teil des Uhrkastens und begann darin zu drehen und zu stochern.

„'s wird noch nich so schlimm sein, glaub ich", hörte die alte Frau ihn mit einem Seufzer der Erleichterung sagen.

Ketten rasselten, Räder schnurrten, und plötzlich begann die Uhr von neuem zu schlagen, während aus dem Innern das düstere „Ululululu" ertönte. Der Mörder stieß wieder seinen Dolch in die offene Wunde, nur mit einer gewissen Zaghaftigkeit, als ob die überstandene Aufregung seinen Arm ein wenig unsicher gemacht hätte. Es war ein komischer Anblick, der alsbald wieder die Heiterkeit erweckte. Alle standen lachend und grinsend herum, und das Schulmeisterlein glühte vor Stolz, weil ihm sein Werk so gut und schnell gelungen war.

„Geben Sie das Amt als Schulspinne auf und ziehen Sie als Uhrmacher mit meiner Tochter nach Amerika, Sie werden dort Ihr Glück machen!“, neckte Free.

Jetzt machte das Schulmeisterlein wieder eine komische Figur; er errötete tief und schlug den Blick zu Boden. Aber dennoch war er glücklich, und er warf, in seligem Entzücken, unempfindlich für die Spötterei, einen flüchtigen Blick auf Lizzie.

Plötzlich vernahm man einen dröhnenden Schlag gegen die Haustür.

Alle fuhren heftig zusammen. Mrie fing an zu schreien, und auch die alte Frau rang zitternd die Hände und bibberte:

„Ach Gott! Ach Gott!“

Nur Free fürchtete sich nicht und flog wie ein Held durch den schmalen Gang zur Haustür. „

Was ist denn da?“, rief er gebieterisch.

„Ihre Koffer, mein Herr, wenn Sie noch auf sind!“

Ein dröhnendes Gelächter erscholl, und durch die weit geöffnete Tür traten zwei Dienstmänner mit den Koffern ein. Free lachte die ganze Gesellschaft aus und nicht zum wenigsten seinen Bruder Soarelke, der ebenso furchtsam gewesen war wie alle anderen und sich in eine Ecke gedrängt hatte.

„Well, my Lord!“, rief Free, indem er sich vor Vergnügen auf seine Schenkel klatschte; und er wollte Mrie noch einmal in den Keller schicken, um auch die Dienstmänner mit Wein zu bewirten.

Doch die Alte war durch Anstrengung und Aufregung erschöpft. Zitternd rief sie die Magd zu sich und sagte ihr, dass sie zu Bett gehen wollte.

„Erst noch in den Keller nach einer Flasche Wein!“, polterte Free dem Mädchen zu.

„Nee, nee, Herr, bitte, ’s is genug, die Mutter will schlafen“, flehte Mrie.

„Ich werd heute Nacht in deinem Bett deine Zehen zählen“, drohte er ihr wieder spöttisch.

„Oh, das dürfen Sie nich, das dürfen Sie nich, Herr! Ich werd meine Tür verriegeln und um Hilfe rufen!“, zitterte entsetzt die idiotisch-furchtsame Dirne.

Die Packträger bekamen ein Trinkgeld und ein paar Schnäpse statt des Weins, und langsam, unter gedämpftem Gelächter, entfernten sich die Gäste, während Meisterin Vervaet sich schwer auf Mrie stützte und gebückt und kopfschüttelnd in ihre Schlafkammer humpelte.

„Ach Gott! Ach Gott! Genau wie sein Vater!“, seufzte sie.

Free ging einmal hinaus, und Lizzie und das Schulmeisterlein blieben ein Weilchen allein in der verlassenen geräumigen Wohnstube:

„Hast du mich noch gern?“, sagte er, indem er rasch auf sie zukam, sie schmeichelnd bei der Hand ergriff und dabei wachsam die angelehnt gebliebene Hintertür im Auge behielt.

„Ja, das weißt du doch“, flüsterte sie leise.

„Und glaubst du wirklich, dass Pa’ einwilligen wird?“

„Aber ja, ja, er wird wohl müssen!“, lautete die entschiedene Antwort.

Sie hörten Schritte näherkommen, er gab ihr schnell einen Kuss, sie schob ihn in den Hausgang hinaus, während Free wieder eintrat.

„Well, my Lord! My Lord!“, lachte der Wildfang noch einmal in sich selbst hinein bei der Erinnerung an das heute gehabte Vergnügen, indem er die Hintertür wieder schloss.

Die alte Uhr ließ einen Schlag vernehmen, und der Mörder führte einen unsicheren, zaudernden Stich nach seinem Opfer, während aus dem Inneren das tragische „Ululululu" erklang.

Es war ein Viertel über zwölf geworden ...

Das schlechte Fünffrankenstück

Theofielke Schandevel und Deeske Wildeborst waren zwei alte, unzertrennliche Freunde. Theofielke diente als Knecht bei einem Müller und Deeske als Knecht bei einem Bauer. Sie waren ungefähr im gleichen Alter – gegen vierzig – in ihrer äußeren Erscheinung aber sehr verschieden.

Theofielke war lang und hager, mit hohlem Brustkasten, hohen, eckigen Schultern, dünnen Steckenbeinen und spitzen, einknickenden Knien. Deeske war kurz, untersetzt, kerzengerade, mit einem niedlich hervortretenden Spitzbäuchlein und einem dicken, runden Specknacken. Alle beide trugen einen braunen Vollbart; bei Theofielke war er hart und spröde, bei Deeske weich und fein gekräuselt. Theofielke sah ein wenig bleich aus, Deeske hatte eine frische, rosige Gesichtsfarbe.

Beide mussten die ganze Woche über hart arbeiten: Theofielke weißbestaubt vom Mehl, wie ein großer, blasser Maikäfer; Deeske grau und schmutzig, mit beklerten Kleidern, wie ein richtiger Erdwurm.

Von seiner Mühle aus sah Theofielke zwischen den schnurrenden Rädern hinweg in der Ferne, halb versteckt im Laube des Baumgartens, das spitze, graue Strohdach des Meierhofes, wo Deeske arbeitete. Von seinem Ackerland aus, wo er pflügte und Pferde striegelte, sah Deeske in der Ferne das eifrige Drehen der Mühlenflügel, die ihm manchmal so possierlich vorkamen, wie Theofielkes eigene lange, dünne Arme, mit denen er seinen Sonntagsfreund zu sich zu winken schien.

So fühlten sie sich die ganze lange, schwere Arbeitswoche nur von ferne. Aber sonntags, gleich nach der Frühmesse, trafen sie sich beim Trinken des erstens Schnäpschens im „Doppeladler", der kleinen Kneipe dicht neben der Kirche; und von diesem Augenblicke an verließen sie einander den ganzen Tag nicht mehr.

Alle beide saßen schon seit Jahren bis über die Ohren in Schulden. Es gab im Dorf keine Kneipe mehr, wo sie nicht in der Kreide standen und wo sie ohne Zahlung noch etwas zum Trinken bekamen. Auch bei ihren Dienstherren waren sie auf Monate hinaus im Vorschuss, und sie bekamen jeder wöchentlich nur einen Franken, mit dem sie sich den ganzen Sonntag behelfen mussten.

Einen Franken! Nur zehn „Tröppelchen" Genever oder zehn „Pintchen" Bier; und dabei stets so großen Durst! Manchmal waren sie schon vor dem Mittag damit fertig, und dann saßen sie stundenlang unglücklich vor dem letzten leeren Gläschen und harrten geduldig der möglichen Ankunft irgendeiner guten Seele, die vielleicht noch etwas spendieren würde. Erfüllte sich diese Hoffnung nicht, so blieben sie dennoch sitzen, weil sie nicht wussten, was sie sonst mit ihrer Zeit anfangen sollten, und weil der Tag außerhalb der Kneipe so langweilig und jammervoll war.

An einem Sonntagmorgen kam Theofielkes Baas mit freundlichem Gesicht auf ihn zu. Die ganze Woche hindurch war tüchtig gearbeitet worden, und der Baas, der mit Theofielke sehr zufrieden war, wollte ihm eine Extrabelohnung zukommen lassen. Zwischen seinen Fingern hielt er ein Fünffrankenstück, das er Theofielke zeigte; und dabei sagte er:

„Schau, Theofiel, weil du diese Woche hübsch gearbeitet hast, und wenn du mir auch noch viel schuldig bist, will ich dir doch 'n Geschenk machen. Hier is 'n Fünffrankenstück, das ich schon die ganze Woche in meinem Besitz habe. Es is von reinem Silber, aber aus einem fremden Land, von dem das Geld hier nicht gültig is. Kein Mensch will's annehmen. Du magst es haben. Tu nur damit, was du willst, und nimm dafür, was du kriegen kannst."

Und er übergab Theofielke das Geldstück.

Theofielke betrachtete es lange gedankenvoll.

Es war ein schönes, blinkendes Geldstück, gerade so schön und sogar noch schöner wie viele andere; und Theofielke schüttelte den Kopf und fragte sich, warum nun gerade dieses Stück nichts taugen sollte, während alle anderen, die doch auch nur von Silber waren, als gangbar befunden wurden. Er wog es in der Hand und kehrte es um; auf der einen Seite sah er das Bild einer behelmten Frau, die ihm besonders schön vorkam, und auf der Rückseite ein Horn, aus dem noch eine ganze Menge ähnlicher schöner Stücke zu strömen schien. Er empfand es als eine empörende Ungerechtigkeit, dass dies alles nichtsbedeutend und wertlos sein sollte; und plötzlich entstand in ihm ein Plan, der ihn vor innigem Vergnügen lächeln machte, während er hastig das glänzende, große Silberstück in seiner Tasche verwahrte.

Anderthalb Stunden später, nach der ersten Messe, saß er mit Deeske Wildeborst im „Doppeladler" bei dem gewohnten ersten Gläschen in geheimnisvoller und wichtiger Beratung.

Deeske war augenblicklich mit ihm einig: Dieses schöne Silberstück musste und sollte ihnen einen vollen, langen vergnügten Tag verschaffen. Doch sie durften damit nicht im Dorfe beginnen, wo sie schon zu sehr berüchtigt waren. Sie mussten einen Versuch in einer der umliegenden Gemeinden machen, wo man sie noch nicht so gut kannte.

Sie tranken aufgeräumt ihr Gläschen aus und ließen sich ein frisches einschenken; und von dem Rest des gewöhnlichen sonntägigen Frankens, der jetzt auf einmal draufgehen konnte, kauften sie sich Zigarren. Eine Zigarre anstatt der gewöhnlichen Pfeife, das stand gut an und erweckte Vertrauen, meinte Deeske.

Dann machten sie sich auf die Strümpfe.

***

Es war ein trockener, frischer, heller, windiger Herbstmorgen. Sie schritten rüstig fürbass, Deeske aufrecht, mit hochgeröteten runden Bäcklein und flinken kleinen Schritten, unter gemessenen taktmäßigen Schlenkerbewegungen seiner beiden kurzen Ärmchen, als ob er sich ohne irgendwelche Anstrengung auf vollkommen ebenem Pfade fortbewegte; Theofielke dagegen plump und träge, mit schiefen Schultern und schleppenden, ungleichen Schritten, als ob er immer wieder über Löcher und Pfützen hinwegschreiten müsste. Die gelben Blätter wirbelten von den Baumkronen hernieder, die Fluren lagen nackt und öde, die Einförmigkeit der braunen, frischgepflügten Äcker wurde nur da und dort durch das zarte Grün des jungen Rübenkrautes unterbrochen. Trübselig kreischten ganze Banden herumschwärmender Krähen; und auf der einsamen Landstraße, der sie jetzt folgten, begegneten die beiden Freunde nur von Zeit zu Zeit einem sonntäglich gekleideten Bauer, der pfeifenqualmend auf seine Hofstätte zurückkehrte, oder einer Bäuerin mit buntgeblümter und bebänderter Haube und flatterndem schwarzem Mantel, die, gegen den scharfen Wind ankämpfend, sich beeilte, um noch die zweite Messe zu erreichen. Schon reckte am Horizont das Dörflein, dem sie zustrebten, sein spitziges Kirchtürmchen über die Wipfel der fernen Bäume empor; und als sie an einem Kreuzwege bei einer einsamen Herberge vorüberkamen, ward die Versuchung ihnen zu stark, und nach einer kurzen zaudernden Beratung gingen sie hinein.

208

Sie waren dort insofern auf günstigem Terrain, als sie zwar nichts zu trinken bekommen hätten, ohne erst klingende Münze sehen zu lassen, aber anderseits auch nicht zu fürchten hatten, wegen rückständiger Schuld gemahnt zu werden. Es war kein einziger Kunde in dem kleinen Gaststübchen; nur die Wirtin, die hinter dem Schanktisch mit Gläserspülen beschäftigt war.

„Zwei Tröppelchen, Fraule", bestellte Theofielke, indem er mit wichtiger Miene neben Deeske an einem Tischchen Platz nahm.

Die Frau guckte ihn, mit einem halb abgetrockneten Bierglase in der Hand, erst ein Weilchen misstrauisch an.

„Zwei Tröppelchen", wiederholte sie langsam und mit schleppender Zweifelstimme, als wollte sie sich Zeit zum Nachdenken gönnen … Aber Theofielke zog mit einer großartigen Gebärde das Fünffrankenstück aus seiner Tasche hervor und ließ es stolz auf dem Tisch klappern; und alsbald beeilte die Frau sich mit ihrer Geneverflasche nach dem Keller. Deeske zündete sich seine frische Zigarre an und blinzelte verschmitzt zu Theofielke hinüber, der inzwischen das Geldstück wieder eingesteckt hatte.

„Prost!", sagte die Frau, nachdem sie vom Keller zurückgekehrt war und ihnen die gefüllten Gläschen auf einem Präsentierteller vorgesetzt hatte. Und plötzlich sanft und freundlich geworden, leitete sie einen kleinen Schwatz vom Wetter ein.

Die beiden Freunde antworteten nicht viel. Sie gaben sich dem Genuss ihrer Zigarre und ihres Schnäpschens hin; und als ausgetrunken war, bestellten sie noch einen. Deeskes runde Bäckchen begannen zu glühen, in seinen treuherzigen Augen leuchteten kleine Flämmchen auf, als ob etwas ganz besonders Lustiges in ihm vorginge; und auch Theofielkes durchgehends bleiche, gräuliche Gesichtsfarbe belebte sich durch einen frischen, warmen, rosigen Ton. Die „Tröppelchen" schmeckten ihnen an dem kühlen Morgen so herrlich, dass sie nach dem zweiten sich gegenseitig fragend anguckten und wahrhaftig noch eins bestellten.

Dann nahm Theofielke mit einer würdigen, ernsten Bewegung das Silberstück wieder aus seiner Tasche und legte es auf den Tisch.

„Wenn's beliebt, Fraule! Könnt Ihr mir rausgeben?"

Die Frau kam sofort auf ihn zu, mit der rechten Hand unter ihre Schürze langend und aus ihrer Tasche Kleingeld hervorholend. Sie zog eine ganze Handvoll heraus und nahm mit der Linken das Fünffrankenstück, um es flüchtig zu betrachten. Deeske und Theofielke starrten gleichgültig durchs Fenster, den vielfach gekrümmten Sandweg hinauf.

„Aber Dunnernochmal, das Stück taugt nichts!", hörten sie plötzlich die Frau mit entsetzter Stimme ausrufen.

„Was is?", rief Theofielke, sich erstaunt umkehrend.

„Ja, zum Dunner", wiederholte die Frau mit Nachdruck, „da schaut mal her!" Und sie ging zu einem großen Plakat, das, wie in allen ländlichen Herbergen, an der Wand hing und auf dem alle Fünffrankenstücke, die gangbaren und die ungangbaren, abgebildet waren.

Theofielke und Deeske erhoben sich und fassten neben der Frau Posto.

„Ja, aber da schaut nur mal gut hin, das is ja gar nich möglich!", versicherte Theofielke.

„Ah, bah, schaut hier, schaut hier!", rief heftig die Frau, mit dem Finger auf eines der abgebildeten Stücke weisend. „Seht Ihr wohl, es is genau so und es steht unter den schlechten, vorn mit diesem Kopf und hinten mit diesem Horn. Nehmt's, nehmt's, ich will's nich ; Ihr müsst mir anderes Geld geben!" Und sie gab Theofielke das Geldstück zurück, der es gemütlich wieder in seine Tasche steckte.

„O Saperment! Und ich hab’s erst gestern auf der Post bekommen!“, behauptete er nur.

„Tuttut, das schiert mich nichts! Bezahlt mich mit anderm Geld, sag ich Euch!“, antwortete die Frau, die jetzt ein wenig in Hitze geriet.

„Aber zum Dunnerwetter!“, schrie Theofielke, sich plötzlich ebenfalls zornig stellend. „Ich sag Euch, dass es gut is!“

„Und ich sag Euch, dass es schlecht is und dass Ihr mir anderes Geld geben müsst!“, schrie die Frau.

„Wir hab’n kein anderes!“, gestand Theofielke. Die Frau stand eine Weile wie auf den Kopf geschlagen.

„Oh, ihr Lumpen! Oh, ihr Betrüger!“, begann sie plötzlich, weiß vor Wut, zu kreischen, „Marsch, hinaus! Und nachmittags schick ich meinen Mann nach den Gendarmen! Oh, wenn er nur zu Haus wär’! Gauner! Abscheuliche Lumpenkerle, die ihr seid!“

Ganz unschuldig und gemütlich schritten Deeske und Theofielke durch die Glastür hinaus und setzten ihren Weg fort.

„Nu’, was meinste? Hab’n wir heut Glück?“, lachte Theofielke.

Deeske, dessen Bäcklein feuerrot glühten und dessen Äuglein verschmitzt leuchteten, musste vor toller Lust geradeheraus lachen. Ob sie Glück hatten mit dem falschen Stück! Und prustend zog er Theofielke mit sich fort, und wieder gingen sie gesellig nebeneinander, der eine mit seinen kleinen, kurzen Schritten, der andere mit seinen langen, stolpernden Knickebeinen, dem benachbarten Dorfe zu.

Am Eingang, wo sie unter zwei Bäumchen rechts und links haltmachten, hatten sie noch eine kurze Beratung.

„Wir dürfen nicht allzuviel trinken; sonst wer’n wir zu schnell voll“, meinte Deeske.

Theofielke, der schon ziemlich angesäuselt war, neigte der Ansicht zu, dass sie nur trinken sollten, solange und soviel sie konnten. Wenn sie genug hätten, würde es schon von selber aufhören, und wer weiß, ob sich ihnen nochmal so 'ne Gelegenheit böte! Morgen früh fing schon wieder die lange, langweilige Arbeitswoche an. Und ungeniert stapften sie in den „Grünen Jäger" hinein und bestellten wiederum je ein „Tröppelchen", während Theofielke das Fünffrankenstück leicht auf dem Schanktisch klirren ließ.

Als es zum Zahlen kam, gab der Baas das Stück sofort an Theofielke zurück.

„Nich gut", sagte er. Und als auch hier Theofielke, die höchste Verwunderung heuchelnd, behauptete, das Stück auf der Post bekommen zu haben und also selbst betrogen zu sein, wurde der Mann keineswegs böse und zuckte nur die Achseln, sich mit dem Versprechen begnügend, dass sie noch im Laufe der Woche die Schuld begleichen würden, sobald sie bei dem Postmeister das schlechte Stück gegen ein anderes ausgetauscht hatten.

So absolvierten sie mit dem Geldstück, das niemand nehmen wollte, ungefähr zehn Kneipen. Sie traten als gewöhnliche, würdige, wohlhabende Dorfbürger oder Bauern auf, hielten einen kleinen Schwatz mit den Leuten, spielten eine Partie Würfel oder Karten mit, und nur ab und zu machte die wachsende Trunkenheit es ihnen schwer, ihre Würde und ihre Wohlanständigkeit beizubehalten. Überall wurden sie beim ersten Klirren des schönen Silberstücks sofort bedient, aber zuweilen gab es bei der Abrechnung, trotz ihrer großen Unverfrorenheit, weniger angenehme Auftritte, und am schlimmsten war es in der Kneipe zum „Fliegenden Pferd", wo sie, im Vertrauen auf ihr schönes Geldstück, auch tüchtig gespeist hatten. Da sollten sie etwas über drei und einen halben Franken bezahlen. Der Baas schimpfte und fluchte gewaltig; und da sie, immer frecher geworden durch das fortgesetzte Gelingen ihres Schurkenstreiches und auch angefeuert durch den Trank, herausfordernd widersprachen und lärmten, wurden sie plötzlich von Mann, Frau und Knecht mit einer Tracht Prügel an die frische Luft befördert.

Theofielke war wütend und wollte wieder in die Kneipe hinein, um den ganzen Plunder kaputt zu schlapen, aber Deeske, der sich der Gefahr wohl bewusst war und noch andere Pläne im Kopf hatte, hielt ihn begütigend zurück und bekam ihn schließlich, freilich nicht ohne große Mühe, mit fort.

Es wurde denn auch hohe Zeit. Die Dörfler, durch den Baas aus dem „Fliegenden Pferd" aufgewiegelt, begannen sich drohend zusammenzurotten und zu johlen; und nur mit knapper Not gelang es den beiden Freunden, bei anbrechender Dämmerung ohne schlimmere Unfälle aus dem fremden Dorfe zu entkommen.

„Ende gut, alles gut", orakelte Deeske, als sie, nachdem sie eine Weile tüchtig ausgeschritten waren, sich sicher auf freiem Felde befanden. „Nu' aber aufgepasst! 's Feinste muss jetzt erst noch kommen!"

Nachdem sie tüchtig gegessen hatten, war auch die Trunkenheit ziemlich wieder zurückgedrängt und war es ihnen möglich, ruhig zu überlegen, wie sie den lustigen Tag beschließen sollten.

„Gehn wir zur Veel-Hoar[6], die soll das Fünffrankenstück haben", schlug Deeske vor.

Ein wenig entsetzt sah Theofielke auf.

„Zur Veel-Hoar! Was soll'n wir dort?", fragte er endlich.

„Ha, das is auch nich schlecht!", lachte Deeske. „Zu was gehn die Knechte zur Veel-Hoar?"

---

6   Viel-Haar..

Theofielke begriff, und ein entzücktes Lächeln erschien auf seinem verwitterten Gesicht.

„Verdammich, ja!", rief er. „Und einer nach dem andern! Da, ziehn wir Lose, und wer das längste hat, kommt zuerst dran!"

Er bückte sich, hob vom Boden zwei ungleich lange Zweige auf und hielt sie in der geschlossenen Faust Deeske hin.

Aber er hatte es sehr ungeschickt gemacht. Deeske hatte sich gleich gemerkt, wo das längste steckte, und nachdem er erst zum Schein ein wenig gezaudert, welches er ziehen sollte, nahm er mit einem Ruck das längste.

„Oh, du Tagdieb! Ich glaub, du hast's gesehn!", rief Theofielke misstrauisch.

„Keine Spur!", log Deeske frischweg.

Veel-Hoar, so genannt wegen ihres üppigen schwarzen Haarwuchses und ihrer dichten schwarzen Augenbrauen, war im ganzen Dorf und in der Umgebung bekannt als die sehr zugängliche Trösterin männlicher Leiden; es ging sehr einfach her, und der Tarif war billig; man kam in die kleine Kneipe, wo sie mit ihrer Mutter hauste, gab was zum besten, benützte den Augenblick, wenn die Alte mal den Rücken gekehrt hatte, um zu fragen: „Euphrasie (das war ihr Vorname), könnt' ich dich nich mal sprechen?" … Und sogleich wurde man, ohne überflüssige Auseinandersetzungen, von der Veel-Hoar durch einen engen Gang in ein Hinterkämmerchen geführt, wo sich Gelegenheit bot, die Sache weiter zu verhandeln. Man blieb nicht zu lang, namentlich sonntags nicht, wenn die Veel-Hoar stark beschäftigt war; man bezahlte einen, zwei Franken, je nach Vermögen; die Veel-Hoar ließ einen durch die Hintertür in den Garten hinaus, und kein Hahn krähte mehr danach. Die beiden Freunde waren lange Jahre treue Kunden der Veel-Hoar gewesen, aber unglücklicherweise hatten sie auch diesen Artikel nicht immer bar bezahlen können, und seit Monaten wurde dieses Vergnügen ihnen entschieden verweigert. Jetzt aber hatten sie wieder mal eine prächtige Gelegenheit, die sie sich nicht entgehen lassen durften.

Nach einem ziemlich langen Umwege, den sie machten, um die ländliche Herberge zu vermeiden, wo sie am Morgen zuerst die Wirkung ihres Geldstücks erprobt hatten und wo jetzt leicht irgendeine Gefahr auf sie lauern konnte, kamen sie wieder in ihrem Dörflein an. Inzwischen war es ganz dunkel geworden, und die Laternen brannten in den einsamen Gassen.

Die Kneipe der Veel-Hoar stand etwas abseits dicht neben einer kleinen Hofstätte, deren von einer Hecke umschlossener Baumgarten an der Straßenseite lag. Dicht bei dieser Hecke, im schwarzen Schatten der überhängenden Baumkronen, hielten sie sich, unsichtbar für die einzelnen Vorübergehenden, eine Weile lauschend versteckt.

In der anstoßenden Kneipe ließ sich kein Laut vernehmen. Alles war totenstill. Der Augenblick war günstig.

Deeske schlich sich zu dem Fensterchen, reckte den Hals und suchte durch einen Spalt im Vorhang in das Innere zu gucken.

„Komm", flüsterte er Theofielke zu.

Und entschlossen öffneten sie die niedrige Tür und traten ein.

„Guten Abend zusamm' ..."

Eine kurze Pause der Enttäuschung. Links von der Tür saß in der Ecke an einem Tischchen doch ein Kerl, ein geiler Bauerntölpel, den Deeske von außen nicht hatte sehen können. Veel-Hoar, kräftig und schwarz, mit langer Nase und rotgeflammten Backen, stand aufrecht wie eine Kerze hinter dem Schanktisch und spülte Gläser ab, und bei der Uhr saß, in einem Stuhl duselnd zusammengesunken, die alte Mutter.

„Schau, schau, wen hab'n wir denn da!", rief die Veel-Hoar halb spöttisch, halb herausfordernd. „Da sollt' man ja Geld geben, dass man euch wieder mal sehn darf!"

Deeske Wildeborst und Theofielke Schandevel bewahrten ihre Ruhe und Würde, als hätten sie die höhnische Anspielung gar nicht gehört. „Guten Abend zusammen!", wiederholten sie nur noch einmal. Langsam, beinahe feierlich, nahmen sie ebenfalls an einem Tischchen Platz, schräg gegenüber dem Bauernburschen, und Theofielke bestellte seelenruhig zwei Pintchen Bier, während er das Fünffrankenstück flüchtig auf dem Tisch klingen ließ.

Die Veel-Hoar machte verwunderte Augen, und selbst die alte Mutter ward durch das verführerische Klirren wach.

Indem sie die Gläser einschenkte, berechnete die Veel-Hoar im stillen für sich, dass die beiden noch für ein paar Male in ihrer Schuld standen. – Fünf Franken! Das war kein Katzendreck. Das Stück musste sie haben! Ihre Augen leuchteten.

„Nimm dir auch 'n Pintchen, und für die Mutter auch eins", sagte Deeske freigebig, als sie mit dem Präsentierteller zu ihm kam. Veel-Hoar füllte noch zwei Gläser, und man stieß an. Deeske schielte zu dem Bauernburschen hinüber, um zu sehen, ob er noch keine Anstalten mache, sich zu empfehlen. Es trat eine kurze Pause ein. Die beiden Freunde zündeten sich frische Zigarren an und starrten den hellblauen, sich zur verräucherten Decke emporringelnden Rauchwölkchen nach, wobei sie in gedämpftem Tone ein ernsthaftes Gespräch führten.

„Zigarren auch schon!", dachte die Veel-Hoar, sich immer mehr verwundernd. „Mit denen muss was geschehen sein." Und gereizt sah auch sie zu dem Bauernburschen hinüber, der noch immer keine Miene machte, das Feld zu räumen.

Die Gläser waren leer.

„Noch vier Pintchen, Euphrasie, und ’n Spiel Karten“, bestellte Theofielke gemütlich, als ob sie fest entschlossen seien, noch eine ganze Weile da sitzen zu bleiben.

Langsam erhob sich der Bauernbursche.

„Euphrasie“, hörten die beiden Freunde ihn mit unterdrückter Flüsterstimme beginnen … und er versuchte mit der Veel-Hoar das wohlbekannte, heimliche Gespräch anzuknüpfen, das sie aber diesmal kurz, beinahe erzürnt abbrach:

„Ja, Sies, heut hab ich keine Zeit, weißte; du musst ’n andermal kommen.“

Enttäuscht und mit einem falschen Blick auf Theofielke und Deeske zog der Bursche ab.

„Was meint denn das Luder eigentlich!“, rief die Veel-Hoar, die Tür hinter ihm zuschließend.

Sogleich, ohne einen Augenblick zu verlieren, war Deeske, mit einem schnellen Wink gegen Theofielke, ebenfalls aufgestanden.

„Euphrasie, könnt’ ich dir nich mal was sagen?“, flüsterte er die stehende Frage. – Inzwischen beschäftigte Theofielke, ihnen den Rücken zukehrend, die einfältige alte Mutter.

„Ja, aber wie is es? Hast du auch Geld?“, fragte die Veel-Hoar ohne Umschweife.

„Theofielke wird dir fünf Franken geben“, versprach Deeske.

„Ja, aber du?“

„Er hat’s Geld, wie du gesehn hast. Er wird bezahlen für uns alle beide.“

„Wie, für alle beide?“

„Nu’, wir hab’n gelost. Ich hab’s längste gezogen.“

„Oh, ihr Sapermenter!“, sagte die Veel-Hoar noch ein wenig zaudernd.

„Nu' mach und sei doch kein Kind", drängte Deeske, der schon halb draußen im engen Gang stand.

Nach einem flüchtigen Blick auf Theofielke und ihre Mutter schlich die Veel-Hoar ihm nach –

„Pst! Pst!", pfiff Deeske, als er nach kurzer Zeit wieder unter der Tür erschien.

Theofielke kehrte sich um und ging langsam auf ihn zu.

„Marsch, beeil' dich, hörste, ich wart an der Hintertür."

„Gut", sagte Theofielke, der nun seinerseits in dem kleinen Gang verschwand.

Bald darauf gingen sie mit hastigen Schritten zusammen durch das finstere Gärtchen.

„Hat sie's? Hast du ihr das Stück gelassen?", fragte Deeske auf der Flucht.

„Ja, sie hat's. Aber nu' mach!"

Sie kamen wieder auf die Straße und schlichen sich mit flinken Schritten im dunklen Schatten des Baumgartens fort, und schon wähnten sie sich in Sicherheit, als plötzlich die vordere Tür der Kneipe aufflog und die Veel-Hoar mitten auf die Straße gesprungen kam, rasend, schreiend, schimpfend, als wollte sie die ganze Nachbarschaft zusammenrufen.

„Stille! Kriech in die Hecke!", flüsterte Deeske, indem er Theofielke mit Gewalt niederdrückte und sich selbst im Dunkel der Hecke niederkauerte. Türen wurden aufgerissen, Schellen klingelten, wirre Stimmen hallten, schnelle Tritte näherten sich in der Finsternis.

„Oh, die Lumpen! Die Schmierlappen! Die Diebe! Sie hab'n mir ein schlechtes Fünffrankenstück gegeben!", hörten sie die Veel-Hoar wütend kreischen. „Ich geh auf die Polizei! Es is bei Gott keinen roten Heller wert! Da! Da! Ihr Lumpen! Ihr Diebe!" ... Und plötzlich wurde das Geldstück klirrend über die Straße geschleudert.

Deeske, der vor Theofielke saß, sah es in der Dunkelheit kurz aufblinken, dann plumpste es wie ein Stein gegen sein eines Hosenbein. Er hob es auf, hielt es fest in der Faust, bohrte mit dem Rücken ein Loch durch die Hecke, kroch hindurch und zog Theofielke ebenfalls nach.

„Nu' fort! Nu' fort! Laufen, hörste! Sonst kriegen wir 'n Buckel voll!", rief er dumpf.

„'s is schade um das schöne Stück. Lass es uns suchen, es kann uns noch nützen", flüsterte Theofielke.

„Biste närrisch! Marsch! Sie sind da! Sie wer'n uns totschlagen! Marsch, fort, fort!"

Quer über den Baumgarten rennend und stolpernd, kamen sie an eine zweite Hecke, bohrten sich ebenfalls hindurch und waren dann wieder auf freiem Felde. Ohne auszuschnaufen, liefen sie, verfolgt von dem rasenden Toben der Veel-Hoar, das immer heftiger durch die lärmerfüllte Gasse klang, über umgepflügte Äcker und Rübenfelder und kamen endlich auf die Straße. Dort hielten sie eine Weile still und lachten in toller Lust.

„Für den Tag könnt' ich sechs Monate meines Lebens geben!", jubelte Deeske.

„Aber 's is doch ärgerlich, dass wir das Stück nich mehr hab'n!", jammerte Theofielke. „Wir könnten damit schon nochmal ausgehn."

„Bah, wir hab'n doch genug davon gehabt", tröstete Deeske. „Wer weiß, was noch geschehen kann. Vielleicht gibt uns dein Baas noch einmal so 'n Stück."

Er zog seine letzte Zigarre heraus und setzte sie vergnüglich schmauchend in Brand. Das Flämmchen beleuchtete flüchtig seine listig zwinkernden Äuglein, seinen braunen Krausbart und seine rotglänzenden Bäcklein. Er fühlte sich so ungeheuer lustig gestimmt und befriedigt. Er blies das Streichholz aus, und wieder schritten sie gemütlich in der Finsternis nebeneinander dahin: der Große humpelnd und knickebeinig, als ginge er über ein holperiges Steinfeld, der Kleine in leichtem, gleichmäßigem Tritt und mit taktmäßigen Schlenkerbewegungen seiner kurzen Ärmchen, als ruderte er in aufrechter Stellung in einem unsichtbaren Schiffchen dahin.

Dort stand die alte, graue Mühle mit ihren gekreuzten, nackten Flügeln, und da drüben lag der große, düstere Hof im tiefen nächtlichen Schlummer. Sie mussten Abschied nehmen. Morgen begann wieder die lange, langweilige Arbeitswoche.

„Nu', Dees, schlaf wohl, hörste; und bis nächsten Sonntag!", sagte Theofielke.

„Schlaf wohl, Theofiel, und bis zum Sonntag!", antwortete Deeske.

Und gemütlich qualmend verschwand er mit seinen kurzen, flinken Schritten im stillen Dunkel des einsamen Feldes.

Wie Teum Grondnagel Buße tat

Teum Grondnagel war sterbenskrank ...

Er war ein starker, urwüchsiger, wilder Bauer von ungefähr sechzig Jahren. Felsenstark, eisenstark war er sein Leben lang gewesen. Ich sehe ihn noch im Geiste vor mir stehen: groß, massig, vierschrötig, mit ziegelrotem, glattrasiertem Gesicht und harten, grauen, tiefliegenden, bösartig und finster blickenden Augen.

Er redete wenig, hörte aber viel zu, die Leute fest und beängstigend lang ansehend. Seine dünnen Lippen konnten stundenlang geschlossen bleiben, ohne einen Ton von sich zu geben.

Er war schroff und gebieterisch gegen seine Untergebenen, und diese hatten ungeheure Furcht vor ihm. Er selbst arbeitete sehr wenig, hielt aber scharfe Aufsicht, damit diejenigen, die für ihn arbeiteten, keinen Augenblick vertrödelten.

Er war unverheiratet. Wer ihm vom Heiraten sprach, bekam eine verächtliche, schmähende Antwort. Dennoch hielt er viel von den Weibern, aber nur gelegentlich gewisser Anfälle, in seinen wilden Stunden, wenn er, wie er das nannte und wie es die Leute aus der Gegend ihm nachsagten, „seinen Rappel hatte".

Dieser „Rappel" des Teum Grondnagel war eine weitherum bekannte, von manchen sehnsüchtig erwartete, von den meisten aber gefürchtete und verabscheute sporadische Erscheinung. Sie trat ausnahmslos sehr plötzlich auf, ohne irgendwelchen besonderen Anlass oder Grund. An irgendeinem Morgen, gleichviel ob Sonntag oder Werktag, zog Teum seine besten Kleider an, stopfte sich die Taschen voll Geld, verließ, ohne jemanden zu benachrichtigen, seinen Hof und fing an zu „rappeln".

Die Bauern wussten es sogleich, sie merkten es an seinem Gang und an seiner ganzen Haltung, noch ehe er etwas getrunken hatte. Und die Kunde ging von Haus zu Haus, von Kneipe zu Kneipe, von Hof zu Hof.

„Obacht, Leut'! Aus dem Weg! Teum Grondnagel hat seinen Rappel!"

Er stürmte in die ländlichen Wirtshäuser hinein, bewirtete alle, die um ihn waren, fluchte, brüllte, schlug mit seinem Stock den ganzen Plunder kaputt, belästigte die Weiber, zog das Messer gegen die Männer und ging dann wieder ans Bewirten und Bezahlen – eine einzige wilde, tierische, liederliche Orgie, bis es plötzlich ohne Grund aus war, genau so, wie es grundlos angefangen hatte, und er unerwartet, finster und drohend, ohne jemanden anzureden, wieder auf seinem Hof erschien, um in einem dumpfen, tierartigen Schlaf von vierundzwanzig Stunden seinen ekelhaften Rausch auszuschlafen. Als ob nichts geschehen wäre, ging er dann am nächsten Tage über seine Felder und durch seine Ställe, schärfer als je Aufsicht haltend, unerbittlich hart gegen die geringste Nachlässigkeit, die unschuldigste Versäumnis. Dann wehe dem oder der, die etwas auf dem Gewissen hatten! Wehe auch dem, der mit ihm zu verhandeln, etwas von ihm zu kaufen oder zu bekommen hatte!

Bis plötzlich die Krankheit, die sehr verdrießliche Krankheit, ihn niederwarf! Der Riese ward selbst ein Schwächling; sein eisenstarker Körperbau war endlich durch die jahrelangen Ausschweifungen untergraben.

Nun saß er zitternd, mit fieberhaft glühenden Augen, in der dunkelsten Ecke des Herdes, wie ein abgehetztes, in

dem hintersten Ende seiner Höhle zusammengekauertes
Tier. Das „Rappeln" war für immer vorbei, er konnte nichts
mehr genießen, und mit Neid und Missgunst verfolgte er
ohnmächtig tobend das Leben derer, die sich noch voll
Jugend und Gesundheit um ihn bewegten und nun auch,
wenn sie wollten, sich seinem jahrelang so sehr gefürchteten Herrscherblick entziehen konnten. Was konnte ihnen
dran liegen, ob er jetzt noch raste und fluchte und mit
seinem Stock drohte! Er hatte keine Kraft mehr in seinen
Fäusten, und seine Beine waren gelähmt.

Das alles sah und wusste und fühlte er mit einer hoff-
nungslosen Klarheit, die seine Qualen noch mehr ver-
schlimmerte, und mit dem Bewusstsein des nahenden
Endes stieg nun auch die peinigende und nicht zu vertrei-
bende Furcht in ihm auf: die zunehmende, Entsetzen erre-
gende Furcht vor Strafe und Buße im Jenseits, als die Folge
all des Bösen und Ungerechten, das er während seines ganzen Lebens begangen hatte. Wie viele Menschen hatte er die
langen Jahre her misshandelt und betrogen und bestohlen!
Sie wussten es nicht, aber Er, der große Richter, vor dessen
Thron er bald erscheinen würde, der wusste alles, und der
würde Rechenschaft von ihm verlangen und ihn bis ans
Ende der Ewigkeit, die kein Ende hat, in den Höllenflam-
men foltern lassen! Dann krümmte er sich in seinem Lehnstuhl zusammen, als fühlte er schon die furchtbaren Brand-
schmerzen, und seine fieberglühenden Augen sperrten
sich vor Entsetzen auf, und seine bebenden Lippen stießen
heisere Rufe aus und flehten krampfhaft um Gnade. Doch
gab es Gnade für solche Sünder? Er hatte den Pfarrer kommen lassen und seine Beichte abgelegt, aber das war ihm
nur ein schwacher Trost gewesen, und die Absolution des
Geistlichen hatte ihn nicht im Geringsten erleichtert. Eine
einzige, allerletzte Zuflucht gab es vielleicht noch für ihn:
das Böse, das er getan, wieder gutzumachen! …

Stundenlang, tagelang saß er da, trübselig und zitternd, in dem dunklen Herdwinkel und dachte nach. Wen hatte er schon betrogen und um wieviel? Ihm schwindelte, es waren ihrer zu viele, und manche lebten auch gar nicht mehr! Aber von anderen konnte er sich dessen noch sehr gut erinnern, und er verlangte Papier und Bleistift und begann nachzudenken und zu rechnen. Das dauerte wieder lange, lange Tage.

Immer wieder kamen neue Namen hinzu, geschöpft aus den tiefsten Tiefen seines alten Schelmengedächtnisses.

Aber endlich war er damit fertig, und nun begann er darüber nachzusinnen, wen er mit der heiklen Botschaft betrauen sollte. Es musste jemand sein, der sehr verschwiegen und vertrauenswürdig war.

Nach endlosem Überlegen fiel seine Wahl auf Jantje, ein altes Männchen aus dem Armenhaus, das ihm durch seine untadelhafte Ehrlichkeit und sein stark ausgeprägtes Redlichkeitsgefühl wohl bekannt war, und das auch einst bei ihm gearbeitet hatte. An einem kalten, nebeligen Novembermorgen wurde Jantje dringend auf den Hof entboten, und als er in der geräumigen düsteren Bauernküche mit dem kleinen Alten ganz allein war, entblößte Teum seine Schurkenseele und fragte Jantje, ob er überall in seinem Namen seine Vergehen wieder gutmachen wolle. Er versprach ihm dafür reichliche Belohnung.

Erstaunt, ganz erschreckt durch diese unerwartete Mitteilung, stimmte Jantje nach einem kurzen Zögern zu.

Und Teum beichtete seine Sünden, eine nach der anderen, zuerst eine gegen Jantje selbst.

„Weißt du noch, Jan, dass du mir mal dein Stroh verkauft hast? Es musst' hier aus'm Hof gewogen werden, und du warst nicht dabei. Jawohl, anstatt achthundert Kilo, die ich bezahlt hab, waren's neunhundertfünfzig. Ich hab dich also an diesem Tag um hundertfünfzig Kilo betrogen! Hundertfünfzig Kilo, das Kilo zu sieben Centimen, macht zehnneinhalb Franken. Die Zinsen von über fünfzehn Jahren dazu gerechnet – wieviel mag das sein? Zwanzig Franken? Fünfundzwanzig? Nehmen wir 'ne runde Summe: Da sind fünfundzwanzig Franken! Jantje war ganz verdattert und starrte den Bauer mit offenem Mund und aufgerissenen Augen regungslos an. Über seine alten Wangen zog plötzlich eine tiefe Röte, und seine verwitterten Hände bebten auf seinen Knien wie vor Kälte.

„Aber Baas! Aber Baas!", stammelte er endlich aus vertrockneter Kehle, ohne die fünf blinkenden Geldstücke anzunehmen.

„Nimm! Nimm!", schrie Teum dringend, als ob das Geld ihm in den Händen gebrannt hätte. Und als das endlich geschehen war, zog er seinen mit Bleistift beschriebenen Notizzettel hervor und las dem kleinen Alten vor:

„Vierzig Franken an Meisterin Van de Weghe für Mindergewicht bei den zehn Jahre lang gelieferten Erdäpfeln."

Jantje nickte, trocken schlingend und noch immer sprachlos.

„Fünfundsechzig Franken an den Theofiel Mispeloare für Mischung von Roggen unter den Weizen, fünfzehn Jahre lang."

Jantje nickte.

„Achtzig Franken an die Witwe Van Lierde für Fett in der Butter ..."

Und so ging es fort, eine lange, lange Liste von jahrelang betriebenen Betrügereien, und bei jedem Namen legte Teum mit zitternder, abgezehrter Hand die Summe hin, die Jantje mit seinen nicht minder zitternden knochigen Fingern einstrich und in einem grauleinenen Beutel verwahrte.

„Nun geh und eil dich!", sagte Teum, nachdem er endlich am Schluss seiner Liste angelangt war. Und erschöpft sank er in seinen Lehnstuhl zurück, während Jantje taumelnd vor Aufregung das Bauernhaus verließ.

Den ganzen Tag verwendete er auf seinen langen Umgang. – Wo er vorsprach, fragte er geheimnisvoll, ob er nicht den Meister oder die Meisterin sprechen könne, und flüsternd, scheue Blicke um sich werfend, erzählte er den Fall, während er langsam den Beutel aufschnürte und ihm das Geld entnahm.

Welch eine Überraschung in den meisten Häusern! Überall sperrten die Leute beinahe ungläubig die Augen weit auf. Die einen waren wie vor den Kopf geschlagen, andere brummten und schimpften ein bisschen; wieder andere äußerten Zweifel, ob ihnen auch genug zurückgegeben werde, die meisten aber waren dankbar und glücklich über die unerwartete Einnahme, und Jantje wurde reichlich bewirtet. Daran war er nicht gewöhnt, und so stieg ihm das Genossene in den Kopf.

Nach und nach tat er weniger geheimnisvoll, er wurde lebhaft und redselig, erzählte lang und breit seinen eigenen Fall, den Betrug bei der Strohlieferung. Das wirkte anfeuernd auf ihn und regte ihn immer mehr auf, seine Äuglein leuchteten und seine Bäckchen glühten; er trank fleißig die „Tröppelchen“ und „Pintchen“ aus, die ihm fortwährend dargereicht wurden, und als er bei anbrechender Dämmerung auf den Hof zurückkehrte, stieß er im Garten erst ein paarmal an die Bäume an, ehe er die Haustür finden konnte.

Ängstlich keuchend und stöhnend wartete Teum auf seine Rückkehr. Sobald er ihn sah, schickte er Meelnie die alte Hausmagd, hinaus, und noch ehe Jantje Zeit fand, Platz zu nehmen, fragte er ihn dringend mit seiner hohlen, heiseren, zitternden Stimme:

„Nu’, was haben sie gesagt? Wie is es gegangen?“

„Oh, ausgezeichnet, ausgezeichnet!“, jubelte Jantje,

heftig mit beiden Händen agierend. „Sie sind zufrieden, weißte! Das kannste sicher glauben!"

Teum sah ihn im Halbdunkel der geräumigen Küche mit seinen tiefliegenden, fieberglühenden Augen finster an. Er merkte, dass der kleine Alte tüchtig angesäuselt war, und seine bebende Hand umklammerte mit einer ohnmächtigen Gebärde der Wut den Knüppel, als wollte er damit zuschlagen.

„Was haben sie gesagt, frag ich dich", wiederholte er heiser, drohend, schroff, mit einem gewaltigen Stöhnen.

„Sie lassen sich bedanken, tausendmal bedanken!", schluckte Jantje, indem er mit dem leeren Beutel und der Liste nach dem Herde torkelte.

Teum stieß einen Fluch hervor und fuchtelte mit seinem Stock, um sich das Männchen vom Leibe zu halten.

„Bleib mir vom Leib! Du bist besoffen! Du bist ein Saufaus!", tobte er zähneknirschend.

„Was? Ich? Ich! Ich 'n Saufaus?", rief Jantje gekränkt und entrüstet.

„Still! Keinen Radau! Erzähl!", rief ihm Teum barsch und gebieterisch zu.

Jantje, durch den scharfen Ausfall ein wenig ernüchtert, begann zu erzählen. Mit seiner geschwätzigen Stimme, die dann und wann ein wenig stockte, gab er einen umständlichen Bericht über seine Besuche: wie die Leute ihn empfangen hatten, wie er ihnen die Sache erklärt, was sie darauf gesagt, getan, gefragt hatten.

… In der großen, niedrigen Küche war es beinahe Nacht geworden. Durch die kleinen, grünlichen Fensterscheiben drang nur noch ein graues Dämmerlicht, das matt und dumpf auf den kupfernen und zinnernen Schüsseln an den Wänden widerstrahlte. Die alte Kastenuhr mit dem unlesbar gewordenen Zifferblatt aus Zink tickte melancholisch-langsam, und neben dem schwarzen Herd, in dem die beinahe ganz verbrannten Klötze zu dunkelroter Holzkohle verglimmten, saß Teum jetzt unbeweglich in seinem Lehnstuhl versunken und hörte zu.

Das dauerte lange, lange Minuten … Jantje hatte schon alles erzählt und noch einmal erzählt, und noch immer hörte Teum regungslos und wortlos in seiner düsteren Ecke zu. Es wurde auf die Dauer unheimlich, und ein seltsames, ängstliches Gefühl beschlich allmählich das alte Männchen. In dem fahlen Dämmerlicht des ersterbenden Feuers sah er nur noch unbestimmt Teums unbewegliche, abgemagerte, in graue Strümpfe gehüllte Knöchel und seine weißen Holzschuhe. Die alte Uhr tickte nun überlaut in der totenstillen, düsteren Küche, und geheimnisvolle Schatten schienen über den Boden und an den Wänden entlang zu kriechen.

Jantje wurde bang zumute. Seine Kehle war ganz vertrocknet, der Kopf schwindelte ihm, er fühlte sich unwohl werden. Ein Weilchen starrte er erschreckt und ratlos um sich, und plötzlich stand er auf und fragte mit schüchterner, zitternder Stimme, die wie ein seltsamer Misston durch die tödliche Stille halltet

„Ja, Baas, wie ich sag, das is alles. 's wird spät und dunkel. Darf ich nun fortgehen?" – Keine Antwort. Stumm und regungslos blieb Teum in seinem Lehnstuhl zurückgesunken liegen, als hätte er Jantjes schüchterne Worte nicht gehört.

„Baas! … Baas …!", wiederholte Jantje mit plötzlich entsetzter Stimme, deren Klang ihn selbst erschreckte. Und indem er zitternd zum Herd ging, berührte er Teum ganz leicht mit zögernden Fingern.

Hinter einem der kleinen Fensterchen zeigte sich draußen, kaum sichtbar, die dunkle Silhouette der Hausmagd, die beide Hände trichterartig vor die Augen hielt und forschend herein in die Küche starrte.

„Meelnie! Meelnie!“, schrie Jantje, von Todesangst
ergriffen.

„Was ist denn?“, fragte die Magd, indem sie in die Küche
kam.

„Meelnie! Meelnie! Sieh mal her. Geh, steck das Licht
an und sieh mal her!“

Die Magd zündete hastig ein kleines Lämpchen an und
kam damit zum Herde.

“Ach Gott, ach Gott!“, fuhren beide erschreckt zurück.

Die Arme schlaff über die Stuhllehne herabhängend,
der Kopf tief über die Schulter herabgesunken, das Gesicht
verzerrt und verfärbt, der Mund halb geöffnet und die
Augen geschlossen – so saß Teum in zusammengesunke-
ner Haltung neben dem ausgebrannten Herdfeuer … tot!

Rekrutierung

Acht Uhr morgens. Die laue Frische eines frühen Lenzestages liegt über dem stillen Dorfe. Noch hat kein Bäumlein seine Blätter entfaltet, aber die Knospen schwellen schon. Man fühlt in der Luft, wie die Natur sich neu belebt. Es duftet nach dem kommenden Frühling.

Ein innerlich jauchzendes Gefühl, das die Augen glänzen macht, das einen drängt, hinauszueilen, weit fort in das endlose Feld, wie der ausgelassene Vogel, und dort mit vollen Zügen die frische Luft einzusaugen, gierig und unersättlich, bis zum Taumel seliger Trunkenheit.

Aber in traurigem Gegensatz zu diesem frohen Gefühl der Freiheit steht ein schwerer, beklemmender Druck, der sich langsam über dem Dorfe ausbreitet.

Heute wird das Dörflein sich nicht draußen in der herrlichen Außenluft seiner Freiheit freuen; heute kommt die herrliche Freiheit von draußen herein, um sich zwischen engen Mauern gefangen zu geben.

Es ist heute Rekrutenauslosung.

… Bald werden sie aus allen umliegenden Dörfern und Gehöften hierher nach dem Hauptdorfe des Bezirks kommen, all die freien, gesunden, rauen Burschen von neunzehn und zwanzig Jahren. Da wird man sie, einen nach dem andern, aufrufen, sie werden die Hand in eine kleine Trommel stecken und daraus ihr Los, in Wahrheit ihr Lebenslos, in Gestalt eines kleinen Papierröllchens ziehen. Für viele wird es wieder die Freiheit, die stürmische Freiheit und Ungebundenheit sein. Für andere jahrelange

Sklaverei und Gefangenschaft. ... Da kommt schon der erste Trupp.

Was, jetzt schon betrunken? Sie nehmen ihrer fünfzehn oder zwanzig in einer einzigen Reihe die ganze Breite der Straße ein und brüllen, mit den Füßen stampfend:

> *„Oez armes! Oez armes!*
> *Wij zijn van Leopoldepoldepol!*
> *Oez armes! Oez armes"*
> *Wij zijn van Leopold!"*[7]

Grellfarbige Pompons und Blumen aus Papier schmücken ihre runden Hüte oder Mützen, und wild werfen sie die Köpfe hin und her und hintenüber, als wollten sie diese lästigen Dinger von sich schleudern. Es ist, als ob diese Blumen sie stachelten. Sie benehmen sich wie wilde Stiere in einer Corrida, die die stechenden Banderillos von ihrem blutenden Nacken abzuschütteln suchen.

Es ist seltsam, aber ihre wilde Aufregung erscheint mir doch nicht als Trunkenheit. Es ist etwas anderes. Diese glühenden Gesichter, diese wild starrenden Augen, die bald wie vor Schreck versinken, bald wieder zornfunkelnd hervorquellen, und dann dieses Verzerren der Gesichtsmuskeln, wie unter plötzlichen Stichen physischer Qual – es ist etwas anderes, etwas ganz anderes.

Eine kurze, grausam wüste Szene macht mir klar, was es ist. Neben der wilden Bande laufen an den Häusern entlang zwei Weiber einher, die aus großen, flachen Körben

---

7   „Oez armes" spr. *uhs armes*, nach dem bekannten französischen Waffenruf „Aux armes!". In wörtlicher Übertragung lauten die Verse: „Zu den Waffen! Zu den Waffen! Wir sind von Leopoldepoldepol! Zu den Waffen! Zu den Waffen! Wir sind von Leopold!" Mit dem Leopold ist der vorige Belgierkönig gemeint.

die grellfarbigen Pompons und Blumen verkaufen. Unter der ganzen Rekrutengesellschaft ist nur ein einziger, der seine Mütze noch nicht geschmückt hat, und die beiden Frauen drängen sich an ihn heran und bestürmen ihn, es den anderen gleichzutun.

Er will nicht. Immer wieder wehrt er unter dem Füßestampfen und Brüllen die ihm entgegengestreckten Blumenbündel ab und schüttelt heftig mit dem Kopfe, zum Zeichen, dass man ihn in Ruhe lassen solle. Er hat gelbblondes, fast weißes Haar und ein rotes und rundes, mit braunen Sommersprossen übersätes Gesicht. Hellgelb sind auch die Wimpern, und unter ihnen nehmen sich die seltsam hart blickenden Augen, die in ihrem erstarrten, wilden Ausdruck etwas Beängstigendes haben, beinahe schwarz aus.

„Kauf dir auch 'n Blümchen, Jung. Gönn uns auch 'n paar Pfennig Verdienst. Komm, sei nicht so knickrig", drängen die Frauen ohne Unterlass. Es sind Westflämische, von der Art, wie sie immer hinter Kirmesgästen und Rekruten herlaufen, die eine lang und mager, mit schielenden Augen, die andere dick und kurz, mit weit vortretendem Bauch, auf dem ihr breiter, flacher Korb zum Teile ruht.

„Guck mal, Jung, nimm dies, 's is beinah umsonst", bestürmt die Dicke den Rekruten, während sie ihm eine rote und grüne Ranke dicht unter die Nase hält.

Plötzlich kehrt er sich um, die Fäuste geballt, den Nacken geduckt, aus den harten Augen Flammen schießend.

„Gottverflucht, jetzt wird mir's zu dumm! ..." Und ehe das Weib Zeit findet, zurückzuweichen, stößt er so gewaltig gegen ihren Korb, dass die Blumen wie eine Farbenwolke in die Höhe stieben, und schmettert sie selbst mit einem wuchtigen Faustschlag zu Boden.

Die dicke Frau hat ein Jammergeschrei ausgestoßen, die lange Magere fliegt drohend und fluchend auf den Rekruten zu. Aber im Nu liegt auch sie mitten unter ihren zertrampelten Blumen auf der Straße und die ganze Bande, die sich mit ihrem Kameraden solidarisch fühlt, umringt unter höllischem Geschrei die beiden heulend am Boden liegenden Frauen. Nur noch ein Wort, ein Blick des Widerspruchs oder der Drohung, und sie werden beide zu Brei zertreten.

In Todesangst falten die Weiber flehend die Hände.

„Ach Gott, schlagt uns doch nicht tot! Ach Gott, schlagt uns doch nicht tot!"

„Das ist mir wurst!", schreit zähneknirschend der weißhaarige Rekrut. Und er versetzt jeder noch einen furchtbaren Fußtritt, der sie wieder in ein Mordjogebrüll ausbrechen lässt ….

… Das ist es, was ich in den Augen und auf den Gesichtern gesehen habe: nicht Trunkenheit; Grausamkeit. Alles Schlechte, was im tiefsten Innern des Menschen verborgen liegt, ist plötzlich hervorgebrochen unter dem schmerzlichen Stachel der gefürchteten Tyrannei und des Unrechts! Die Aussicht, ihrer Freiheit beraubt zu werden, der Abscheu vor dem aufgezwungenen Soldatenleben, die unwiderstehliche und verhängnisvolle Macht, der sie folgen müssen – das alles gärt und kocht in ihnen und macht sie furchtsam und feige und zornig und grausam zugleich. Sie wüten und rasen. Nichts, sei es stark oder schwach, darf sich ihnen heute in den Weg stellen, oder sie werden es zermalmen. Ohne sich weiter um die zu Boden getretenen Weiber zu bekümmern, fassen sie sich gegenseitig wieder unter dem Arm und stürmen weiter durch das Dorf, unter wildem Füßestampfen und Hin- und Herwerfen der Köpfe brüllend:

„Oez armes! Oez armes!
Wij zijn van Leopoldepoldepol!
Oez armes! Oez armes"
Wij zijn van Leopold!"

... Da kommt eine zweite Bande aus der entgegengesetzten Richtung. Es sind die Kerls von Lauwegem!

... Zahlreiche Neugierige, die die Ankunft der fremden Rekruten auf ihren Schwellen erwarteten, ziehen sich hastig wieder zurück und schließen die Türen.

Man fürchtet Raufereien. Jedes Jahr, ohne irgendwelchen Grund, nur aus Tradition, raufen die Rekruten von Lauwegem mit denen von Baevel. So war es schon zur Zeit der Ältesten im Dorf, und niemand kann sich erinnern, wie, wann und warum es zum ersten Male begonnen hat. Es ist, als seien sie damit geboren und erzogen worden. Ein Baeveler rauft mit einem Lauwegemer, blindlings und instinktiv, wie ein Kampfhahn sich auf einen anderen Kampfhahn stürzt.

Unter abscheulichem Gebrüll stürmen die beiden Banden auf einander los. Arm an Arm nebeneinander forteilend, füllen sie die ganze Straße. Dicht vor dem Gemeindehaus stoßen sie brüllend zusammen, und für einen Augenblick erhebt sich ein Mordsspektakel von donnerndem Fußgetrappel und rasendem Wutgeschrei.

Doch nein, diesmal raufen sie nicht. Wie es kommt, wissen sie selber nicht, aber sie sind nur flüchtig durcheinandergewirbelt und gleich darauf sind die Parteien wieder getrennt und schreien unter Füßestampfen und wildem Jauchzen ihr „Oez armes! Oez armes!" hinaus.

In einiger Entfernung schauen sie sich nach einander um, herausfordernd die Knüttel schwingend, und dann taumeln sie wieder weiter, jede Bande nach einer anderen Richtung. Erstaunt erscheinen die Dörfler wieder auf ihren Schwellen und schauen den brüllend abziehenden Rekruten nach, von denen sie nicht begreifen können, warum sie diesmal nicht gerauft haben.

... Zehn Uhr. Das ganze Dorf ist in lebhafter Bewegung. Aus allen umliegenden Gemeinden sind nun die Rekruten angekommen. Sie stehen dicht zusammengedrängt oben in dem großen Saale des Gemeindehauses, wo der im Wagen aus der Stadt gekommene Bezirkskommissär die Losung leitet. Er sitzt in der Mitte an einem großen, grünen Tisch, um den sich sonst die Mitglieder der Gemeindeverwaltung versammeln. Ein Mann von schon vorgeschrittenem Alter, mit einem ruhigen, feierlichen Gesicht, schönem, langem Graubart und ernsten Augen. Rechts von ihm sitzt der Polizeikommissär, der die Namen der Rekruten aufruft. Links waltet der Schreiber seines Amtes. Mitten auf dem Tisch steht die von dem Dorffeldwächter bewachte Trommel mit den Losen. Zwei Gendarmen in Gala, mit langen Stulpstiefeln und hohen Bärenmützen, halten die Ordnung aufrecht.

Plump und ungeschickt, mit glühendem Gesicht, die grell geschmückte Mütze zwischen den Fingern, tritt der Rekrut vor. Er sagt noch einmal seinen Namen, während der Feldwächter durch eine Krücke die Trommel zum Drehen bringt, so dass die Lose wie Nüsse durcheinanderklappern. Ein kleines Türchen wird geöffnet, durch das der Rekrut seine Hand in die Trommel steckt. Er zieht eine kleine Hülse aus Holz heraus, die er dem Kommissär überreicht. In dieser Hülfe steckt, zusammengerollt, sein Los, sein Lebenslos. Langsam und ruhig nimmt der Kommissär mit einem dünnen Stäbchen das Los aus der Hülfe, entfaltet es, ruft mit lauter Stimme eine Nummer und übergibt das Papierchen dem Rekruten.

In dem weiten, dichtgefüllten Saal herrscht fortgesetzt das dumpfe Geräusch tiefster Bewegung. Der halb geistesabwesende Rekrut begreift anfänglich nicht. Ist er „raus"? Ist er „drin"? Plötzlich begreift er und beginnt händeringend zu schluchzen oder in ausgelassener Freude zu poltern. Wenn er eine gute Nummer gezogen hat, rennt er hinab, schwingt jauchzend und schreiend seine beblumte

Mütze, fällt draußen Eltern und Freunden in die Arme, die in ängstlicher Aufregung auf den Ausgang gewartet haben. Er lässt sich von den Blumenweibern von oben bis unten schmücken, gibt ihnen alles, was sie verlangen, wirft Hände voll Münzen unter die Menge, läuft mit Verwandten und Freunden wie närrisch durchs Dorf, schreit seine Nummer aus, lachend, schluchzend, jubelnd:

„Raus! Raus! Ich bin raus!" Alle zwei oder drei Minuten kommt so ein Rekrut herunter. Die einen sehen leichenblass aus und halten sich am Treppengeländer fest; andere stampfen mit den Füßen, knirschen mit den Zähnen, ballen fluchend und rasend die Fäuste. Manche sind bereit, mit allem, was um sie herumsteht, eine wüste Balgerei anzufangen, andere stehen mitten unter dem Volk auf der Straße heulend wie kleine Kinder. Die einen muss man mit Gewalt fortschleppen, um ein Unglück zu verhüten, andere stürmen wie wahnsinnig daher und schreien, indem sie die heulenden Frauen und Kinder, die sich flehend an sie angeklammert haben, wütend von sich abzuschütteln suchen, dass sie sich ertränken wollen. Zuweilen ist es gar nicht zu unterscheiden, wer „raus" und wer „drin" ist. Die gewöhnlichen, natürlichen Äußerungen der Freude- und Schmerzgefühle sind durcheinandergeschüttelt, umgekehrt und entartet; der Unglückliche lacht schallend auf und der Glückliche weint, oder beide lachen oder weinen abwechselnd durcheinander, wie in immer wiederholten, immer unheimlicher werdenden Wahnsinnsanfällen.

Nur die Wildheit bleibt, die grausame Wildheit. Das aufgepeitschte, entfesselte Menschentier fordert seine Rechte.

„Lauwegem gegen Baevel!"

Lauwegem gegen Baevel! Die Auslosung ist vorüber und ringsum erschallt nun der Kampfruf, während die Leute wieder erschreckt ihre Türen schließen. Die traditionellen Feinde wollen fechten; sie schämen sich ihrer flüchtigen

Schwäche von vorhin. Es geht nicht an, dass die diesjährigen Rekruten feiger sein sollen, wie die der vorausgegangenen Jahre. Und plötzlich ist alles ein entsetzliches Chaos, über den beblumten Mützen funkeln wie fahle Blitze die geschwungenen Messer.

Feldwächter und Gendarmen eilen herbei, suchen die Streitenden zu trennen. Aber es nützt nichts, die wilden Tiere ringen und brüllen, die Messer blitzen, die Knüttel sausen nieder, die Füße scharren, bis endlich einer niederplumpst und wie tot liegen bleibt.

Es ist einer von Baevel! Es ist der dicke Rotkopf mit den weißen Haaren, der die beiden Weiber misshandelt hat.

Seine Kameraden stellen den Kampf ein und heben den Blutenden auf. Es ist eine Niederlage für Baevel und ein Sieg für Lauwegem. Drohend und rasend ballen die Baeveler in Hass und Rachsucht die Fäuste gegen die Lauwegemer, die höhnisch triumphierend abziehen.

Ihr Jubelgebrüll donnert durch die lange Straße, die geschmückten Hüte und Mützen wirbeln in den fuchtelnden Händen wie ein wimmelnder Flug buntgefiederter Vögel über den wild hin- und hergeworfenen Köpfen, und wie Mördergeheul dröhnt ihr Gesang zu den geschlossenen Häusern empor:

> *„Oez armes! Oez armes!*
> *Wij zijn van Leopoldepoldepol!*
> *Oez armes! Oez armes"*
> *Wij zijn van Leopold!"*

Das Wahlschwein

Die Liberalen haben im Falle des Sieges dem Volke versprochen: Sechs Tonnen Bier, ein Fässchen Genever und vier große, schöne Schinken.

Die Katholiken haben im Falle des Sieges dem Volke versprochen: Acht Tonnen Bier, ein Fass Genever und ein ganzes Schwein.

… Die Abstimmung ist vorüber. In lärmenden, wimmelnden Scharen steht das Volk mitten auf der Straße vor dem Gemeindehaus, um die Bekanntmachung des Wahlresultats zu erwarten.

Man weiß noch nichts, aber es gehen wirre Gerüchte um. Bald sind es die Katholiken, die gewinnen werden, bald wieder die Liberalen. Oben, hinter den blauen Fenstern des ersten Stockwerkes, erscheinen ab und zu Gesichter. Sie schauen zu dem Volk auf die Straße herab. Die einen haben einen spöttischen Ausdruck, die anderen einen ernsten. Ab und zu werden Gebärden gemacht, deren Bedeutung man nicht klar erfassen kann. Achseln werden gezuckt, Hände mit gespreizten Fingern, zur Andeutung von Zahlen, gegen die Fensterscheiben gedrückt, während übertrieben lebhaft bewegte Lippen Worte aussprechen, die man unten in dem Rumor doch nicht verstehen kann. Man versteht eigentlich gar nichts, alles ist verwirrt und zweifelhaft, und niemand darf mehr nach oben kommen: Zwei Gendarmen halten auf der Treppe Wache und verwehren jeden Zutritt zum Gemeindehaus.

So dauert es lange, sehr lange. Die Menge, die in ihrer Unsicherheit und Ungeduld mit den Füßen scharrt und trampelt, langweilt sich. Von Zeit zu Zeit wirft irgendein Possenreißer einen Witz hinein, der ein nur schwaches und sehr kurzes Lachen hervorruft. Ein Betrunkener, der sich ein wenig zu breit macht, wird roh auf die Seite gestoßen. Man ist mit ernsten Dingen beschäftigt, starr richten sich alle Gesichter nach den hohen, blanken Fenstern des Gemeindehauses.

… Dort scheint etwas vor sich zu gehen. Anstatt der Gesichter sieht man plötzlich nur noch Rücken an den Fenstern. Alles blickt nach innen. Man fühlt die gespannte Aufmerksamkeit in der straffen Haltung all dieser dem Fenster zugekehrten Rücken! Unter diesen vielen dunklen Rücken ist ein einziger gelbgrauer, und auf ihn heften sich aller Blicke. Er steht unbeweglich, aber bereit – das fühlt man – im nächsten Augenblick in heftigste Bewegung zu geraten.

Da bricht es plötzlich los! Ein wildes Jauchzen, das die Fenster klirren macht, ein wildes Schwingen von Armen und Hüten, im Nu sind zwei, drei Fenster aufgerissen, ein donnerndes Geschrei und Hochrufen erhebt sich:

„Hoch die Katholiken! Nieder mit den Liberalen!"

Ein großer Teil des untenstehenden Volkes stiebt schreiend auseinander und rennt wild durch die Gassen. Andere erwidern das Hoch, wieder andere schleichen sich still und hastig davon. Auf dem Gemeindehaus wird die Fahne aufgezogen, donnernd poltern einzelne Männer die Treppe herab, Tauben werden losgelassen und flattern davon. Die katholische Partei, die am Ruder war, triumphiert, die Feinde sind geschlagen, die Dorfmusik wird zusammengetrommelt, auf dem Kirchturm beginnen die Festglocken zu läuten.

Der Pöbel jubelt laut seine Freude und seine Befriedigung hinaus. Acht Tonnen Bier, ein Fass Genever und ein ganzes Schwein! Wo sind die Tonnen? Wo ist das Fass? Man will sofort davon trinken. Und wo ist auch das Schwein? Man will es sehen! Man will es augenblicklich haben!

„Zum Marktplatz! Alles zum Marktplatz!", ruft eine Stimme. Und alles rennt dem Marktplatz zu, schreiend, lachend, brüllend:

"Hoch die Katholiken! Nieder mit den Liberalen!"

Mitten auf dem Dorfplatz steht als Befehlshaber der Feldwächter, mit feuerrotem Gesicht und mit gezogenem Säbel. Zwei Männer tragen an einem Hebebaum eine schwere Tonne voll Bier herbei. Die Tonne wird auf eine hölzerne Stellage gestellt und entspundet. Das Nass rinnt heraus und bildet im Sand eine kleine Lache. Das johlende Volk drängt gewaltig heran.

„Jeder wartet, bis er an die Reihe kommt! Es ist genug für alle da!", poltert der Feldwächter, drohend den Säbel schwingend. Aber es nützt nichts. Immer wüster drängt der Pöbel heran, und Tonne, Stellage und Feldwächter werden über den Haufen gerannt und in den Sand geschleudert. Mit gellendem Geschrei stürzt die gierige Menge grapschend und sich balgend in den Bierschlamm nieder.

Der Feldwächter steht fluchend wieder auf und haut blind drauf los. Unter Schreckensrufen wogt die Menge wieder zurück. Einige haben am Hahn getrunken und lachen aus triefendem Munde. Anderen sind Gesicht und Hände mit klebrigem Schlamm beschmiert. Von hinten drängen auf allen Seiten kreischende und schreiende Frauen nach, mit Kesselchen und Kannen, die sie über den Köpfen schwingen.

Ein zweite, eine dritte Tonne wird gebracht und auf die Holzstellage gestellt. Der Feldwächter verbietet mit drohend erhobenem Säbel, dass jemand die Hand danach ausstrecke. Das etwas ruhiger gewordene Volk murrt. Einzelne lachen und reißen Witze. Dreie rufen: „Unsern Dzjeneuver! Wir wollen auch unsern Dzjeneuver haben! Und unser Schwein!"

Mit gebieterischer Stentorstimme schreit der Feldwächter die Menge an:

„Ja oder nein – wollt ihr stille sein und warten, bis die Reihe an euch kommt? Es wird gezapft wer'n solang ihr Gusto habt."

„Ja, ja, wir warten!", brüllen Hunderte von Stimmen. Ein paar protestieren aus Ulk: „Nee, nee!", aber ihre Rufe werden von dem betäubenden Geschrei der anderen erstickt.

„Anzapfen!", befiehlt der Feldwächter den Brauerknechten.

In jede Tonne wird ein Hahn geschlagen, und die Knechte lassen das Bier in große Gläser laufen, die sich schäumend bis zum Rand füllen.

Das Volk trinkt! … In vierfacher Reihe schieben sich Männer, Frauen, Kinder, dicht aneinandergedrängt, aber nun verhältnismäßig ruhig, zu den unaufhörlich Bier ausstrahlenden Tonnen vor. Die gierigen Augen funkeln, die Lippen bewegen sich schmatzend und lechzen nach dem zu erwartenden Genuss. Es kostet nichts, und man kriegt so viel, als man trinken mag und trinken kann. Die meisten bilden eine Art Kette, die ununterbrochen von einer Tonne zur anderen geht. Langsam, Schritt für Schritt, schieben sie sich vor, bekommen ihren Teil, treten wieder zurück, kommen allmählich wieder nach vorn. Immerzu, immerzu fließen die Tonnen. Die Hähne werden nicht einmal auf- und zugedreht; sie lassen ohne Unterlass das Bier strömen, und die großen Gläser, die ungespült von Mund zu Mund gehen, werden der Reihe nach darunter gehalten.

„Hoch die Katholiken! Nieder mit den Liberalen!", brüllt plötzlich eine Stimme. Und Hunderte brüllen es johlend und lachend nach:

„Nieder mit den Liberalen! Hoch die Katholiken!"

Überall beginnt das Dorf zu flaggen, in der Ferne spielt schon die Musik und donnern die Böllerschüsse, die den Sieg verkünden. Auf dem Turme läuten unermüdlich die Glocken. Aber niemand hört darauf; immer zahlreicher drängt die Menge zu den strömenden Tonnen. Die meisten Frauen, deren Durst jetzt gelöscht ist, wollen einen Vorrat mit nach Hause nehmen. Sie schwingen ihre Blechtöpfe, Kesselchen und Kannen. Aber laut wird dagegen protestiert. Nein, nein, erst trinken, trinken, bis man daneben niederfällt, und dann die Kannen füllen! Eine der Tonnen ist schon leer, eine andere wird an ihren Platz gelegt; und plötzlich begrüßt ein brausendes Hurra das Erscheinen des Fasses mit dem Genever.

Eine Anzahl Männer und auch einzelne Frauen und Kinder lassen sofort die Biertonnen im Stich und drängen nach dem Geneverfass. Ein Hahn wird hineingeschlagen, und bald gibt auch dieses Fass seinen Inhalt her. Klar wie Wasser, einen durchdringend scharfen Duft verbreitend, fließt der berauschende Saft in die Gläser. Und wie Wasser stürzen ihn die Männer hinunter, auf einen Zug, ohne zu schlucken. Die Weiber beginnen schrill zu kreischen, ein Dutzend Kinder, schon halb toll und voll, taumeln kichernd über den Platz.

„Nu’ unser Schwein! Unser Schwein!“

Die meisten der Vollgetrunkenen fordern nun auch das versprochene Schwein. Sie wissen zwar nicht, was sie damit anfangen sollen, aber sie fordern es doch, weil es ihnen versprochen ist.

„Hoch die Katholikenl Nieder mit den Liberalen! Unser Schwein! Unser Schwein!“

Das versprochene Schwein steht schon im Hof eines Wirtshauses bereit. Auf Befehl des Feldwächters wird es herausgeholt.

Es ist ein schönes Schweinchen, von mittlerer Größe, mit rosigzarter Haut, wie ein nacktes Kind, mit einem kurzen, schief geringelten Schwänzchen und mit einem einzigen grauen Fleck auf dem linken Ohr. Wilder Jubel begrüßt sein knurrendes Auftreten, und Hunderte scharen sich brüllend um das Tier und führen Hand in Hand, hopsend und springend, einen wilden Rundtanz aus:

„Hoch die Katholiken! Nieder mit den Liberalen! Hoch unser Schwein! Hoch unser Schwein!"

„Lasst uns mit ihm durchs Dorf ziehen!", schreit eine Stimme.

- „Mit Büchsen am Steiß!"[8], ruft ein zweiter.

„Ja, ja, mit Büchsen, sapperlot! Wer hat Büchsen?", schreien Hunderte.

„Und mit 'nem Wahlzettel auf'm Rücken!"

„Ja, potztausend, mit 'nem Wahlzettel auf'm Rücken!"

Eine alte, halb verrostete Ofenröhre wird geholt und mit einem starken Strick an ein Hinterbein des Schweines festgebunden. Auf seinen Rücken wird ein Wahlzettel geklebt. Das Schweinchen knurrt und schnüffelt.

Unter riesigem Johlen und Gelächter verlässt eine ungeheure Menge den Dorfplatz und dringt in die Straßen vor. An der Spitze geht das grunzende, widerstrebende Schweinchen, von einem Mann an einem Strick fortgezogen, mit dem weißen Wahlzettel auf dem Rücken und die klappernde Ofenröhre auf dem Straßenpflaster nach sich schleppend. Der Pöbel, schon entsetzlich betrunken, folgt brüllend und taumelnd, schreit mit weit aufgerissenem Maul und hervorquellenden Augen:

„Hoch die Katholiken! Nieder mit den Liberalen!"

Die übrige Bevölkerung, die sich an Häusern entlang geschart hat, sieht lachend zu.

---

8   Ein ländlicher flämischer Gebrauch. Nach der Wahl werden zum Hohn alte Ofenröhren – „Büchsen" – vor den Wohnungen der unterlegenen Kandidaten hin und her geschleppt.

Vor dem Hause des Notars, eines der Kandidaten der „gebüchsten" liberalen Liste, wird kurz haltgemacht. Das Schweinchen wird nach vorn geschoben, und die ganze Bande lässt ein ohrenzerreißendes Durcheinander von Heulen, Pfeifen, Huhugeschrei und Nachahmung von Tierstimmen hören. Ein Stock fliegt gegen die Fenster des totenstillen Hauses, dessen Läden geschlossen sind; ein Stein, so groß wie ein Kinderkopf, schmettert an die verschlossene Tür. Wild grunzend springt das Schwein auf die Seite und reißt seinen Führer zu Boden, während die Ofenröhre klappernd hin und her poltert. Unter einem dröhnenden Gelächter wird es wieder gefasst, und weiter taumelt und lärmt die betrunkene Rotte.

Jetzt sind sie vor dem Pfarrhof. Oben steht hinter einem Fenster der Herr Pfarrer und hält sich den Bauch vor Lachen. Er klatscht in die Hände, sein rotes Gesicht glänzt und strahlt, und der Pöbel zerrt das Schwein vor und schreit aus voller Kehle:

„Haben die Katholiken gewonnen? ... Jaaaa! ..."

„Haben die Liberalen 'ne Büchs? ... Jaaaa!"

„Hoch die Katholiken! Hoch der Herr Pfarrer! ..."

Sie winken und schwingen mit Händen und Mützen, und beginnen zu brüllen:

„Sie werden ihn nicht zähmen,
Den stolzen flämischen Löwen."

Der Pfarrer lacht und grüßt und verbeugt sich und klatscht ihnen mit den Händen nach, während sie weiterziehen. Der Wahlzettel ist von des Schweinchens Rücken gefallen, er wird mit Schlamm wieder hinaufgeklebt, ein zweites Stück Ofenröhre wird dem Tier um den Hals gehängt.

Da kommt ihnen die Musik entgegen, dicht bei dem Hause des Arztes, der ebenfalls Kandidat der liberalen Liste ist. Eine wilde Verbrüderung geht vor sich; das Schweinchen wird bis an den Gartenzaun des Doktorhauses vorgezerrt, und die Musikanten, mit dem Trommelschläger Jan Tambour an der Spitze, knien barhäuptig nieder und spielen einen Trauermarsch, den Begräbnismarsch der liberalen Dorfpartei.

Jetzt kommt der Herr Bürgermeister, der mit all seinen Mannen glücklich wiedergewählt ist. Er lenkt eigenhändig sein zierliches Schimmelgespann. Donnernde Jubelrufe: „Hoch die Katholiken! Hoch unser Bürgermeister!" dröhnen ihm entgegen, so dass die Pferde erschreckt aufbäumen. Er kommt aus dem Gemeindehaus und fährt nach dem Schloss zurück. Er grüßt mit der Peitsche und lächelt fein in seinen weißen Schnurrbart, mit einem flüchtigen Blick auf das Schweinchen, ohne sich weiter mit den Kundgebern gemein zu machen. Der galonierte Diener, der steif hinten im Wagen sitzt, schaut mit Verachtung auf den Pöbel nieder. Und wieder taumelt die wüste Bande durch das Dorf und kehrt endlich nach dem Marktplatz zurück, um die letzten Tonnen leer zu trinken.

Der Abend bricht an. Auf dem Dorfplatz neben den Tonnen, die immer weiter fließen, ganze Schlammpfützen rings um die Stellagen bildend, brennen schon die knisternden Pechfackeln. Wie schreiende Teufel toben die Trunkenbolde im wilden Bacchanal um sie herum. Da und dort liegen einige sturmvoll wie tot, in Sand und Schlamm niedergeplumpst; andere lehnen mit Kopf und Armen an Bäumen und Mauern und erbrechen sich. Zwei Weiber mit fliegenden Haaren und spuckenden Gesichtern raufen miteinander, umgeben von einer heulenden und johlenden Bande von Männern und Kindern. Der Feldwächter und die zwei Gendarmen, die ihm zu Hilfe gekommen sind, sind ebenfalls betrunken und werden jeden Augenblick von der Menge überrannt. Dicht unter dem Hahn einer der

Biertonnen liegt ein Mann auf dem Rücken, das Gesicht
ganz violett und wie in Krämpfen verzerrt. Ein Kerl torkelt
lachend auf ihn zu und öffnet den Hahn. Das Bier strömt
und schäumt, unter dem Höllengelächter der besoffenen
Zuschauer, direkt in den Mund des Daliegenden und gur-
gelt und gluckst in feiner Kehle. Er wälzt sich herum und
drückt seinen Mund in den Schlamm. Das Bier strömt weiter, nun in seinen Nacken. Man schleppt ihn fort unter das
Geneverfass, streckt ihn wieder auf dem Rücken aus und
öffnet den Schnapshahn ebenfalls. Mit einem Gebrüll des
Ekels springt er plötzlich auf, taumelt mit dem Kopf gegen
das Fass, dass das Blut davonspritzt, wankt drei Schritte
weiter und plumpst wieder zu Boden. Auf dem Turme läuten noch immer die Siegesglocken, in den Straßen schmettert die Musik, in der Ferne dröhnen die Böllerschüsse.
Von Zeit zu Zeit hört man noch den heiseren Ruf:

„Hoch die Katholiken! Nieder mit den Liberalen!"

Plötzlich schallt ein ohrenzerreißendes Notgeschrei
über den Platz. Der Pöbel taumelt nach einer Richtung
zusammen und kommt vor einen offenen Raum, wo auf
einem Bett von Stroh das Schweinchen zappelt. Zwei
Männer haben es umgeworfen, und während der eine in
der klaffenden Halswunde bohrt, aus der das dunkle Blut
in dicken Strahlen quillt, sitzt der andere rittlings hopsend
auf dem Tier, um dessen Tod zu beschleunigen. Das durchdringende Geschrei wird allmählich schwächer und zuweilen unterbrochen, bis es sich in ein dumpfes, durch Pau-
sen unterbrochenes und ein immer langsameres Tempo
annehmendes Röcheln verwandelt, das endlich ebenfalls
verstummt. Das Schweinchen ist tot, und abermals steigt
ein wüster Triumphschrei auf.

Schnell wird mit brennenden Strohpfropfen das Haar
abgesengt, mit breiten Messern das Tier geöffnet und
in Stücke zerteilt. Betrunkene Kinder wimmeln um das

Schwein herum und suchen einen Brocken zu erhaschen.
Man trägt die Stücke in eine Kneipe, wo sie sofort, noch
lebenswarm, gekocht, gedämpft, gebraten werden.

Bald darf das Volk essen. Das Volk isst. In der Herberge
sieht es aus wie in einem Ameisenhaufen. Es ist nicht genug
Platz vorhanden, und die meisten kommen mit dampfenden Fleischstücken heraus und schlingen sie aus der Hand
hinunter. Alle stopfen in sich hinein, was sie nur können.
Und dann kehren sie abermals zu den Tonnen zurück, die,
wie unerschöpfliche Quellen, noch immer Bier hergeben.

Der Andrang hat sich vermindert, auch die Fässer werden endlich leer. Der ganze umgewühlte und zertrampelte
Dorfplatz liegt voll grölender und brüllender Trunkenbolde. Die wenigen, die noch auf ihren Beinen stehen können, torkeln heiser singend heimwärts. Kinder und Weiber
wanken heulend durch die düsteren Gassen, da und dort
hört man den Lärm von Raufereien.

Die Glocken läuten nicht mehr, der Böller hat aufgehört
zu donnern, die Musik lässt sich nicht mehr hören. Feldwächter und Gendarmen haben sich entfernt; die letzten
Fackeln löschen glimmend und zischend aus.

Da kommt noch eine Rotte von zwei Dutzend Männern. – Sie taumeln hin und her über die ganze Breite der
Straße, mit einknickenden Knien, schlaff baumelnden
Armen und kraftlos wackelnden Köpfen, und sie lassen
noch ein Gebrüll vernehmen, das eine entfernte Ähnlich-
keit hat mit dem alten bekannten Heldensang:

> *„Sie werden ihn nicht zähmen,*
> *Den stolzen flämischen Löwen.“*

Aber in ihren heiseren Kehlen erstirbt es zu einem undeutli-
chen Lallen, und vor dem Pfarrhofe taumeln sie alle durcheinander und blöken zum letzten Male mit schweren Zungen:

„Hoch die Katholiken! Nieder mit den Libera ... aa ...
len!“

Es endigt in einem unverständlichen Gurgeln, und eine
unheimliche Stille stummer Vertierung legt sich wie ein
Alp über das düstere, betrunkene Dorf.

Die Katholiken sind wiedergewählt ...

Die Pocken

Am Samstag zur Dämmerzeit war auf dem Hofe der Witwe Rooze die Angst aufs höchste gestiegen.

Die ganze Familie – die Pächterin, eine unsaubere fünfzigjährige Frau mit starrem Blick und einer weißen Perle auf dem linken Auge; ihre drei Töchter, dreizehn, fünfzehn und zwanzig Jahre alt; und Nonkelken, ihr Schwager – saßen in der Küche um den Ofen geschart, und wenn ihr Entsetzen sich nicht lediglich durch stumme, völlige Niedergeschlagenheit äußerte, kam nur das eine Wort auf ihre Lippen, stieg nur das eine unverscheuchbare Gespenst vor ihnen auf: die Pocken …

Seit einigen Wochen hatte die ansteckende Krankheit in Baevel ihre Aufwartung gemacht. Erst im Dorf, dann auf den Einöden, bald überall. Nur Keuze, dieses weit entlegene Gehöft, war verschont geblieben, und angesichts der schon geschwächten Ausbreitung der Epidemie glaubten die Bewohner sich bereits von der Gefahr der Ansteckung befreit, als eines Morgens wie ein Lauffeuer das Gerücht die Runde machte:

„Die Pocken sind bei Vaernewijcks!"

Dieser Vaernewijck, ein verrufener Kaninchenfellhändler mit einer zahlreichen, verwahrlosten Familie, musste in weniger als einer Woche drei Familienmitglieder der Krankheit zum Opfer geben, und seit dieser Zeit war es wie mit einem erlöschenden, aber immer wieder angefachten Feuer: die Pocken gingen von Haus zu Haus, von Hof zu Hof, bis an diesem Samstagnachmittag im ganzen

Weiler Keuze nur drei Familien, darunter die der Witwe
Rooze, noch unberührt geblieben waren. Seit Beginn der
Woche wütete die Krankheit sogar derart, dass auf den
Bericht einer aus Gent entsandten ärztlichen Kommis-
sion die allgemeine Impfung der bis jetzt von der Ansteckung verschont gebliebenen Bewohner von der zustän-
digen Behörde angeordnet worden war. Das ausführende
Organ dieser Behörde war der Dorfarzt, Herr Dammens,
der, von dem Feldwächter unterstützt, diese Amtspflicht
erfüllte.

Stumm vor Entsetzen, saßen alle fünf Hausgenossen um das Feuer herum und blickten einander an. Auf
Befehl Nonkelkens, der infolge seines Vermögens und der
ansehnlichen Erbschaft, die er einmal hinterlassen würde,
der wirkliche Herr auf dem Hofe war, hatte man Vor- und
Hintertüren verriegelt und Duc, den Hofhund, ins Haus
genommen. Eine Feuersteinflinte stand geladen in der
Kaminecke, das Abendessen war eingenommen, und eben
hatte Nonkelken noch einen schweren Prügel auf einen in
seinem Bereich stehenden Stuhl gelegt, als eine Stimme,
die von der Bodentreppe herab zu kommen schien, hastig
und erschreckt ausrief:

„Sie haben Bauer Hansens Hof verlassen! Sie sind zu
den Oostjes hineingegangen."

Ein Schauer ging durch die Hausgenossen. Das schmutzige Weib schlug zitternd die Hände zusammen und blickte
wirr um sich; die beiden jüngsten Töchter schmiegten sich
aneinander an; die älteste, eine blonde, mollige Dirne mit
einem hübschen, ein wenig grämlichen Gesicht und angst-
glühenden Wangen, stieß einen kurzen Schrei aus, während Nonkelken sich steif und gebeugt aufrichtete und sich
vor eines der hohen und breiten, gardinenlos en Fenster
stellte. Er sah hinaus. Er machte den Eindruck eines alten
Fuchses, der von seinem Schlupfwinkel aus den Feind

nahen sieht. Sein Gesicht war von einer grünlichen Blässe; Nase und Kinn ragten spitzig aus dem mageren Gesicht hervor, und unter dem Schirm seiner zu hohen und weiten Mütze funkelten die Augen in einem unheimlichen, schier höllischen Glanz.

Ein heiseres, herausforderndes Hohnlachen war seiner Kehle entschlüpft.

„Ha, ha, sie kommen, sie kommen!", wiederholte er. „Ha, ha, sie kommen!" Und noch mehr verkleinert, noch mehr verschrumpft und gebückt, sah er durch die Scheiben über das graue und öde, verschneite Feld.

„Ach, Nonkel, … Nonkel!", flehte plötzlich die Frau.

Verwundert und mürrisch sah Nonkelken sich um.

„Ach, Nonkel! … wer weiß, wär's vielleicht doch nich besser, sie reinzulassen, wenn sie kommen! Die Frau von dem Vieharzt hat ja diesen Morgen gesagt … dass …"

Frau Rooze schwieg und sah zitternd auf die Seite; sie war ganz verwirrt, als sie sah, welches Entsetzen ihre bloße, noch nicht einmal ganz ausgesprochene Frage auf dem Gesicht des Alten hervorrief.

Dieser war wie an den Boden genagelt und schien schlecht verstanden zu haben.

„Was sagst du? … Was sagst du!", stammelte er zwei- oder dreimal. Doch es war keine Zeit mehr zu Bitten oder Auseinandersetzungen; Nonkelken, der das Fenster nicht aus den Augen verloren hatte, sah schnell wieder hinaus, kehrte sich eiligst um, rief mit bebender Stimme: „Sie sind da! Sie sind da!", und während der Knecht mit dem gleichen Bericht vom Boden heruntergestürzt kam, fuhren alle anderen plötzlich auf und flüchteten mit dem Gewehr, dem Stock und dem Hund in die Kammer.

Ein Augenblick ängstlicher Erwartung; ein dumpfes Geräusch von Fußtritten auf dem Hofe; ein „Takketakke-takketak" an der Klinke der Haustür …

Die Weibsleute hatten sich in der Stube hinter dem Kleiderschrank versteckt; Nonkelken und Stien, der Knecht, waren auf der Schwelle stehen geblieben. Ein Weilchen herrschte völlige Stille.

„Sollte man hier schon schlafen gegangen sein?", sprach endlich draußen eine dumpfe Stimme. Und fast zu gleicher Zeit zeigte sich ein großer und kräftiger Herr vor einem der Fenster. Indem er die rechte Hand über die Augen hielt, sah er in die Küche.

Nonkelken und Stien, die auf der Schwelle kauerten, sahen ihn schauen. Die anderen hinter dem Kleiderschrank rührten sich nicht, atmeten beinahe nicht.

„Takketakketakketak!" …

Zum zweiten Male wurde die Klinke der geschlossenen Haustür rasch und heftig auf und nieder gedrückt. Wiederum trat Stille ein, und nun erschien vor dem Fenster ein zweiter Mann, der Dorffeldwächter, der mit der Faust ans Fenster schlug und rief:

„Heda! Baas! Meisterin Rooze, schlaft Ihr denn? Der Herr Doktor ist da, er will Euch alle impfen."

Und jetzt hielten beide die Hand über die Augen und drückten das Gesicht gegen die Scheiben.

Die Küche blieb einsam wie ein Grab, unveränderlich.

Neuerdings Stille. Die beiden Gäste hatten sich umgekehrt und sahen nach den Ställen. Sie zauderten, sie wechselten einige dumpfe Worte und waren im Begriff, fortzugehen, als der Hofhund, den Nonkelken seit einigen Augenblicken vergeblich zu beschwichtigen suchte, in der Stube plötzlich heftig bellte.

Wie auf einen Zauberschlag wendeten sich die beiden Männer um. Der Doktor guckte abermals durch das Küchenfenster, und der Feldwächter, der ans Stubenfenster lief, sah wie in einem Wetterleuchten den großen Hund, der zwischen den Betten hindurchschlüpfte, und eine drohende Gestalt, die ihn verfolgte. Erstaunt stieß er einen Ruf aus und schlug heftig mit den Fäusten ans Fenster:

„Ja, aber, ja, aber, was soll das, Baas Rooze!", schrie er. „Wir kommen hier im Namen des Gesetzes, um Euch zu impfen, und Ihr müsst sogleich aufmachen, oder wir brechen die Tür ein!"

Und mit drei Schritten stand er an der Tür, deren Klinke wiederum gewaltig gerüttelt wurde.

Nonkelken und Stien, die Frau und ihre Kinder waren jedoch, vor Schreck beinahe sinnlos, zum Widerstande fest entschlossen; sie flüsterten immer nur das eine Wort: „nicht aufmachen!". Nonkelken machte, ohne zu antworten, seine Flinte schussfertig, und Stien nahm, die Beine spreizend, den schweren Prügel in seine Hände und hielt ihn zum Schlag bereit.

„Nun, wird's bald!", schrie der Feldwächter, der wieder vor dem Fenster erschien.

Bumm …

Die Flinte knallte und sandte ihre Ladung direkt in die Bodentreppe, erfüllte die Küche mit Qualm. Die Weibsleute hatten einen entsetzlichen Schrei ausgestoßen, und der Hund war, wie toll, knurrend und kläffend gegen die Haustür gesprungen.

Das rote und erschreckte Gesicht des Feldwächters erschien ein letztes Mal vor den schon sich verdunkelnden Scheiben.

„Es ist gut, es ist gut!", rief er drohend, mit stammenden Blicken und geballter Faust. „Wir werden Euch finden, Mann!"

Und eilig kehrte er sich um und verließ mit dem Arzt den Hof.

***

Sie waren schon länger als eine Viertelstunde fort, und im Hause waren die Fensterläden fest geschlossen und das Licht in der Stube angezündet, als von neuem an die Tür geklopft wurde.

Alle zitterten.

„Wer ist da?", fragte zitternd die Frau.

„Ich", antwortete eine jugendliche Stimme.

Die Gesichter hellten sich auf, und als der Knecht geöffnet hatte, erschien ein großer, rotbäckiger Jüngling mit bartlosem und fast noch kindlichem Gesicht in der Küche.

„Gu'n Abend allesamt", lächelte er. Es war Kamiel Verniers, ein Bauernsohn von Wilde, der Liebhaber der ältesten Tochter Emerance.

Er kam jeden Samstagnachmittag bei Anbruch des Abends. Er war das einzige Kind wohlhabender Eltern, und Nonkelken duldete seinen Verkehr mit Emerance, fürwahr einen ehrlichen und unschuldigen Verkehr, der sich seit Jahren schon auf diesen wöchentlichen Besuch in Gegenwart der Familienmitglieder beschränkte. Er war ein braver, fleißiger und sehr schüchterner Bursche, der niemals ein anderes Mädchen ansah und der heute noch nicht verstehen konnte, woher er den Mut genommen, Emerance seine Liebe zu erklären.

Das war übrigens geschehen an einem Abend, da er sie allein zu Hause traf und nachdem er sie schon vier Jahre im Geheimen geliebt. Sie saß an einem kleinen Tischchen neben der Lampe und strickte; und als er eintrat, schien es ihm, als sähe sie ungemein freundlich zu ihm auf. Dies fuhr ihm plötzlich wie ein feiner tiefer Stich ins Herz, und instinktiv, beinahe ohne zu wissen, was er tat, war er zu ihr getreten und hatte lächelnd ihre Hand ergriffen.

„Aber, Kamiel, was tust du?", hatte sie tief errötend gesagt. „Ich kann ja so nicht stricken." Und sogleich hatte ihr reizendes Gesicht seine gewöhnliche, ein wenig mürrische, sauertöpfische, aber dennoch anmutige Miene angenommen.

„Was ich tu, was ich tu?", hatte er einfältig lächelnd wiederholt. „Nun, du musst doch nicht immer stricken, he? Du könntst dich ja so zu Tod stricken." Und feuerrot, mit einem noch einfältigeren Lächeln hatte er, während er sie seufzend mit strahlenden Blicken betrachtete, ihre beiden Hände ergriffen und sie gedrückt, als wollte er sie zerbrechen. Und das war alles gewesen. Nonkelken und Meisterin Rooze waren dann eingetreten, und den ganzen Abend hatte die kirschrote Emerance nicht mehr zu schmollen aufgehört. Aber seit diesem Tage ward Kamiel als der erklärte Liebhaber des Mädchens angesehen.

Errötend trat er jetzt vor und setzte sich nieder. Doch die verstörten Gesichter der Hausgenossen und insbesondere das Emerances, die feuerrot war und seinen Gruß kaum erwiderte, verblüfften ihn. Er zündete seine Pfeife an, kreuzte die Beine und fragte nach einigen Augenblicken beklemmender Stille, indem er sich mit freundlichem Lächeln zu dem Mädchen wendete, mit gedämpfter Stimme:

„Bist du nich wohl, Emerance?"

Sie gab eine kaum verständliche, ausweichende Antwort. Der plötzlich von Angst ergriffene Jüngling erbleichte und versetzte mit einer Grimasse, die er vergeblich als ein Lächeln erscheinen zu lassen suchte:

„Du fürchtest dich doch nich vor den Pocken, he? Ich hab gehört, dass sie jetzt in Kneuze stark wüten sollen."

Seine Frage rief die größte Aufregung hervor, und Nonkelken, der grünlich-bleich wurde und zitterte, antwortete mit einem flammenden Blick:

„Vor den Pocken? Nee, nee. Die Canaillen werden uns hier nicht die Pocken auf den Leib jagen. Wir haben dagegen vorgesorgt."

Kamiel atmete auf.

„Ihr habt recht“, sprach er. „Ich tat es auch. Seit ein paar Tagen fühlte ich mich nicht ganz wohl, und diesen Morgen hab ich mich von Doktor Dammens impfen lassen.“

Nein, der Blitz, der in das Haus fährt, bringt keine größere Erschütterung hervor, als es diese einfachen, von Kamiel im Hause der Meisterin Rooze ausgesprochenen Worte taten; Nonkelken, die unsaubere Frau mit der Perle auf dem Auge, Emerance mit ihren glühenden Wangen, die beiden Kleineren und der Knecht, alle sprangen zu gleicher Zeit auf und flüchteten mit vor Schreck aufgesperrten Augen in den Hintergrund des Raumes.

„Hinaus! Hinaus!“, schrie Nonkelken mit drohend erhobener Hand. „Hinaus, sag ich! Hinaus!“

Kamiel war, stumm vor Erstaunen, ebenfalls aufgestanden und sah wie sinnlos die anderen an.

„Aber, Nonkel“, stammelte er …

„Hinaus! Hinaus!“, heulte der Alte, den Kopf verlierend. „Hinaus, sag ich, oder du bist ein Kind des Todes!“

Und nicht mehr wissend, was er tat, fuhr er plötzlich auf und richtete seine Flinte auf den Jüngling.

„Aber, Emerance“, bat dieser, indem er verzweifelt seine Geliebte anstarrte.

„Geh fort, geh fort!“, schluchzte sie mit gerungenen Händen.

Stumm fuhr er zurück; stumm verschwand er.

Nonkelken und Meisterin Rooze hatten sich entsetzt in die Stube geflüchtet. Alle anderen folgten und sanken schluchzend vor einem Marienbilde auf die Knie.

„Er wird sterben und hat uns angesteckt! Er wird sterben und hat uns angesteckt!“, wiederholte Nonkelken.

Und zitternd vor Angst erhob er sich plötzlich, riss ein Fenster auf, kroch mit Mühe hindurch und floh in die Nacht hinein.

Am anderen Tage lag Emerance an den Pocken darnieder, und zwei Tage später kam die Nachricht, dass auch Kamiel von der unheimlichen Krankheit ergriffen sei.

***

Nun begann ein schreckliches Leben auf dem Hof der Witwe Rooze.

Nachdem er die ganze Nacht, halbtot vor Grauen, wie ein verfolgtes Tier auf dem kalten, verschneiten Felde herumgeirrt war, war Nonkelken morgens zurückgekehrt und hatte sich in der Scheuer auf dem Heuboden versteckt. Dort hielt er sich nun auf. Niemand durfte sich ihm nähern. Er war nach Wilde um einen Schinken gegangen, er hatte sich ein Roggenbrot, ein Messer und einen Krug Wasser angeschafft, und jeden Morgen warf er, damit der Hofknecht nicht zu ihm kommen würde, zwei Dutzend von ihm gebundene Heubündel als Futter für Rindvieh und Pferde hinab.

Stien unterrichtete ihn allstündlich von dem Fortschritt der Krankheit. Zuerst hatte sich Emilie, das zweite Mädchen, gelegt; am nächsten Tag Mathilde, die jüngste; vor Ende der Woche die Bäuerin selber. Emerance befand sich jetzt im gefährlichsten Stadium der Krankheit; sie fieberte und hatte das Gesicht voll Pusteln. Der Doktor, dem jetzt der Eintritt nicht mehr verwehrt wurde, kam jeden Tag.

Die Epidemie war jetzt in der Umgebung auf den höchsten Grad ihrer Entwicklung gestiegen. Vom Morgen bis zum Abend brummte die ferne Totenglocke; alle Häuser waren geschlossen; kein Laut unterbrach die tödliche Stille; niemand ging auf den verödeten Wegen, ausgenommen zuweilen ein langsamer unheimlicher Zug, der bedrückt und elend über das verschneite, von einem trüben, bleifarbigen Himmel überwölbte Feld einen Toten zum Kirchhof begleitete.

259

Zitternd im Heu versteckt, beobachtete Nonkelken vom Dachfenster aus alles. Er war womöglich noch mehr erblasst, noch mehr abgemagert. Sein tagelang weder gewaschenes noch rasiertes Gesicht sah grau aus; seine entfleischten und knochigen, klauenartigen Hände waren schwarz und schmutzig; sein schlecht genährter Körper schrumpfte ganz zusammen, und jedes Mal, wenn er den Doktor auf den Hof kommen oder einen neuen Toten nach dem Kirchhof tragen sah, verkleinerte er sich noch mehr, sah er aus seinem Guckloch mit immer höllischeren, unheimlicheren Blicken nach diesem ungreifbaren, aber unaufhaltsam nahenden Feinde, auf die tödliche Einsamkeit des verschneiten Feldes, auf den grauen, aschfarbigen Himmel, auf die ganze unheimliche Landschaft des Elends, wo er in beinahe körperlichen, handgreiflichen Formen die schrecklichen Mikroben der Pocken schweben sah.

Indessen wütete die Krankheit auf dem Hofe der Witwe Kooze nicht allzu heftig, und eines Morgens rief der Knecht zu Nonkelken hinauf:

„Hier sind sie alle außer Gefahr, aber mit Kamiel steht es sehr schlecht."

Nonkelkens Augen funkelten. Hatte er das nicht vorausgesagt? Er steckte sein scharfes Gesicht aus dem Dachfenster, als wollte er etwas sagen, aber der Knecht fügte höhnisch hinzu:

„Der Doktor sagt, dass es seine eigne Schuld sei, weil er sich impfen ließ, als er schon die Krankheit im Leib hatte. Dann wird sie viel schlimmer. Hätte er sich zeitig impfen lassen, hätte die Ansteckung ihn nicht erreichen können, behauptet der Doktor."

Zum ersten Mal seit vierzehn Tagen kräuselte ein widerliches Lächeln Nonkelkens Lippen. Er ließ ein heiseres Knurren hören, schlug das Dachfenster zu und kroch wieder ins Heu.

Einige Tage vergingen. Nonkelken sah von seinem Guckloch aus nach und nach hinter den hellen Küchenfenstern die genesenden Familienmitglieder, in Halstücher und wollene Decken gewickelt, mit roten, grindigen, verunstalteten Gesichtern erscheinen. Erst war es die Bäuerin, bald darauf die beiden kleinsten; Emerances nur wenig mitgenommenes Gesicht zuletzt. Er sah sie, noch schwach und gebeugt, auf Stühlen sitzen, einen Augenblick in der Küche herumgehen, ein wenig Essen herrichten. Etwas beruhigt und zuletzt angeekelt von seiner täglichen Nation, bestehend aus Schinken, Roggenbrot und Wasser, schlich er sich in den Kuhstall und trank aus einem Eimer gierig ein Glas frisch gemolkener Milch. Und eben war er auf seinen Dachboden zurückgekehrt und sah instinktiv durch sein Guckloch, als Meisterin Rooze und der Knecht zur gleichen Zeit unter der Haustür erschienen.

Die Frau, deren Gesicht rot und verschwollen war, sah mit ängstlichem Blick zum Bodenfenster hinauf, während Stien sich plumpen Schrittes der Scheuer näherte.

Nonkelken steckte seine spitzige Nase durch das Guckloch.

„Nonkel", rief der Knecht, „hier sind alle geheilt, und Ihr könnt ohne Gefahr wieder ins Haus kommen, aber Kamiel Verniers ist diesen Morgen gestorben."

Ein triumphierendes, beinahe teuflisches Lächeln glänzte auf Nonkelkens Gesicht. Er sprach kein Wort, er schlug das Fenster zu und verschwand.

Noch drei Tage lang ging er, ohne dass er sich ins Haus wagte, in den Ställen und im Baumgarten herum. Und als er endlich, nach langem Zaudern, mit klopfendem Herzen und der Vorsicht eines Kriechtieres, am vierten Morgen in die Küche kam, wo die Familie mit dem Dienstboten beim Frühstück saß, lautete sein erstes, von der Schwelle aus mit einer herausfordernden Bewegung ausgesprochenes Wort:

„Nu', wer hat jetzt recht, die sich impfen ließen oder die es nicht taten?“

Die jüngsten, noch ganz niedergeschlagen, und Emerance, finster und weinend, blieben verstört und stumm, und es war die Frau, die schmutzige, abstoßende Frau mit dem roten, geschwollenen Gesicht, dem starren Blick und der Perle auf dem Auge, die voll Überzeugung antwortete:

„Nonkel, solang wir leben, wird auf unserem Hof niemand gegen die Pocken geimpft werden.“

www.ingramcontent.com/pod-product-compliance
Lightning Source LLC
Chambersburg PA
CBHW021648110726
47902CB00007B/1871